Schwinn '88

Ullstein Werkausgaben

MULTATULI
(Eduard Douwes Dekker)

Erzählungen, Parabeln und Ideen
des niederländischen Autors

Herausgegeben, übersetzt und
mit einem Nachwort versehen von
Manfred S. Fischer

Ullstein Werkausgaben

Ullstein Werkausgaben
Lektorat: Hanna Siehr

Ullstein Buch Nr. 37146
im Verlag Ullstein GmbH,
Frankfurt/M – Berlin

Erstmals im Taschenbuch

Übersetzt nach holländischen
Originaltexten, im Quellenverzeichnis
im einzelnen angegeben
Umschlagentwurf: Theodor Bayer-Eynck
unter Verwendung eines Porträts des Autors
Litho von August Allebé, 1874, nach
einem Foto von Boussaud Valadon
Abbildung auf der Rückseite:
Foto des Autors von Wegner en Mottu, 1875
Beide Abbildungen:
Multatuli-Museum, Amsterdam

Printed in Germany 1988
Gesamtherstellung:
Ebner Ulm
ISBN 3 548 37146 9

April 1988

CIP-Titelaufnahme
der Deutschen Bibliothek

Multatuli:
Erzählungen, Parabeln und Ideen des niederländischen Autors /
Multatuli. Hrsg., übers. u. mit e. Nachw. vers. von Manfred S.
Fischer. – Frankfurt/M; Berlin: Ullstein, 1988
(Ullstein-Buch; Nr. 37146: Ullstein-Werkausgaben)
Auf d. Haupttitels. auch: Eduard Douwes Dekker
ISBN 3-548-37146-9
NE: Fischer, Manfred S. [Hrsg.]; Multatuli: [Sammlung ‹dt.›]; GT

Wer im Wettlauf dem ersehnten Zielstein zustrebt, hat sich oft geplagt und oft die junge Kraft gespannt; Schweiß und Frost hat er ertragen, hat nicht gefragt nach Weib und Wein.

Horaz

Wenn ein Eisschnelläufer sich das Bein bricht, ist Bal paré *bei den Kriechern.*

Multatuli

Inhalt

Höhenflug I 7
Geschichten von der Autorität 8
Glaubensbekenntnis 19
Jurisprudenz 20
Der japanische Steinhauer 21
Saïdjah. Eine javanische Geschichte 23
Der Mann im Zimmer 40
Der Impresario. Erstes Märchen (vom armen M.) 52
Chresos. Zweites Märchen (vom armen M.) 54
Japanische Gespräche 56
Wahrheit und Parlamentarismus 74
Beruf und Berufung 76
Außer der Reihe 78
Suchen und Finden 78
Hochmut und Demut 79
Definition des Humors 80
Der Karpfen 82
Menschen und Bücher 83
Brücken und Gräben 83
Die Vorsehung 84
Beten und Naturgesetze 84
Tabu! 85
Göttliche Offenbarung 86
Ornis 87
Die Pastetenbäcker 89
Taxation des Menschen 91
Schlüssel und Schlösser 93
Definition der Spezialität 95
Pfui! 96
Höhenflug II 104
Anmerkungen 105
Quellenverzeichnis 126
Nachwort 128

Höhenflug I

Ein Schmetterling flatterte hoch, hoch in der Luft. Er genoß seine Freiheit, seine Schönheit, und vor allem erfreute er sich am Betrachten von allem, was unter ihm war.

»Kommt, kommt hierher . . . nach oben!« schien er seinen Brüdern und Schwestern zuzurufen, die, weit unter ihm, über den Blumen der Erde herumflatterten.

»Wir trinken Honig und bleiben hier unten.«

»Oh, meine lieben Schwestern und Brüder, wenn ihr wüßtet, wie schön es ist, alles zu überblicken! Kommt, kommt doch!«

»Gibt es denn dort oben Blumen, aus denen wir den Honig saugen können, den wir Schmetterlinge brauchen, um zu leben?«

»Man sieht *von hier oben* alle *Blumen. Welch ein Genuß!«*

»Hast du Honig *dort oben?«*

Es kann nicht geleugnet werden, es gab dort oben keinen Honig!

Der arme Schmetterling, dem der Sinn nicht danach stand, dort unten zu leben, ermüdete . . .

Aber er trachtete danach, sich in der Höhe zu halten. Es war so schön, fand er, auf diese Weise alles zu überblicken, alles mit einem Blick zu erfassen, zu begreifen.

Aber Honig . . . Honig? Nein, Honig gab es dort oben nicht!

Und er wurde schwach, der arme Schmetterling. Lahmer und lahmer wurde sein Flügelschlag. Und er sank und er überblickte immer weniger und weniger!

Nein, es half alles nichts! Er sank . . .

»Ei, da kommst du ja«, riefen die Schwestern und Brüder. »Was haben wir dir gesagt? Jetzt kommst du also doch, um nicht anders als wir aus den Blüten hier unten den Honig zu saugen. Als hätten wir es nicht gewußt!«

Also riefen die Brüder und Schwestern und waren hocherfreut, daß sie recht behalten hatten, obgleich sie das nur aus Wissensmangel über das Schöne dort oben hatten.

»Komm und sauge den Honig wie wir!«

Und der Schmetterling sank immer tiefer . . . er wollte noch . . . Da war ein Blütenstrauch . . . ob er den noch erreichte?

Er sank nicht mehr . . . er fiel! Er fiel neben den Strauch auf den Weg, in die Wagenspur . . .

Und dort wurde er von einem Esel zertreten!

Geschichten von der Autorität

ERSTE GESCHICHTE VON DER AUTORITÄT

»Bruder, der du größer bist als ich, kannst du die Granate erreichen, die dort zwischen den Feuerblumen im Grün mit geöffneten Lippen mich anlacht wie ein lockendes Mädchen? Siehe, sie ist vor Reife geplatzt, und feuerrot ist der Rand der Wunde, die sie selbst sich schnitt, um mir zu gefallen! Du, der du größer bist als ich, strecke deinen Arm aus und pflücke, auf daß ich esse.«

Und der Bruder tat also, auf daß der jüngere Bruder essen möge.

Und der älteste ging aufs Feld und sah eine Bergziege, die in die Ebene niederstieg und ihr Junges suchte.

»Hast du nicht mein Lamm gesehen«, fragte sie den Löwen, »du, der du die Ebene bewohnst und besser als ich im flachen Feld die Wege kennst, die mich so sehr ermüden, da mein Huf gespalten ist?«

»Laß dein Junges, dein Junges . . . dein Lamm, dein Lamm«, sagte der Löwe, »und komm her, auf daß ich dich verschlinge.«

Und der Löwe tat also.

Aber der älteste Bruder fragte den Löwen: »Wie erklärt es sich, daß du die Ziege ißt, die ihr Junges sucht?«

»Du hast gehört, wie sie über die mangelnde Eignung ihrer Hufe klagte«, antwortete der Löwe. »Tat ich nicht recht, sie zu essen? Sieh meine Klauen, wie geeignet sie sind; sieh, wie geeignet meine Zähne sind! Darum aß ich die Ziege.«

Der junge Mann dachte nach und betrachtete seine Arme, die lang, stark und kräftig waren. Er fand diese so geeignet . . . daß er sich vornahm, seinen jüngeren Bruder zum Dienst zu zwingen.

Und als dieser ihn wieder bat, Früchte zu pflücken, antwortete er: »Sieh meine Arme! Hast du nicht gesagt, daß die deinen die Granate nicht erreichen können? Diene mir, auf daß ich dich nicht verschlinge!«

ZWEITE GESCHICHTE VON DER AUTORITÄT

VOLTAIRE hat gesagt: *Si Dieu n'existait pas, il faudrait l'inventer.* Gewiß! Alle Macht kommt von Gott. Wer Macht will, will Gott. Wer Macht, Autorität, nötig hat, schafft sich einen Gott. Das taten MOSES, KONFUZIUS, ZOROASTER, NUMA, KOLUMBUS, CORTEZ. Das taten alle Volksführer, Auguren, Zauberer, Priester. Das tut noch heutzutage jeder, der herrschen will. Die Zahl der Götter ist so groß wie die Zahl der Begierden. Bei jeder neuen Begierde, ein neuer Gott.

HOLLOWAY macht aus unbekannten Ärzten Götter, die euch veranlassen, seine Pillen zu kaufen. »Also spricht der Herr«, sagt Moses, und »also Dr. Soundso«, sagt HOLLOWAY. Seid folgsam und kauft. Und beide vergessen nicht hinzuzufügen: »Auf daß Eure Seele keinen Schaden nehme.«

Ein Dienstmädchen ging mit den Kindern ihres Herrn aus. Sie wurde angehalten, gut auf die Kinder aufzupassen. Aber – die Kinder waren ungehorsam und liefen weg, so daß ihre Aufsicht vergebens und ihre Sorge umsonst war.

Daraufhin schuf sie aus »dem Nichts« einen schwarzen Hund, der jedes Kind beißen sollte, das nicht in ihrer Nähe blieb. Und die Kinder begannen, den Hund zu fürchten, und wurden sehr gehorsam und blieben bei ihr. Von ihrem Herzen beraten, sah sie den Gott an, den sie erschaffen hatte, und sie sah, daß er brauchbar war.

Aber die Kinder wurden wahnsinnig vor Angst vor diesem Hund.

Und das sind sie geblieben bis auf den heutigen Tag.

DRITTE GESCHICHTE VON DER AUTORITÄT

Ein Reisender war mit Gold und Silber vollbeladen. Aus Furcht vor Räubern hatte er sich mit Waffen versehen. Ferner begleiteten ihn in großer Zahl seine Bediensteten, und es waren ihrer mehr als alle Räuber im ganzen Land zusammengenommen. Er war so gut gewappnet und auf alles vorbereitet, daß ein ganzes Heer nicht imstande gewesen wäre, ihn seines Reichtums zu berauben.

Einige Räuber, die dies nicht wußten, griffen ihn an, aber sie hätten es noch lange bereut, wenn sie nicht auf der Stelle geköpft worden wären.

Ein Räuber, vorsichtig geworden durch das Beispiel seiner Brüder, erflehte den Rat eines heiligen Eremiten, der in allen Dingen Rat wußte, weil er lange mit zwei Totengebeinen und einem Krug Wasser allein gewesen war.

»Was muß ich tun, heiliger Mann, um Herr zu werden über die Schätze dieses Reisenden?«

»Das Mittel ist sehr einfach«, antwortete der fromme Eremit. »Wirf ihm den Strick, den ich dir geben werde, um den Hals! Dann wird er keinen Widerstand mehr leisten. Er wird seinen Knechten befehlen, vor dir die Erde zu küssen, und dir geben, wonach du begehrst.«

Und es geschah also wie der heilige Mann gesagt hatte. Doch der Reisende und seine Gefolgsleute waren darüber weniger entzückt.

Der Name des Stricks war »Glaube«, und er hat seine Macht nicht eingebüßt bis auf den heutigen Tag.

VIERTE GESCHICHTE VON DER AUTORITÄT

»Vater! Sag mir, warum die Sonne nicht herunterfällt?«

Der Vater schämte sich, weil er nicht wußte, warum die Sonne nicht herunterfällt, und er bestrafte sein Kind, weil er sich schämte.

Das Kind fürchtete den Zorn des Vaters und fragte nie wieder, warum die Sonne nicht herunterfalle, und es fragte auch nicht nach anderen Dingen, die es gerne gewußt hätte.

Dieses Kind wurde niemals erwachsen, obwohl es sechstausend Jahre lebte ... nein, noch viel länger!

Es ist dumm und stumpfsinnig geblieben bis auf den heutigen Tag.

FÜNFTE GESCHICHTE VON DER AUTORITÄT

»Wohin des Wegs, Philoinos, du Weingeistiger?« fragte Hydor, der stets Wasser trank, seinen Genossen, dem er in den Straßen Athens begegnete.

»Ich eile mich, um die drei Maß schlechten Weines zu trinken, die bei der häßlichsten meiner drei Mätressen meiner harren«, antwortete Philoinos torkelnd.

Er war nämlich betrunken.

»Komm mit mir! Du hast des Weines genug und der Mätressen zuviel, fürchte ich.«

»Drei, Hydor, drei! So sprach der Meister! *Drei* . . . das waren seine Worte!«

»Der Meister, das laß dir gesagt sein, sprach weder von Wein noch von Hetären! Komm mit!«

»Er hat gesagt: Drei . . . *drei* . . . DREI!«

Und Philoinos fiel an diesem Abend zum dritten Mal auf den Boden, aber diesmal stand er nicht mehr auf.

SECHSTE GESCHICHTE VON DER AUTORITÄT

Es war das erste Kind geboren! Die Mutter war entzückt, und auch der Vater betrachtete es mit inniger Liebe.

»Aber, GENIUS, sag mir, wird es immer so klein bleiben?« fragte die Mutter und fügte hinzu: »Ich weiß selbst nicht, ob ich das verlangen kann! Ich hätte schon gerne, wenn es groß würde wie ein Mensch, aber es wäre auch jammerschade, wenn es sich so verändern sollte, daß ich es nicht mehr tragen kann und nicht mehr mit mir selbst ernähren kann.«

»Dein Kind wird zu einem Menschen heranwachsen«, sagte der Genius. »Es wird sich nicht für immer von dir ernähren. Es wird einmal nicht mehr von dir getragen werden . . .«

»O GENIUS«, rief der Mutter entsetzt, »wird mein Kind mich verlassen? Wenn es laufen kann, wird es dann weggehen? Was muß ich tun, damit mein Kind mich nicht verläßt, wenn es laufen kann?«

»Habe dein Kind lieb«, sagte der GENIUS, »und es wird dich nicht verlassen.«

So war es und blieb so für einige Zeit. Aber dann wurden noch viele andere Kinder geboren. Und vielen Eltern wurde es sehr lästig, all diese Kinder liebzuhaben.

Da dachte man sich ein Gebot aus, das die Liebe ersetzen sollte, wie es so vielen Geboten eigen ist. Denn es ist leichter, Gebote zu geben als Liebe.

IHR SOLLT VATER UND MUTTER EHREN!

Die Kinder aber verließen ihre Eltern, sobald sie das Laufen erlernt hatten. So fügte man dem Befehl ein Gelöbnis hinzu:

AUF DASS ES EUCH WOHL ERGEHE!

Die Folge war, daß einige Kinder bei ihren Eltern blieben! Aber sie blieben nicht in der Weise, wie sich das die erste Mutter gedacht hatte, als sie den GENIUS fragte: »Was muß ich tun, damit mein Kind mich nicht verläßt, wenn es laufen kann?«

SIEBTE GESCHICHTE VON DER AUTORITÄT

Le premier roi fut un soldat heureux! sagt VOLTAIRE, aber ich weiß nicht recht, ob das so stimmt. Es ist genausogut möglich – ja, sogar wahrscheinlicher – daß der erste aller Könige jemand war, der über die Stricke liefernden Klausner Bescheid wußte. Wie dem auch sein mag, die folgende Geschichte ist jedenfalls wahr.

KRATES war ungemein stark. Verteidigungswehre aus Baumstämmen knickte er zwischen Daumen und Mittelfinger, und dreizehn Gegner schlug er mit einem Schlag nieder. Wenn er hustete, entflammte aufgrund ungemeiner Zusammenpressung die Luft und der Mond schüttelte sich, wenn er nur anfing, an Bewegung zu denken.

Wegen all dieser Verdienste wurde KRATES König.

Und er starb, nachdem er eine Zeitlang König gewesen war.

Der kleine KRATES, sein Söhnchen, hatte die Englische Krankheit gehabt, aber das konnte ihn nicht davon abhalten, König sein zu wollen, wie sein Vater, der so stark gewesen war.

Er setzte sich auf einen Stuhl, den er Thron nannte, und rief lauthals: »Ich bin König!«

»Wieso bist du König?« fragte das Volk, das noch ziemlich dumm war und vom Erbrecht keinen rechten Begriff hatte.

»Ganz einfach! Weil meine Mutter zusammen mit dem alten KRATES, der jetzt tot ist, in einer Hütte gewohnt hat.«

Eigentlich hatte er *Palast* gesagt, aber es war in der Tat eine Hütte gewesen!

Das Volk begriff diese Schlußfolgerung nicht, und jedesmal, wenn KRATES II. »Kommt her!« rief, ging jeder weg. Wenn er aber »Geht!« sagte, kamen alle im Galopp angerannt. Kurzum, die Autorität war hin, und KRATES Nr. 2 war zu dumm, um seinen Willen durch einen entgegengesetzten Befehl durchzusetzen.

In einem zeitgenössischen Oppositionsblatt war zu lesen:

Warum, o KRATES *der Zweite, du, der du krummbeinig und unbesonnen bist, warum läßt du dich nieder auf dem Stuhl des Mannes, der vor zwanzig Jahren mit der Frau, die dich geboren hat, in einer gemeinsamen Hütte wohnte? Stehe auf und mache Platz und höre auf, »Kommt!« oder »Geht!« zu sagen, als wärest du der echte alte* KRATES. *Wo sind die Bollwerke aus Eichenstämmen, die du mit einem Finger knickst? Schüttelt sich der Mond, wenn du denkst, die Welt aus den Angeln zu heben? Nicht einmal einen Floh kannst du totschlagen, und wenn du niest, wird nirgends Feuer auflodern. Stehe auf und mache Platz für einen anderen, der sich auf all diese nützlichen Dinge versteht.*

So sprach die Opposition.

Und wahrscheinlich hätte sich KRATES von dem Stuhl, den er Thron nannte, erheben müssen, wäre da nicht eine alte Amme gewesen, die dem Volk ein Märchen auftischte:

Höre mich an, o Volk, denn ich war die Amme des kleinen KRATES, *als er noch kleiner war als jetzt! Bei seiner Geburt salbte sein Vater sich das Haupt mit Öl, und siehe, es fiel ein Tropfen der Salbe auf das Haupt meines kleinen Zöglings. Es ist somit nicht nötig, daß er Mauern mit einem Fingerschnalzen kippen läßt, noch ist es vonnöten, daß der Mond sich schüttelt oder daß sein Husten Flammen aufsteigen läßt. Ich sage dir . . .*

Doch die beredte Amme brauchte nicht weiterzureden. Die Schlußfolgerung lag sonnenklar zutage, und das ganze Volk – am lautesten aber die Redaktion des Oppositionsblattes – rief im Chor: *Es lebe der Gesalbte des Herrn!*

Und KRATES blieb auf dem Stuhl, den er Thron nannte, sitzen.

ACHTE GESCHICHTE VON DER AUTORITÄT

Thugater* melkte die Kühe ihres Vaters, und sie melkte gut, denn die Milch, die sie nach Hause brachte, ergab mehr Butter als die Milch, die ihre Brüder nach Hause brachten. Ich werde dir sagen, wie sich dies zutrug [...]. Übrigens, ich erzähle dir dies nicht, damit du Thugater nacheiferst, sondern um dir ihre *Brüder* als Vorbild vor Augen zu halten, die es durch weniger gutes Melken besser anstellten oder zumindest *gescheiter*.

Bevor das junge Landvolk die Weide betritt, ja, schon lange vor dieser Zeit, stehen die Kühe am Gatter und warten, um von dem Überfluß entlastet zu werden, den sie eigentlich für ihre Kälber zubereitet hatten. Aber die Menschen essen die Kälber auf, *weil sie dazu eine Eignung verspüren*, und so ist eben zuviel Milch in den Eutern.

Was aber geschieht, während die Kühe mit dummen Gesichtern am Gatter stehen und warten? Während des Stillstehens treibt der leichteste Teil der Milch - der Rahm, das Fett, die Butter – nach oben und ist folglich am weitesten von den Zitzen entfernt. [...]

Wer nun geduldig ist und bis zum Schluß melkt, der bringt fette Milch nach Hause. Wer es eilig hat, der läßt Rahm zurück.

Thugater hatte *keine* Eile, wohl aber ihre Brüder.

Denn diese gaben vor, daß sie auf etwas anderes Anrecht hätten, als die Kühe ihres Vaters zu melken. *Ihr* aber kam dieses Recht nicht in den Sinn.

»Mein Vater hat mich gelehrt, mit Pfeil und Bogen zu schießen«, sprach einer der Brüder. »Ich kann mich von der Jagd ernähren und will in der Welt herumkommen und auf eigene Rechnung arbeiten.«

»Mich lehrte er zu fischen«, sagte ein Zweiter. »Ich wäre ja nicht bei Trost, immer nur für einen anderen zu melken.«

»Er zeigte mir, wie man ein Boot macht«, rief der Dritte. »Ich fälle einen Baum. Auf dem werd ich im Wasser sitzen. Ich will wissen, was es zu sehen gibt, auf der anderen Seite des Sees.«

»Ich habe Lust, mit der blonden Gyne zusammenzuwohnen«,

* Erläuterungen finden sich grundsätzlich, abgesehen von wenigen Ausnahmen, im Anmerkungsapparat (S. 105 ff.). – Alle im Text mit Asterisk versehenen Namen, Begriffe usw. kennzeichnen von MULTATULI selbst vorgenommene Erläuterungen; die im Anmerkungsapparat vom Übersetzer/Herausgeber zusätzlich eingebrachten Erläuterungen werden im Text – um die Lesbarkeit nicht unnötig zu beeinträchtigen – nicht angezeigt.

erklärte ein Vierter, »ein eigenes Haus zu haben, mit Thugaters drinnen, um für mich zu melken.«

So hatte jeder Bruder einen Wunsch, eine Begierde, einen *Willen*. Und sie waren so beschäftigt mit ihren Wünschen, daß sie keine Zeit aufbrachten, den Rahm mitzunehmen, den die Kühe ganz betrübt bei sich halten mußten, ohne Nutzen für irgend jemanden.

Thugater aber melkte bis zum letzten Tropfen.

»Vater«, riefen schließlich die Brüder, »wir *gehen*!«

»Und wer wird dann melken?« fragte der Vater.

»Wer schon? Thugater!«

»Und was soll werden, wenn auch sie Lust auf Fahren, Fischen, Jagen und die Welt-sehen-Wollen kriegt? Was soll werden, wenn auch *sie* auf die Idee kommt, mit einem Braun- oder Blondschopf zusammenzuleben, ein eigenes Haus zu haben, mit allem, was dazugehört? Euch kann ich entbehren, doch *sie* nicht ... weil die Milch, die sie nach Hause bringt, so fett ist.«

Nach einiger Überlegung sagten daraufhin die Söhne:

»Vater, *lehre sie nichts*! Dann wird sie hier bleiben und immerfort melken, bis ans Ende ihrer Tage. Zeige ihr nicht, wie eine gespannte Sehne sich zusammenzieht und einen Pfeil abschießt. Dann wird sie keine Lust haben zu jagen. Verheimliche ihr die Gepflogenheiten der Fische, die einen spitzen Haken schlucken, wenn er mit etwas Aas verdeckt ist. So wird sie keinen Gedanken auf das Auswerfen von Angeln oder Netzen verwenden. Lehre sie nicht, wie man einen Baum aushöhlt und damit zum anderen Ufer des Sees fahren kann. Dann wird sie nach diesem kein Verlangen verspüren. Und laß sie niemals wissen, wie sie es mit Blond oder Braun zu einem eigenen Haus bringen kann und was dazu gehört! Laß sie das alles nie wissen, Vater! Dann wird sie bei dir bleiben, und die Milch deiner Kühe fett sein! *Uns* jedoch laß gehen, Vater! So wie es jedem begehrt!«

Also sprachen die Söhne.

Doch der Vater - der ein sehr vorsichtiger Mann war – erwiderte:

»Schön und gut! Und wer soll sie daran hindern, anderswo in Erfahrung zu bringen, was ich sie nicht lehrte? Was ist, wenn sie die Blaufliege auf einem treibenden Zweig vorbeifahren sieht? Was, wenn sich der gespannte Faden ihres Gespinsts plötzlich schnell zusammenzieht und zufällig die Spule wegschleudert? Was, wenn sie am Ufer des Baches den Fisch beobachtet, der nach einem sich ringelnden Wurm schnappt, ihn aber wegen seiner zügellosen Gier verfehlte und an der spitzen Hülsscheide des Schilfrohrs steckenbleibt? Und was endlich, wenn sie das kleine Nest findet, das sich zur Maienzeit die Lerchen im Klee bauen?«

Wiederum dachten die Söhne nach und sagten:

»Sie wird aus diesen Dingen nichts lernen, Vater! Sie ist zu dumm, um aus Beobachtung und Wissen Begehren zu schöpfen. Selbst *wir* würden nichts erfahren haben, wenn du uns nichts gesagt hättest.«

Aber der Vater antwortete: »Nein, *dumm* ist sie nicht! Ich befürchte, daß sie von sich aus lernen wird, was ihr ohne meine Hilfe *nicht* lerntet. Dumm ist Thugater nicht!«

Daraufhin dachten die Söhne wieder nach – doch diesmal tiefer – und sagten: »Vater, sage ihr, daß *Wissen, Verstehen* und *Begehren* ... für Mädchen eine Sünde ist.«

Und diesmal war der sehr vorsichtige Vater vollauf zufrieden. Er ließ seine Söhne ziehen, zum Fischfang, auf die Jagd, in die Welt und in die Ehe ... überallhin ... Thugater aber verbot er das *Wissen*, das *Verstehen* und das *Begehren*, und in ihrer Einfalt melkte sie immerzu bis ans Ende.

NEUNTE GESCHICHTE VON DER AUTORITÄT

Hassan verkaufte Datteln in den Straßen von Damaskus. Wenn ich sage, daß er sie verkaufte, so meine ich eigentlich, daß er sie nicht verkaufte, weil nämlich seine Datteln so klein waren, daß sie niemand haben wollte.

Mit Verdruß und Neid sah er, daß jeder den wohlhabenden Aöuled begünstigte, der auf einer Matte neben ihm wohnte. Man wohnte nämlich damals in Damaskus auf Matten, ohne ein Dach über dem Kopf zu haben. So bestand Aöuleds Reichtum auch nicht in Häusern, sondern in einem Garten, der sehr fruchtbar war, so fruchtbar, daß die Datteln, die dort wuchsen, dreimal so groß waren wie gewöhnliche Datteln. Und so erklärt es sich, warum die Passanten die Datteln bei Aöuled und nicht bei Hassan kauften.

Da kam ein Derwisch in die Stadt, der an Weisheit zuviel hatte, was ihm an Nahrung mangelte. Jedenfalls tauschte er sein Wissen für Speisen ein, und man wird sehen, wie gut unser Hassan bei diesem Tauschgeschäft gefahren ist.

»Gib mir zu essen«, forderte ihn der Derwisch auf, »und ich werde tun, was kein Kalif für dich tun kann. Ich werde das Volk zwingen, deine Datteln zu kaufen, indem ich sie groß mache, größer noch als die Früchte Aöuleds. – Wie groß sind denn Aöuleds Datteln?«

»Leider Gottes, Derwisch, der du von *Allah* geschickt bist – ich küsse deine Füße – Aöuleds Datteln – Allah möge ihm den Magen umdrehen – dreimal größer als gewöhnliche sind seine Datteln! Tretet ein auf meine Matte, nehmt Platz und kreuzt eure Beine, seid gesegnet und lehret mich, meine Datteln groß zu machen und das Volk zu zwingen, sie zu kaufen!«

Nun, Hassan hätte wohl fragen können, warum es dem Derwisch, der mit solchen Fähigkeiten gesegnet war, an Nahrung mangelte. Aber es war nicht Hassans Art, jemanden zu schikanieren. Er kredenzte seinem Gast gekochtes Leder, das einzige, was von einem gestohlenen Ziegenbock übriggeblieben war.

Der Derwisch aß, sättigte sich und sprach: »Dreimal größer als gewöhnliche Datteln sind die Früchte deines Nachbarn. Wie groß aber wünschst du dir die deinen, Hassan, du Sohn des Ich-weiß-nicht-von-Wem?«

Hassan bedachte sich kurze Zeit und sagte:

»*Allah* schenke euch Kinder und Vieh! Ich wünschte, daß meine Datteln dreimal größer wären, als ihr sie machen könntet.«

»Einverstanden«, erwiderte der Derwisch. »Siehe, ich habe hier einen Vogel, den ich aus dem fernen Osten mitbrachte. Sage zu ihm, daß jede deiner Datteln so groß ist wie drei deiner Datteln.«

»Ich wünsche Euch Frauen und Kamele, o Derwisch, der Ihr angenehm duftet wie Oliven! Was aber soll es nütze sein, wenn ich diesem Vogel erzähle, was dem nicht so ist?«

»Tue, was ich dir sage«, erwiderte der weise Mann. »Daß du mich nicht verstehst, dafür bin ich Derwisch!«

Hassan wünschte dem Vogel die längsten aller Federn und nannte ihn *Rock**. Aber es war gar kein *Rock*. Es war vielmehr ein recht kleiner Vogel, der wegen seiner Geschwätzigkeit und seines hüpfenden Schrittes etwas von einem Raben an sich hatte. Der Derwisch hatte ihn in Indalus von Kaufleuten erstanden, die ihn aus Übersee mitgebracht hatten, aus dem Land, in dem die Menschen wie Neger aussehen, obwohl dieses Land weit weg von Afrika ist. Hassan hatte das fremde Tier nur deshalb »Rock« genannt, weil er beobachtet hatte, daß Menschen sich aufplustern, wenn man ihnen eine Bitte vorträgt. Und umgekehrt! Wer von jemandem etwas nötig hat, der schrumpft zusammen. Jedenfalls war das damals so in Damaskus.

Also schrumpfte Hassan zusammen und sprach:

»Ich bin Euer ergebener Sklave, o Vogel *Rock*! Mein Vater war ein Hund ... und jede meiner Datteln ist so groß wie drei meiner Datteln!«

»So ist es recht«, sprach der Derwisch. »Fahre nur genauso fort und fürchte *Allah*!«

Und Hassan fuhr so fort. Er fürchtete *Allah* und hörte nicht auf, dem Vogel zu erzählen, daß seine Datteln unwahrscheinlich groß seien.

So viel Tugend zahlte sich aus. Der Kalif hatte noch nicht zum dritten Mal alle Bewohnerinnen seines Harems umbringen lassen; noch hatte keine einzige Mutter genug Zeit gehabt, ihre Töchter gebührend für den Markt zu *Rum** auszustaffieren; noch hatte Hassan kein einziges verirrtes Ziegenböcklein ausfindig gemacht, auf daß es ihm auf seiner Matte Gesellschaft leiste und ihn am Leben erhalte ... und schon rief der Vogel: »Mein Vater ist ein Hund ...«

Das war nun eigentlich zuviel des Guten. Aber er sagte es einfach Hassan nach.

»Mein Vater ist ein Hund, ich kriege die längsten Federn, die Datteln von Hassan Ben* Soundso.«

Ich weiß den Namen von Hassans Vater nicht, und wenn der Mann ein Hund war, ist das auch nicht weiter wichtig.

»Die Datteln von Hassan sind dreimal größer als sie sind!«

Es gab damals auch Besserwisser und Nörgler in *Damaskus*, die dem widersprachen. Aber das währte nicht lange. Es war nämlich etwas in der Stimme des Vogels, das die Luft in Schwingungen setzte, welche die Brechung der Lichtstrahlen beeinflußten. Die Datteln wuchsen und wuchsen ... in aller Augen ...

Und der Vögel hörte nicht auf zu rufen: *»Die Datteln von Hassan sind dreimal größer als sie sind!«*

Und wie sie wuchsen! Man renkte sich regelrecht den Kiefer aus, um in sie hineinzubeißen.

Und Aöuled wurde sehr mager. Hassan aber kaufte viele Ziegenböcke und Lämmer und baute ein Dach über seiner Matte. Er wurde sehr ehrlich und erachtete es als verwerflich, wenn jemand, der selbst keine Lämmer besaß, eines der seinen aufaß. Und er fuhr fort, *Allah* zu fürchten.

Diese Frömmigkeit und diesen Reichtum hatte er dem kleinen Vogel zu verdanken, der immerzu dasselbe sagte und durch die ständige Wiederholung Lügen zur Wahrheit machte. Jeder fand, daß Hassans Datteln groß seien, und jeder war gezwungen, diese zu kaufen, jeder . . .

Mit Ausnahme von Hassan selbst, der sich klammheimlich bei Aöuled versorgte, dessen einziger Kunde er war.

Glaubensbekenntnis

Ein Vater mußte für einen Augenblick das Haus verlassen. Um den Scharfsinn seiner Kinder auf die Probe zu stellen, gab er ihnen zu raten auf, was er wohl während seiner Abwesenheit tun werde.

Eines der Kinder, das ein blaues Wams trug, sagte:

»Ich weiß es schon. Vater ist zum Schneider gegangen, um sich ein blaues Wams anmessen zu lassen.«

Das zweite Kind, daß gerne Süßigkeiten aß, wurde böse auf Blauwamsling, der so dumm sein konnte anzunehmen, Vater würde wie er ein blaues Wams tragen.

»Ich weiß es besser«, sagte es. »Vater ißt süßen Honigkuchen.«

Das dritte Kind, das in einer dunklen Ecke saß, kniff einer Katze in den Schwanz und schimpfte auf Kuchenesser, der so dumm war zu denken, Vater würde wie er Kuchen essen.

»Ich weiß es besser«, sagte es. »Vater schlachtet einen Ochsen.«

Das vierte Kind, das sehr zänkisch war, riß Katzenkneifer die Haare aus, weil er so dumm war zu glauben, Vater würde einen Ochsen schlachten.

»Ich weiß es besser«, sagte es. »Vater ist zum Nachbarn Pieterse gegangen, um dem mal schnell eine Abreibung zu verpassen.«

Das letzte Kind pflegte eine Drossel, die ihren Fuß gebrochen hatte, und war damit so beschäftigt, daß es versäumte, an das Rätsel zu denken.

Als nun der Vater nach Hause kam, zeigte es sich, daß weder Blauwamsling noch Kuchenesser noch Katzenkneifer noch Haarausreißer richtig geraten hatten. Aber das letzte Kind hatte noch nicht gesprochen.

»Ich weiß es wirklich nicht«, sagte Drosselkerlchen. »Sieh, sie richtet sich auf und sieht uns dankbar an ...«

»Richtig«, rief der Vater. »Genau das tat die kranke Witwe, die ich besuchte!«

Jurisprudenz

GERICHTSDIENER: Ehrenwertes Gericht, hier ist der Mann, der Bärbchen ermordet hat.

RICHTER: Der Mann muß hängen. Wie hat er es angestellt?

GERICHTSDIENER: Er hat sie in kleine Stücke geschnitten und eingepökelt.

RICHTER: Damit hat er sehr unrecht gehandelt. Er muß hängen.

LOTHARIO: Richter, ich habe Bärbchen nicht ermordet! Ich habe sie ernährt und gekleidet und versorgt. Ich kann Zeugen beibringen, die erklären werden, daß ich ein guter Mensch bin und kein Mörder.

RICHTER: Mann, Ihr müßt hängen. Ihr verschlimmert Eure Übeltat durch Euren Eigendünkel. Es ziemt sich nicht für jemanden, der ... einer Sache beschuldigt wird, sich für einen guten Menschen zu halten.

LOTHARIO: Aber, Richter, es gibt Zeugen, die es bestätigen können. Und da ich jetzt des Mordes beschuldigt werde ...

RICHTER: Ihr *müßt* hängen! Ihr habt Bärbchen in Stücke geschnitten, eingepökelt und Ihr seid von Euch selbst eingenommen ... drei Kapitalverbrechen! – Wer seid Ihr, junge Frau?

EINE FRAU: Ich bin Bärbchen ...

LOTHARIO: Gott sei Dank! Ihr seht, Richter, daß ich sie nicht ermordet habe!

RICHTER:Hm ... ja ... hm! Aber das Einpökeln?

BÄRBCHEN: Nein, Richter, er hat mich nicht eingepökelt. Er hat mir im Gegenteil viel Gutes getan. Er ist ein edler Mensch!

LOTHARIO: Da hört Ihr es, Richter. Sie sagt, daß ich ein guter Mensch bin ...

RICHTER: Hm ... bleibt mithin der *dritte* Punkt bestehen. Gerichtsdiener, führt diesen Mann ab. Er muß hängen. Er ist des Eigendünkels schuldig. Gerichtsschreiber, zitiert in den Prämissen die Jurisprudenz von *Lessings* Patriarchen . . .

Der japanische Steinhauer

Es war einmal ein Mann, der Steine aus einem Felsen hieb. Seine Arbeit war sehr schwer und er arbeitete viel, doch sein Lohn war gering und zufrieden war er nicht.

Er stöhnte, weil seine Arbeit schwer war, und er rief: »Ach, daß ich reich wäre, um auf einer Baleh-baleh mit einer Klambu von roter Seide zu ruhen!«

Und es kam ein Engel vom Himmel, der sagte: »Es geschehe, wie du gesagt hast!«

Und er war reich. Und er ruhte auf einer Baleh-baleh, und die Klambu war von roter Seide.

Und der König des Landes zog vorbei, mit Reitern vor seinem Wagen. Und auch hinter dem Wagen waren Reiter, und man hielt den goldenen Pajong über das Haupt das Königs.

Und als der reiche Mann das sah, verdroß es ihn, daß über sein Haupt kein goldener Pajong gehalten wurde, und zufrieden war er nicht.

Er stöhnte und rief: »Ich wünschte, ich wäre König.«

Und es kam ein Engel vom Himmel, der sagte: »Es geschehe, wie du gesagt hast!«

Und er war König. Und vor seinem Wagen ritten viele Reiter und es gab auch Reiter hinter seinem Wagen, und über sein Haupt hielt man den goldenen Pajong.

Und die Sonne schien mit heißen Strahlen und verbrannte das Erdreich, so daß das junge Gras verdorrte.

Und der König klagte, daß die Sonne ihm ins Gesicht brannte und Macht über ihn hatte. Und zufrieden war er nicht.

Er stöhnte und rief: »Ich wünschte, ich wäre die Sonne.«

Und es kam ein Engel vom Himmel, der sagte: »Es geschehe, wie du gesagt hast!«

Und er war die Sonne. Und er sandte seine Strahlen nach oben und nach unten, nach links und nach rechts und überall hin.

Und er verbrannte das junge Gras auf dem Erdreich und das Gesicht der Fürsten, die auf der Erde waren.

Und eine Wolke stellte sich zwischen die Erde und ihn, und die Strahlen der Sonne prallten von ihr zurück.

Und er wurde zornig, daß seiner Macht widerstanden wurde, und er klagte, daß die Wolke Macht über ihn hatte. Und zufrieden war er nicht.

Er wollte die Wolke sein, die so mächtig war.

Und es kam ein Engel vom Himmel, der sagte: »Es geschehe, wie du gesagt hast!«

Und er wurde eine Wolke und stellte sich zwischen die Sonne und die Erde und fing die Strahlen auf, so daß das Gras grün wurde.

Und die Wolke regnete in großen Tropfen auf die Erde nieder und ließ die Flüsse anschwellen, und reißende Fluten rissen die Herden mit.

Und er verwüstete mit seinen Wassermassen das Feld.

Und er fiel auf einen Felsen, der nicht wich. Und er goß in großen Strömen, aber der Fels wich nicht.

Und er wurde zornig, weil der Fels nicht weichen wollte und weil die Gewalt seiner Ströme nichtig war. Und zufrieden war er nicht.

Er rief: »Diesem Felsen ist Macht gegeben über mich. Ich wünschte, ich wäre dieser Felsen.«

Und es kam ein Engel vom Himmel, der sagte: »Es geschehe, wie du gesagt hast!«

Und er wurde zum Felsen und rührte sich nicht, wenn die Sonne schien, und nicht, wenn es regnete.

Und da kam ein Mann mit Hacke und mit spitzem Meißel und mit schwerem Hammer, der Steine aus dem Felsen hieb.

Und der Felsen sagte: »Wie geht es an, daß dieser Mann Macht hat über mich und Steine haut aus meinem Schoß?« Und zufrieden war er nicht.

Er rief: »Ich bin schwächer als dieser . . . ich wünschte, ich wäre dieser Mann.

Und es kam ein Engel vom Himmel, der sagte: »Es geschehe, wie du gesagt hast!«

Und er war ein Steinhauer. Und er hieb Steine aus dem Felsen, unter großer Anstrengung, und er arbeitete sehr schwer für wenig Lohn, und er war zufrieden.

Saïdjah
Eine javanische Geschichte

Meine Geschichte wird eintönig sein! Eintönig wie die Geschichte von der Arbeitsamkeit der Ameise, die einen Teil ihres Wintervorrats über eine Erdscholle schleppen muß – einen Berg, der auf dem Weg zur Vorratskammer liegt. Unaufhörlich fällt sie mit ihrer Fracht hinterrücks, um doch immer wieder zu versuchen, endlich festen Fuß auf dem Steinchen dort oben fassen zu können . . . auf dem Felsen, der den Berg krönt. Aber zwischen ihr und diesem Gipfel tut sich ein Abgrund auf, den es zu überwinden gilt . . . eine Tiefe, die tausend Ameisen nicht ausfüllen würden. Kaum in der Lage, ihre Last zu ebener Erde fortzuschleppen, muß sie dazu die Last, die um ein Vielfaches schwerer ist als ihr eigener Körper, in die Höhe heben und sich zugleich auf einem schwankenden Boden aufrecht halten. Während sie sich mit der Fracht zwischen ihren Vorderfüßen aufrichtet, muß sie das Gleichgewicht halten. Schräg nach oben gerichtet muß sie diese fest umklammern, um sie glücklich auf die Stelle niederlassen zu können, die in der Felswand vorspringt. Sie wankt, schwankt, erschrickt, stürzt . . . versucht, an dem halb entwurzelten Baumstamm, dessen Krone in die Tiefe gerichtet ist, Halt zu finden – einem Grashalm! – sie verfehlt den Stützpunkt, den sie sucht, der Baum schnellt zurück – der Grashalm weicht unter ihrem Fuß – die so arg Geplagte fällt samt ihrer Fracht in die Tiefe. Für einen Augenblick hält sie bewegungslos still, wohl eine ganze Sekunde – eine lange Zeit im Leben einer Ameise. Sollte sie durch ihren Absturz vor Schmerzen in Ohnmacht gefallen sein? Oder gesteht sie sich betrübt ein, daß alle Mühe umsonst war? Aber nein, sie läßt sich nicht entmutigen. Wiederum ergreift sie ihre Last, und wieder schleppt sie diese nach oben, um kurz darauf ein ums andere Mal in die Tiefe zu stürzen.

Nicht anders ist meine Geschichte: sie ist nicht weniger eintönig. Aber ich will nicht von Ameisen berichten, deren Freud und Leid sich aufgrund der Vergröberung unserer Sinne unserer Wahrnehmung entzieht. Ich will von Menschen berichten, von Wesen, die genauso fühlen wie wir. Es ist allerdings so, daß der, der die empfindsame Rührung scheut und dem lästigen Mitleid entgehen will, sagen wird, diese Menschen sind gelb oder braun – viele nennen sie schwarz –, und für dergleichen ist der farbliche Unterschied Grund genug, um ihre Augen von all dem Elend abzuwenden, oder zumindest, falls sie schon einen Blick darauf verschwenden, ohne jede Rührung darauf herabzublicken.

Saïdjahs Vater hatte einen Büffel, mit dem er sein Feld bestellte. Als ihm dieser Büffel durch das Distriktsoberhaupt von *Parang-Kudjang* abgenommen wurde, war er sehr betrübt und sprach kein Wort, viele Tage lang. Denn die Zeit des Pflügens stand kurz bevor, und wenn man die *Sawah* nicht zeitig bearbeitete, dann war zu befürchten, daß auch die Zeit des Säens verstreichen würde und schließlich kein Reis geschnitten werden könnte, um ihn im *Lombong* des Hauses zu bergen.

Für Leser, die zwar Java, aber nicht *Bantam* kennen, muß ich hier anmerken, daß es in dieser Residenz *privaten Grundbesitz* gab, was anderswo nicht der Fall ist.*

Saïdjahs Vater war also sehr bekümmert. Er fürchtete, daß seine Frau nach Reis verlangen würde, und auch Saïdjah, der noch ein Kind war, und die kleinen Brüder und Schwestern von Saïdjah.

Auch werde ihn das Distriktshaupt, sollte er mit der Bezahlung seiner Landrente in Verzug geraten, beim Assistent-Residenten verklagen, denn dies steht laut Gesetz unter Strafe.

Da nahm Saïdjahs Vater einen *Kris*, der ein *Pusaka* seines Vaters war. Der Kris war nicht sehr schön, aber die Scheide war mit silbernen Bändern umwickelt und auch die Spitze der Scheide war mit Silber plattiert. Er verkaufte diesen Kris einem Chinesen, der in der Hauptstadt wohnte, und kam mit vierundzwanzig Gulden nach Hause zurück; für dieses Geld kaufte er einen neuen Büffel.

Saïdjah, der damals ungefähr sieben Jahre alt war, hatte mit dem neuen Büffel schnell Freundschaft geschlossen. Freundschaft, das sage ich nicht nur einfach so; es ist nämlich in der Tat rührend mitanzusehen, wie der javanische *Kerbo* an dem kleinen Jungen, der ihn hegt und pflegt, hängt. Auf den kleinsten Fingerdruck des Kindes, das es kennt, das es versteht und mit dem es groß geworden ist, beugt das starke Tier bereitwillig seinen schweren Kopf nach rechts, nach links oder nach unten.

Eine solche Freundschaft hatte wohl auch der kleine Saïdjah dem neuen Gast vom ersten Augenblick an ans Herz zu legen verstanden, und Saïdjahs aufmunternde Kinderstimme schien dem kraftvollen Nacken des starken Tieres noch mehr Kraft zu geben, wenn es den schweren Lehmboden aufriß und mit tiefen, scharfen Furchen seinen Weg zog. Bereitwillig kehrte der Büffel um, wenn er das Ende des Akkers erreicht hatte; nicht einmal um Daumensbreite wich er beim Zurückpflügen von der alten Furche ab, so daß die ganze *Sawah* wie eine von Riesenhand geharkte Gartenerde aussah.

Nebenan erstreckten sich die *Sawahs* von Adindas Vater, dem Vater des Kindes, für das die Heirat mit Saïdjah vereinbart war. Und immer wenn Adindas kleinere Brüder gleichzeitig mit Saïdjah an der gemeinsamen Grenze ankamen, riefen sie einander fröhlich zu und rühmten um die Wette die Kraft und die Folgsamkeit ihrer Büffel. Ich glaube jedoch, daß Saïdjahs Büffel der bessere war, vielleicht weil Saïdjah seinem Büffel besseren Zuspruch zu geben vermochte. Für eine gute Zusprache haben Büffel nämlich ein feines Gefühl.

Saïdjah war inzwischen neun Jahre alt geworden und Adinda bereits sechs, als dieser Büffel Saïdjahs Vater vom Distriktshaupt von *Parang-Kudjang* abgenommen wurde.

Saïdjahs Vater, der sehr arm war, verkaufte diesmal für achtzehn Gulden einem Chinesen zwei silberne *Klambu*haken, die *Pusakas* der Eltern seiner Frau waren. Und für dieses Geld kaufte er einen neuen Büffel.

Saïdjah aber, Saïdjah war traurig. Denn er hatte von den kleinen Brüdern Adindas gehört, daß der vorige Büffel zur Distriktshauptstadt getrieben worden war, und er hatte seinen Vater gefragt, ob er das Tier nicht gesehen habe, als er dort seine *Klambu*haken verkaufte. Auf diese Frage hatte Saïdjahs Vater keine Antwort geben wollen. Deshalb befürchtete Saïdjah, daß sein Büffel geschlachtet worden war, wie die anderen Büffel, die das Distriktshaupt der Bevölkerung weggenommen hatte.

Und Saïdjah weinte viel, wenn er an den armen Büffel dachte, mit dem er über zwei Jahre so herzlich zusammengelebt hatte. Und er konnte für lange Zeit nichts essen, weil es ihm die Kehle zuschnürte, wenn er schluckte.

Man vergesse nicht, daß Saïdjah noch ein Kind war.

Der neue Büffel nahm in der Zuneigung des Kindes sehr bald den Platz seines Vorgängers ein ... eigentlich allzuschnell, denn die wächsernen Eindrücke unseres Herzens werden so leicht glattgestrichen, um einer neuen Inschrift Platz zu machen! Wie dem auch sei, der neue Büffel war wohl nicht so stark wie der vorige ... es war wohl auch das alte Joch zu weit für seinen Nacken ... aber das arme Tier war genauso folgsam wie sein Vorgänger, der geschlachtet worden war; und wenn auch Saïdjah beim Zusammentreffen mit den kleinen Brüdern

Adindas nicht mehr die Kraft seines Büffels rühmen konnte, so beteuerte er dennoch, daß kein anderer dem seinen an gutem Willen überlegen sei. Und falls die Furche einmal nicht so gradlinig verlief wie vormals, wenn zum Beispiel undurchschnittene Erdklumpen seitlich liegenblieben, so behob er dies bereitwillig mit seinem *Patjol*, so gut er konnte. Es kam hinzu, daß kein Büffel einen *User-useran* wie der seine besaß. Sogar der *Penghulu* hatte gesagt, daß im Verlauf der Haarwirbel auf seinen Hinterblättern *Ontong* sei.

Als sie einmal auf dem Feld waren, rief Saïdjah seinem Büffel vergeblich zu, etwas hurtiger zu Werke zu gehen. Das Tier stand wie angewurzelt da. Saïdjah, der über so große und vor allem ungewohnte Widerspenstigkeit ungehalten war, konnte es nicht unterdrücken, das Tier unter Beleidigungen zu beschimpfen. »A.s.«, rief er, und jeder, der in Indien war, wird wissen, was gemeint ist. Und wer mich nicht versteht, genießt den Vorteil, daß ich ihm die Auslegung eines groben Ausdrucks erspare.

Gleichwohl hatte Saïdjah nichts Böses im Sinn. Er sagte das nur so daher, weil er es des öfteren von anderen vernommen hatte, wenn sie mit ihren Büffeln nicht zufrieden waren. Trotzdem hätte er sich den Fluch sparen können, denn er brachte nichts ein: Sein Büffel bewegte sich keinen einzigen Schritt vorwärts. Er schüttelte mit dem Kopf. So als wollte er das Joch abwerfen ... man sah den Atem aus seinen Nüstern hervorstoßen ... er schnaubte, bebte, erzitterte ... Angst stand in seinen blauen Augen, die Oberlippe war hochgezogen, so daß das Zahnfleisch bloßlag ...

»Flieh, flieh!« riefen plötzlich Adindas kleine Brüder. »Flieh, Saïdjah! Ein Tiger!«

Und alle streiften ihren Büffeln das Pflugjoch ab, schwangen sich auf die breiten Rücken und galoppierten über die *Sawahs* davon, über *Galangans* hinweg, durch Schlamm, Krüppelholz, Buschwerk und *Allang*gras, längs der Felder und Wege. Als sie keuchend und schwitzend in das Dorf *Badur* einritten, war Saïdjah nicht unter ihnen.

Als dieser nämlich wie die anderen seinen vom Joch befreiten Büffel bestiegen hatte, um wie diese zu fliehen, hatte ihm ein unerwarteter Sprung des Tieres des Gleichgewichts beraubt und ihn auf die Erde geworfen. Der Tiger war sehr nah ...

Vom Eigenschwung vorwärts getrieben, schoß Saïdjahs Büffel einige Sätze über die Stelle hinaus, wo seinem kleinen Herrn der Tod drohte. Einzig und allein infolge der Schwungkraft, und nicht etwa absichtlich, war das Tier an Saïdjah vorbeigeschossen. Denn kaum hatte es die Triebkraft überwunden, die alle Materie beherrscht, auch wenn die treibende Ursache keine Wirkung mehr hat, da kehrte das Tier um, pflanzte über das Kind seinen schwerfälligen Leib gleichsam wie ein Dach auf seine ungeschlachtenen Füße und kehrte seinen gehörnten Kopf dem Tiger zu. Dieser sprang . . . aber er sprang zum letztenmal. Der Büffel fing ihn mit seinen Hörnern auf und büßte lediglich ein Stück Fleisch ein, das der Tiger ihm am Hals ausschlug. Der Angreifer lag da mit aufgeschlitztem Bauch, und Saïdjah war gerettet. Es war wohl tatsächlich *Ontong* in dem *User-useran* dieses Büffels gewesen.

Als dieser Büffel Saïdjahs Vater abgenommen und geschlachtet war – ich habe ja gesagt, daß meine Geschichte eintönig ist –, als dieser Büffel geschlachtet war, zählte Saïdjah zwölf Jahre und Adinda webte *Sarongs* und verzierte diese mit fein gebatikten *Kapalas*. Sie vermochte bereits Gedanken in den Lauf ihres Farbschiffchens hineinzubringen, und sie zeichnete Betrübtheit auf ihr Gewebe, denn sie hatte Saïdjah sehr traurig gesehen.

Und auch Saïdjahs Vater war betrübt, am meisten aber seine Mutter. Hatte sie doch die Wunde am Hals des treuen Tieres geheilt, das ihr Kind unversehrt nach Hause gebracht hatte, nachdem sie aufgrund des Berichts von Adindas Brüdern schon geglaubt hatte, der Tiger habe ihr Kind fortgeschleppt. So oft hatte sie beim Betrachten der Wunde gedacht, wie tief wohl die Krallen, die so tief in die zähen Fleischfasern des Büffels eingedrungen waren, in den weichen Leib ihres Kindes eingeschlagen hätten, und immer wieder streichelte sie den Büffel, wenn sie frische Heilkräuter auf die Wunde gelegt hatte, und sprach ihm freundlich zu, auf daß das gute, treue Tier doch wissen sollte, wie dankbar eine Mutter ist! Später hoffte sie, der Büffel möchte sie verstanden haben, denn dann hätte er auch ihr Weinen begriffen, als er weggeführt wurde, und er hätte gewußt, daß es nicht Saïdjahs Mutter war, die ihn schlachten ließ.

Einige Zeit später flüchtete Saïdjahs Vater aus diesem Land, denn er fürchtete sich sehr vor der Strafe*, wenn er seine Landrente nicht bezahlen würde; er hatte nämlich keine *Pusaka* mehr, um einen neuen Büffel zu kaufen, weil seine Eltern immer nur in *Parang-Kudjang* gelebt hatten und ihm folglich wenig hinterlassen konnten. Auch die Eltern seiner Frau wohnten ihr Leben lang im selben Distrikt. Nach dem Verlust des letzten Büffels hielt er sich noch einige Jahre über Wasser, indem er mit gemieteten Pflugtieren arbeitete. Aber das ist eine sehr undankbare Art zu arbeiten und überdies verdrießlich für jemanden, der im Besitz eigener Büffel gewesen ist. Saïdjahs Mutter starb vor Kummer, und da machte sich sein Vater entmutigt aus *Lebak* und *Bantam* davon, um im *Buitenzorg'schen* Arbeit zu finden. Er wurde mit Stockschlägen bestraft, weil er *Lebak* ohne Passierschein verlassen hatte, und von der Polizei nach *Badur* zurückgebracht. Hier wurde er ins Gefängnis geworden, weil man ihn für geisteskrank hielt, was so unerklärlich wohl nicht gewesen wäre, und weil man befürchtete, er würde in einem Anfall von *Matah-glap Amok* laufen oder andere verkehrte Sachen machen. Indes war er nicht für lange Zeit im Gefängnis, weil er kurz darauf starb.

Was aus den kleinen Brüdern und Schwestern Saïdjahs geworden ist, weiß ich nicht. Das kleine Haus, das sie in *Badur* bewohnten, stand einige Zeit leer und fiel bald ein, da es nur mit Bambus gebaut und mit *Ataps* gedeckt war. Ein bißchen Staub und Schutt deckte die Stelle zu, wo viel gelitten worden war. Es gibt viele solcher Orte in *Lebak*.

Saïdjah war bereits fünfzehn, als sein Vater ins *Buitenzorg'sche* zog. Er hatte ihn nicht dorthin begleitet, weil er Größeres im Sinn hatte. Man hatte ihm gesagt, es gäbe in *Batavia* sehr viele Herren, die in *Bendies* führen, und er hätte demnach gute Aussichten, eine Stelle als *Bendie*-Junge zu finden, wozu man für gewöhnlich jemanden wählt, der noch jung ist und unausgewachsen, um nicht durch zuviel Gewicht auf dem hinteren Teil des zweirädrigen Gefährts das Gleichgewicht aufzuheben. Man hatte ihm versichert, es wäre bei guter Führung auf so einer Stelle viel zu verdienen. Vielleicht würde er sogar auf diese Weise in drei Jahren genug Geld beiseite legen können, um zwei Büffel zu kaufen. Diese Aussicht sagte ihm wohl zu! Mit stolzem Schritt, eben wie jemand, der große Dinge vorhat, trat er nach der Abreise seines Vaters bei Adinda ein und teilte ihr seinen Plan mit.

»Denk nur«, sagte er, »wenn ich zurückkomme, werden wir alt genug sein, um zu heiraten, und wir werden zwei Büffel haben!«

»Herrlich, Saïdjah! Ich will dich gerne heiraten, wenn du zurückkommst. Ich werde spinnen und *Sarongs* und *Slendangs* weben und die ganze Zeit sehr fleißig sein.«

»O ja, das will ich gerne glauben, Adinda! Aber . . . was ist, wenn ich dich verheiratet finde bei meiner Rückkehr?«

»Saïdjah, du weißt doch genau, daß ich niemanden sonst heiraten werde. Mein Vater hat mich deinem Vater zugesagt.«

»Und du selbst?«

»Ich werde nur dich heiraten, da sei ganz sicher!«

»Wenn ich zurückkomme, werde ich schon von weitem rufen ...«

»Wer soll das hören, wenn wir im Dorf Reis stampfen?«

»Das stimmt. Aber Adinda ... ja, das ist besser: Warte auf mich beim *Djati*wald, unter dem *Ketapan*baum, wo du mir die *Melati*blüte gegeben hast.«

»Aber Saïdjah, wie kann ich wissen, wann ich dorthin gehen muß, um auf dich bei dem *Ketapan* zu warten?«

Saïdjah bedachte sich einen Augenblick und sagte: »Zähle die Monde. Ich werde dreimal zwölf Monde wegbleiben ... diesen Mond nicht mitgerechnet. Sieh, Adinda, schneide an jedem Neumond eine Kerbe in deinen Reisblock. Wenn du dreimal zwölf Kerben eingeschnitten hast, werde ich am darauffolgenden Tag unter dem *Ketapan*baum eintreffen. Versprichst du, da zu sein?«

»Ja, Saïdjah! Ich werde unter dem *Ketapan* beim *Djati*wald sein, wenn du zurückkommst.«

Da riß Saïdjah einen Streifen aus seinem blauen Kopftuch, das sehr verschlissen war, und gab das Stückchen Leinen Adinda, damit sie es als Pfand behalte. Und dann verließ er sie und *Badur*. Viele Tage lang war er ununterbrochen unterwegs. Er passierte *Rangkas-Betung*, das damals noch nicht die Hauptstadt von *Lebak* war, des weiteren *Warung-Gunung*, wo zu der Zeit der Assistent-Resident wohnte, und am nächsten Tag sah er *Pandeglang*, wie inmitten eines Gartens daliegend. Wieder einen Tag später erreichte er *Serang* und staunte über die Pracht eines so großen Ortes mit vielen Häusern, aus Stein gebaut und mit roten Ziegeln gedeckt. Dergleichen hatte Saïdjah noch nie gesehen. Er verweilte dort einen Tag lang, weil er müde war, aber in der Nacht, als es kühl war, ging er weiter und kam am folgenden Tag nach *Tangerang*, noch ehe der Schatten auf seine Lippen fiel, wiewohl er den großen *Tudung* trug, den sein Vater ihm überlassen hatte.

In *Tangerang* nahm er unweit der Überfahrt im Fluß ein Bad und ruhte sich im Haus eines Bekannten seines Vaters aus, der ihm zeigte, wie man Strohhüte in der Art derer, die aus *Manila* kommen*, herstellt. Um dies zu erlernen, blieb er dort einen Tag, denn er dachte, sich damit später etwas verdienen zu können, falls er in *Batavia* kein Glück haben sollte. Gegen Abend des folgenden Tages, als es schon kühl wurde, bedankte er sich bei seinem Gastherrn und zog weiter. Sowie es völlig dunkel war, auf daß es niemand sähe, holte er das Blatt hervor, worin er die *Melati*blüte aufbewahrte, die ihm Adinda unter dem *Ke-*

*tapan*baum gegeben hatte. Denn er war traurig geworden, weil er sie für eine so lange Zeit nicht sehen würde. Am ersten Tag, und auch noch am zweiten, war es ihm kaum aufgefallen, wie allein er war, da seine Seele völlig von der Idee eingenommen war, Geld für den Kauf zweier Büffel zu verdienen, wo doch selbst sein Vater niemals mehr als einen besessen hatte; auch richteten sich seine Gedanken zu sehr auf das Wiedersehen mit Adinda, als daß sie der Betrübtheit über den Abschied viel Raum bieten konnten. Er hatte in überschwenglicher Hoffnung Abschied genommen und diesen in seinen Gedanken untrennbar mit dem Wiedersehen unter dem *Ketapan* verknüpft. Denn in seinem Herzen spielte die Aussicht auf dieses Wiedersehen eine so bestimmende Rolle, daß er, als er bei seiner Abreise aus *Badur* an diesem Baum vorbeikam, eine solche Fröhlichkeit in sich aufsteigen fühlte, als wären sie schon vorüber, die sechsunddreißig Monde, die ihn noch von diesem Augenblick trennten. Es kam ihm so vor, als bräuchte er sich nur umzudrehen, so als wäre er schon von seiner Reise zurück, um Adinda zu sehen, die unter dem Baum auf ihn wartete.

Doch je weiter er sich von *Badur* entfernte und je mehr er der furchtbaren Länge gewahr wurde, die schon ein einziger Tag haben kann, um so länger wurden für ihn die sechsunddreißig Monde, die noch vor ihm lagen. Es lag jetzt etwas auf seiner Seele, das ihn weniger schnell voranschreiten ließ. Traurigkeit lähmte seine Beine, und wenn es auch nicht Mutlosigkeit war, die ihn plötzlich überfiel, so war es doch Wehmut, die nicht weit von Mutlosigkeit entfernt ist. Er dachte daran, umzukehren, aber was sollte dann Adinda von einem so kümmerlichen Mut halten?

Also ging er weiter, wenn auch langsamer. In seiner Hand hielt er die *Melati*blüte, preßte sie oft an seine Brust. Er war in diesen drei Tagen um vieles gealtert, und es war ihm unbegreiflich, daß er früher so ruhig in den Tag hinein gelebt hatte, wo doch Adinda ihm so nahe war und er sie treffen konnte, sooft und solange er wollte. Jetzt jedenfalls würde er nicht mehr so ruhig bleiben, wenn er erwarten könnte, daß sie gleich vor ihm stünde. Und es war ihm auch unbegreiflich, daß er nach dem Abschiednehmen nicht noch einmal umgekehrt war, um sie noch einmal anzusehen. Er vergegenwärtigte sich auch, wie er sich noch kurz zuvor wegen der Schnur mit ihr gestritten hatte, die sie für den *Lalajang* ihrer kleinen Brüder gesponnen hatte und die gerissen war, weil seiner Meinung nach in ihrem Gespinst ein Fehler war, der zur Folge hatte, daß eine Wette mit den Kindern aus *Tjipurut* verloren wurde. »Wie war es nur möglich«, dachte er, »deswegen auf Adinda böse zu werden? Selbst wenn sie einen Fehler gemacht hätte und tatsächlich aufgrund dieses Fehlers die Wette von *Badur* gegen *Tjipurut* verloren worden wäre und nicht durch die Glasscherbe - wie hinterlistig und geschickt sie auch von dem kleinen *Djamien* aus seinem Versteck geworfen sein mochte –, hätte ich selbst dann ihr gegenüber so grob sein und ihr ungehörige Worte sagen dürfen? Was ist, wenn ich in *Batavia* sterbe, ohne sie für eine so große Grobheit um Verzeihung gebeten zu haben? Wird es nicht so aussehen, als wäre ich ein schlechter Mensch, der einem Mädchen häßliche Schimpfworte an den Kopf wirft? Und wenn man hört, daß ich in einem fremden Land gestorben bin, wird dann nicht jeder in *Badur* sagen: nur gut, daß Saïdjah gestorben ist, denn er hat gegenüber Adinda einen großen Mund gehabt?«

So nahmen seine Gedanken einen Lauf, der sich von der früheren Überschwenglichkeit deutlich abhob; diese Gedanken, sie kamen unwillkürlich auf, zuerst in halben, vor sich hingemurmelten Worten, dann in Selbstgesprächen und schließlich in einem wehmütigen Gesang. [...]

Saïdjah erreichte *Batavia.* Er ersuchte einen Herrn, ihn in Dienst zu nehmen, was dieser Herr auch auf der Stelle tat, weil er Saïdjah nicht verstand. In *Batavia* bevorzugt man nämlich mit Vorliebe Bedienstete, die noch kein Malaiisch sprechen und noch nicht so verdorben sind wie andere, die bereits länger die Vorzüge der europäischen Zivilisation genossen haben. Saïdjah lernte das Malaiische sehr schnell, aber er führte sich brav auf, denn er dachte unentwegt an die zwei Büffel, die er kaufen wollte, und an Adinda. Er wurde groß und stark, weil er jeden Tag zu essen hatte, was in *Badur* nicht immer der Fall war. Er war beliebt und wäre sicher nicht abgewiesen worden, hätte er um die Hand der Kutschertochter angefragt. Sogar sein Herr hielt so viel von Saïdjah, daß er bald zum Hausbedienten befördert wurde. Man gewährte ihm eine Lohnerhöhung und machte ihm überdies fortwährend Geschenke, weil man mit seinen Diensten so besonders zufrieden war. Die gnädige Frau hatte den Roman von *Sue* gelesen, der für kurze Zeit viel Aufsehen erregte, und sie dachte stets an den Prinzen *Djalma*, sobald sie Saïdjah sah. Auch die jungen Mädchen verstanden mit einem Mal besser, warum der javanische Maler *Radhen Saleh* in Paris soviel Furore gemacht hatte.

Indes fand man, daß Saïdjah undankbar wäre, als er, nach fast dreijähriger Dienstzeit, um seine Entlassung nachsuchte und um ein Zeugnis über gute Führung bat. Man konnte es ihm jedoch nicht verweigern, und frohen Mutes machte sich Saïdjah auf die Reise.

Er ging an *Pising* vorbei, wo einmal lange Zeit vorher Havelaar gewohnt hatte. Aber das wußte Saïdjah nicht. Und selbst wenn er es gewußt hätte, ihn beschäftigte etwas völlig anderes. Er zählte die Schätze, die er heimbrachte. In einer Bambusrolle hatte er seinen Paß und das Zeugnis über gute Führung. In einem Futteral, das an einem ledernen Riemen befestigt war, schlug etwas Schweres fortwährend gegen seine Schulter, aber er fühlte das gerne, was wiederum ich gerne glauben will, denn darin waren dreißig Spanische Matten*, genug, um drei Büffel zu kaufen. Was würde wohl Adinda sagen? Aber das war noch nicht alles. Auf seinem Rücken erblickte man die silberbeschlagene Scheide eines *Kris*, den er am Gürtel trug. Der Griff war sicher aus feingeschnitztem *Kamuning*holz, denn er war sehr sorgfältig mit einer seidenen Hülle umwickelt. Und er besaß noch mehr Schätze. In dem wulstigen *Kahin*, der um seine Lenden lag, bewahrte er eine Bauchbinde aus breiten silbernen Gliedern und mit einer goldenen *Ikat-pendieng*.

Nun, es stimmt schon, daß die Binde sehr kurz war, aber sie war ja auch so schlank ... Adinda!

Und unter seinem *Baadju* trug er an einer feinen Schnur einen kleinen seidenen Beutel mit einigen getrockneten *Melati*blüten.

Nimmt es wunder, daß er sich in *Tangerang* nicht länger als eben nötig aufhielt, um den Bekannten seines Vaters zu besuchen, der so feine Strohhüte flocht? Nimmt es wunder, daß er nur wenige Worte für die Mädchen fand, die ihm auf seinem Weg begegneten und »Wohin, woher« fragten, wie der Gruß in dieser Gegend lautete? Nimmt es wunder, daß ihm *Serang* nicht mehr so vornehm erschien, ihm, der *Batavia* kennengelernt hatte. Daß er sich nicht – wie vor drei Jahren – in die Büsche verkroch, wenn der Resident vorüberfuhr, er, der den viel größeren Herrn gesehen hatte, der in *Buitenzorg* wohnt und der *Großvater* des *Susuhunan von Solo*, des Kaisers von *Surakarta*, ist? Nimmt es wunder, daß er den Berichten derer, die ihn ein Stück des Wegs begleiteten und von all den Neuigkeiten in *Bantan-Kidul* sprachen, kaum Beachtung schenkte? Daß er kaum hinhörte, als man ihm erzählte, der Kaffeeanbau sei nach vielen vergeblichen Mühen jetzt völlig aufgegeben worden? Daß das Distriktshaupt von *Parang-Kudjang* wegen Raubes auf öffentlichen Wegen zu vierzehn Tagen Arrest verurteilt worden war, abzusitzen im Hause seines Schwiegervaters?

Daß die Hauptstadt jetzt *Rangkas-Betung* war? Daß ein neuer Assistent-Resident gekommen war, weil der vorige vor einigen Monate verstorben war? Was der neue Beamte auf der ersten *Sebah*-Versammlung gesagt hatte? Daß da seit einiger Zeit niemand mehr wegen seiner Klagen bestraft worden war und daß man unter der Bevölkerung hoffte, daß alles Diebesgut zurückgegeben oder erstattet werde?

Nein, vor dem Auge seiner Seele zeichneten sich schönere Bilder ab. Er suchte den *Ketapan*baum in den Wolken, als er noch zu weit weg war, um ihn in *Badur* zu suchen. Er griff in die Luft um ihn herum, als wollte er die Gestalt umarmen, die unter dem Baum auf ihn warten sollte. Er malte sich Adindas Gesicht aus, ihren Kopf, ihre Schultern ... er sah den schweren *Kondeh* in seinem glänzenden Schwarz, gefangen im eigenen Strick*, in den Nacken fallend ... er sah ihre großen Augen, leuchtend im dunklen Widerschein ... die Nasenflügel, die sie als Kind so stolz rümpfte, wenn er – wie war's nur möglich! – sie ärgerte, und das Lächeln in ihren Mundwinkeln. Er sah ihre Brust, die wohl jetzt unter der *Kabaai* schwellen würde ... er sah, wie der *Sarong*, den sie selbst gewebt hatte, hauteng ihre Hüfte umschloß und, dem Oberschenkel in gebogener Linie folgend, über das Knie in herrlichen Wellenbewegungen auf den kleinen Fuß niederfiel ...

Er hörte, wie Adinda sagen würde: »Sei willkommen, Saïdjah. Beim Spinnen und beim Weben habe ich an dich gedacht, und beim Reisstampfen in dem Block, der dreimal zwölf Kerben von meiner Hand trägt. Hier stehe ich unter dem *Ketapan*, am ersten Tag des neuen Mondes. Sei willkommen, Saïdjah, ich will deine Frau sein!«

Solcherart war die Musik, die in seinen Ohren widerklang und ihn davon abhielt, auf all die Neuigkeiten zu hören, die man ihm auf seinem Weg erzählte.

Endlich sah er den *Ketapan*. Oder besser gesagt, er sah eine dunkle Stelle, die viele Sterne vor seinen Augen verdeckte. Das mußte der *Djati*wald sein, nahe bei dem Baum, unter dem er Adinda am nächsten Tag nach Sonnenaufgang wiedersehen sollte. Er suchte im Dunkeln, indem er viele Stämme abtastete. Alsbald fand er an der Südseite eines Baumes eine ihm wohlbekannte Unebenheit; er legte den Finger in einen klaffenden Spalt, den *Si-panteh* mit seinem *Parang* in den Baum gehauen hatte, um den *Pontianak* zu beschwören, der kurz vor der Geburt seines Brüderchens die Zahnschmerzen von *Pantehs* Mutter bewirkt hatte. Das war der *Ketapan*, den er suchte.

Ohne Zweifel, das war der Ort, an dem er Adinda das erste Mal anders angesehen hatte, als seine übrigen Spielgefährten; dort hatte sie sich zum ersten Mal geweigert, bei einem Spiel mitzumachen, das sie noch kurz vorher mit allen Kindern, Jungen wie Mädchen, gespielt hatte. Da hatte sie ihm die *Melati* gegeben.

Er ließ sich am Fuß des Baumes nieder und sah zu den Sternen auf. Und als einer vom Himmel fiel, empfand er dies als einen Willkommensgruß zu seiner Rückkehr nach *Badur.* Und er fragte sich, ob Adinda jetzt wohl schlafen werde. Und ob sie auch immer richtig die Monde in ihren Reisblock eingekerbt hätte. Es hätte ihn sehr betrübt, würde sie einen Mond überschlagen haben, als wären sechsunddreißig nicht genug – sechsunddreißig! Und ob sie schöne *Sarongs* und *Slendangs* gebatikt habe! Er dachte auch darüber nach, wer wohl jetzt im Hause seines Vaters wohnen werde. Bilder aus seiner Kindheit kamen ihm in den Sinn; seine Mutter, als der Büffel ihn vor dem Tiger gerettet hatte, und er sann darüber nach, was wohl aus Adinda geworden wäre, wenn der Büffel weniger treu gewesen wäre.

Aufmerksam beobachtete er das Fallen der Sterne im Westen, und immer wenn ein Stern am Horizont verschwand, rechnete er sich aus, um wieviel näher jetzt die Sonne ihrem Aufgehen im Osten wäre und um wieviel näher er selbst dem Wiedersehen mit Adinda komme.

Denn ganz bestimmt, so dachte er, werde sie beim ersten Sonnenstrahl kommen, ja bereits beim ersten Schimmer der Morgendämmerung werde sie dasein ... ach, warum war sie nicht schon einen Tag früher gekommen?

Es betrübte ihn, daß sie dem schönen Augenblick, der schon seit drei Jahren mit unbeschreiblichem Glanz in seine Seele leuchtete, nicht entgegengeeilt war. Und weil er in der Selbstsucht seiner Liebe ungerecht war, schien es ihm dann, daß Adinda eigentlich hätte dasein müssen, um ihn zu erwarten – *ihn*, der sich jetzt bereits vor der Zeit beklagte, daß er auf *sie* warten müßte.

Aber er beklagte sich zu Unrecht. Denn noch war die Sonne nicht aufgegangen, noch hatte das Auge des Tages keinen einzigen Blick auf die Ebene geworfen. Zwar verblaßten dort oben bereits die Sterne, beschämt, daß ihrer Herrschaft ein so baldiges Ende gesetzt würde ... zwar flossen bereits ungewöhnliche Farben über die Spitzen der Berge, die um so dunkler erschienen, je schärfer sie sich von dem immer heller werdenden Hintergrund abhoben ... zwar fuhr bereits hier und da etwas Glühendes durch die Wolken im Osten – Pfeile aus Gold und Feuer, die parallel zum Horizont hin und her geschossen wurden, aber sie verschwanden auch wieder und schienen hinter dem undurchdringbaren Vorhang niederzufallen, hinter dem sich dem Auge Adindas noch immer der Tag verbarg.

Doch es wurde allmählich heller und heller um ihn herum. Er konnte bereits die Landschaft erkennen und den Schopf des kleinen *Klappa*hains deutlich unterscheiden, in dem *Badur* wie versteckt dalag ... da schlief Adinda!

Nein, sie schlief nicht mehr! Wie sollte sie auch schlafen können! Wußte sie nicht, daß Saïdjah auf sie wartete! Gewiß, sie hatte die ganze Nacht kein Auge zugemacht! Ganz bestimmt hatte die Dorfwache an ihre Tür geklopft, um zu fragen, warum die *Pelitah* in ihrem kleinen Haus nicht gelöscht wurde, und mit einem lieben, herzlichen Lachen hatte sie geantwortet, daß ein Versprechen sie nicht schlafen ließe, sie müsse noch einen *Slendang* zu Ende weben, damit sei sie beschäftigt, und am ersten Tag des neuen Mondes müsse dieser fertig sein ...

Oder sie hatte die Nacht im Dunkeln verbracht, saß auf ihrem Reisblock und zählte mit begierigen Fingern, ob auch wirklich sechsunddreißig tiefe Kerben, eine neben der anderen, darin eingeschnitten wären. Um sich die Zeit zu vertreiben, jagte sie sich einen künstlichen Schrecken ein; vielleicht hatte sie sich doch verrechnet, und es fehlt noch eine Kerbe! Und immer wieder verschaffte sie sich die herrliche Gewißheit: Es sind einwandfrei dreimal zwölf Monde vergangen, seit Saïdjah sie zum letztenmal gesehen hatte.

Jetzt, wo es allmählich hell wurde, würde wohl auch sie ihre Augen vergebens überanstrengen, um einen Blick hinter den Horizont zu werfen, auf daß er der Sonne begegnet, der schläfrigen Sonne, die ausblieb ... ausblieb ...

Da zog ein Streifen bläulichen Rots auf, der sich an die Wolken klammerte, deren Ränder jetzt hell und glühend wurden, und ein Aufblitzen setzte ein, und wieder schossen Feuerpfeile durch die Lüfte, doch diesmal fielen sie nicht herab, sie blieben auf dem dunklen Grund haften und strahlten ihre Glut in immer größer werdenden Kreisen aus, begegneten einander, kreuzten, umschlangen und drehten sich, schweiften umher und vereinigten sich zu Feuerbündeln – ein Wetterleuchten von goldenem Glanz vor einem perlmutternen Hintergrund, und Rot und Blau, Gelb, Silber, Purpur und Azur war in alledem ... o Gott, das war die Morgenröte: das war das Wiedersehen mit Adinda!

Saïdjah hatte niemals zu beten gelernt, und es wäre auch ein Jammer gewesen, es ihm beizubringen, denn ein heiligeres Gebet und ein flammenderer Dank, als in dem stillen Frohsinn seiner Seele, war nicht in menschliche Worte zu fassen.

Er wollte nicht bis nach *Badur* gehen. Sogar das Wiedersehen mit Adinda kam ihm weniger schön vor als die Gewißheit, sie alsbald wiederzusehen. Er setzte sich am Fuß des *Ketapan*baumes nieder und ließ seine Blicke über die Landschaft schweifen. Die Natur lachte ihn strahlend an und schien ihn willkommen zu heißen, wie eine Mutter ihr heimgekehrtes Kind. Und ebenso wie diese ihrer Freude durch ein eigenwilliges Erinnern an den vorübergegangenen Schmerz Ausdruck gibt, in dem Ausmalen dessen, was sie sich während der Zeit der Trennung als Andenken bewahrt hatte, nicht anders erfreute sich auch Saïdjah an dem Wiedersehen so vieler Stellen, die Zeugen seiner Kindheit waren. Aber wie auch seine Blicke oder seine Gedanken umherschweiften, immer wieder fielen sein Blick und sein Verlangen auf den schmalen Pfad, der von *Badur* zu dem *Ketapan*baum führte. Was immer seine Sinne auch wahrnahmen, alles hieß Adinda. Er sah zu seiner Linken den Abgrund, da wo die Erde so gelb ist und wo einmal ein junger Büffel in die Tiefe abrutschte; damals hatten sich alle Bewohner des Ortes zusammengefunden, um das Tier zu retten – denn es ist nicht gerade eine Kleinigkeit, einen jungen Büffel zu verlieren. Sie hatten sich an langen *Rottan*stricken heruntergelassen. Keiner war so mutig wie Adindas Vater . . . wie da Adinda in die Hände geklatscht hatte!

Und dort drüben auf der anderen Seite, wo das Kokoswäldchen über den Hütten des Dorfes weht, irgendwo da war *Si-unah* vom Baum gefallen und gestorben. »Er war doch noch so klein«, schrie und jammerte seine Mutter . . . als wäre sie weniger traurig gewesen, wenn *Si-unah* größer gewesen wäre. Aber klein war er, das läßt sich nicht leugnen, denn er war noch kleiner und schmächtiger als Adinda . . .

Niemand betrat den schmalen Weg, der von *Badur* zu dem Baum führte. Gleich müßte sie kommen . . . aber ja, es war noch zu früh!

Saïdjah erblickte einen *Badjing*, der flink und ausgelassen den Stamm eines *Klappa*baumes hinauf und hinuntersprang. Das kleine Tier – gewiß ein Ärgernis für den Besitzer des Baumes, aber doch von liebster Erscheinung und anmutigster Bewegung – kletterte unermüdlich auf und ab. Saïdjah schaute dem zu und zwang sich, ihm weiter zuzusehen, weil es seine Gedanken beruhigte. Alsbald äußerten sich seine Gedanken in Worten, und er besang, was ihn in seinem Innern bewegte.

Und noch immer war niemand auf dem Pfad zu sehen, der von *Badur* zu dem Baum führte.

Oh, sie war gewiß um die Morgenstunde in Schlaf gefallen, ermüdet von dem Wachen während der Nacht, von dem Wachen in vielen langen Nächten! Sicherlich hat sie seit Wochen nicht geschlafen: So mußte es sein!

Sollte er sich erheben und nach *Badur* gehen? Nein! Könnte das nicht so aussehen, als wären da Zweifel an ihrem Kommen?

Und wenn er den Mann riefe, der da drüben seinen Büffel aufs Feld treibt? Der Mann war zu weit weg. Und überdies, Saïdjah wollte nicht *über* Adinda sprechen, nicht *nach* Adinda fragen ... erst wollte er sie wiedersehen. Sie mußte bestimmt jetzt gleich kommen, ganz bestimmt!

Er würde warten, warten ...

Aber wenn sie nun krank wäre, oder ... tot?

Wie ein angeschossener Hirsch flog Saïdjah den Pfad hinab, der von dem *Ketapan* zu dem Dorf führte, in dem Adinda wohnte. Er sah nichts und hörte nichts, und doch hätte er etwas hören können, denn am Eingang des Dorfes standen einige Einwohner auf dem Weg und riefen: »Saïdjah, Saïdjah!«

Aber ... war es seine Übereile, sein fiebriges Verlangen, das ihn Adindas Haus nicht finden ließ? Er war schon bis ans Ende des Weges, mit dem auch das Dorf endete, gejagt, und wie durchgedreht machte er kehrt und faßte sich verzweifelt an die Stirn, daß er, ohne es zu merken, an ihrem Haus vorbeilaufen konnte. Aber da war er schon wieder am anderen Ende des Dorfes, und – mein Gott, träumte er denn! – wiederum hatte er Adindas Haus nicht gefunden! Noch einmal hetzte er zurück, blieb plötzlich stehen, griff sich mit beiden Händen an den Kopf, als wollte er aus diesem den Wahnsinn herauspressen, und schrie: »Verrückt, verrückt, ich bin wahnsinnig!«

Und die Frauen von *Badur* traten vor ihre Häuser und sahen ergriffen den armen Saïdjah da stehen, denn sie erkannten ihn und begriffen, daß er Adindas Haus suchte, und sie wußten, daß es in dem Dorf *Badur* kein Haus von Adinda gab.

Als nämlich das Distriktshaupt von *Parang-Kudjang* den Büffel, der Adindas Vater gehörte, weggenommen hatte ...

Ich habe es gesagt, daß meine Geschichte eintönig ist.

... da war Adindas Mutter vor Kummer gestorben. Und ihr jüngstes Schwesterchen war gestorben, weil es keine Mutter hatte, die es säugte. Und Adindas Vater, der sich vor der Bestrafung fürchtete, falls er seine Landrente würde nicht bezahlen können...

Adindas Vater hatte das Land verlassen. Adinda und ihre Brüder hatte er mitgenommen. Aber er wußte, das Saïdjahs Vater im *Buitenzorg'schen* mit Stockschlägen bestraft worden war, weil er *Badur* ohne Passierschein verlassen hatte. Und deshalb war Adindas Vater weder nach *Buitenzorg* noch nach *Krawang*, noch ins Gebiet der *Preanger Regentschaften*, noch in die Gegend von *Batavia* gegangen . . . er war nach *Tjilang-Kahan* gegangen, dem Distrikt von *Lebak*, der an die See grenzt. Er hatte sich dort in den Wäldern versteckt gehalten und das Eintreffen von *Pa-ento, Pa-lontah, Si-uniah, Pa-ansiu, Abdul-isma* und einiger anderer abgewartet, die durch das Distriktshaupt von *Parang-Kudjang* ihrer Büffel beraubt worden waren und allesamt die Strafe fürchteten, die ihnen drohte, falls sie nicht in der Lage sein sollten, ihre Landrente zu bezahlen. Sie hatten sich bei Nacht einer Fischer*prau* bemächtigt und waren in See gestochen. Sie steuerten westwärts, wobei sie die Küste rechts liegen ließen, bis zum Kap *Java-Spitze*. Dann wendeten sie nordwärts, bis sie vor sich *Tanah-Itam* erblickten, das die europäischen Seeleute *Prinzeneiland* nennen. Nachdem sie an der Ostseite der Insel entlang gesegelt waren, nahmen sie Kurs auf die *Kaiserbai*, indem sie auf den hohen Pik in den *Lampangs* zusteuerten. So jedenfalls war die Route, die man sich im *Lebak'schen* zuflüsterte, sobald über offiziellen Büffelraub und unbezahlte Landrenten gesprochen wurde.

Doch der verwirrte Saïdjah konnte nicht genau verstehen, was man ihm sagte. Selbst die Kunde vom Tod seines Vaters konnte er kaum verstehen. Es dröhnte ihm in den Ohren, als hätte man in seinem Kopf einen *Gong* angeschlagen. Er fühlte, wie das Blut stoßweise durch seine Adern fuhr und gegen seine Schläfen gepreßt wurde, die unter dem Druck einer so übermäßigen Ausdehnung zu zerplatzen drohten. Er sprach kein Wort und starrte mit wirrem Blick umher, ohne zu sehen, was um ihn herum geschah; schließlich brach er in ein furchtbares Gelächter aus.

Eine alte Frau nahm ihn mit in ihr Haus und pflegte den armen Kranken. Nach kurzer Zeit lachte er nicht mehr so beängstigend, aber trotz der Fürsorge sprach er weiterhin kein einziges Wort. Nur in der Nacht wurden die Mitbewohner des Hauses durch seine Stimme aufgeschreckt, wenn er tonlos *»Ich weiß nicht, wo ich sterben werde«*

sang; einige Bewohner von *Badur* legten Geld zusammen, um den *Boajas* des *Tjudjung*-Sees ein Opfer für die Genesung Saïdjahs zu bringen, den man für wahnsinnig hielt.

Indes – wahnsinnig war er nicht.

Denn eines Nachts, als der Mond heller schien, erhob er sich von seiner *Baleh-baleh*, verließ leise das Haus und suchte nach dem Ort, wo Adinda gewohnt hatte. Es war nicht einfach, diesen Platz zu finden, denn es gab viele eingestürzte Häuser. Indes schien er den Ort an der Weite des Winkels wiederzuerkennen, den einige lichte Linien im Gehölz bildeten, die in sein Auge einfielen, so wie der Seefahrer Leuchttürme oder hohe Bergspitzen anpeilt, um seinen Standort zu bestimmen.

Ja, hier mußte es sein . . . hier hatte Adinda gewohnt!

Er stolperte über halbverrotteten Bambus und über Teile des eingestürzten Daches und bahnte sich so einen Weg zu dem Heiligtum, das er suchte. Und er fand tatsächlich noch ein stehengebliebenes Stück des *Paggers*, neben dem Adindas *Baleh-baleh* gestanden hatte, und in dem *Pagger* steckte sogar noch der Bambusstift, an den sie ihr Kleid hängte, wenn sie sich schlafen legte . . .

Die *Baleh-baleh* aber war wie das ganze Haus in sich zusammengefallen und fast nur noch Staub. Er nahm eine Handvoll davon, drückte ihn an seine geöffneten Lippen und atmete tief ein.

Am folgenden Tag fragte er die alte Frau, die ihn gepflegt hatte, wo der Reisblock wäre, der im Hof von Adindas Haus gestanden hätte. Die alte Frau freute sich, ihn reden zu hören, und lief durch das ganze Dorf, um den Block zu suchen. Als sie Saïdjah den neuen Besitzer mitteilen konnte, folgte er ihr schweigend; beim Reisblock angelangt, zählte er auf ihm zweiunddreißig eingekerbte Streifen . . .

Dann gab er der Frau so viele Spanische Matten wie für den Erwerb eines Büffels nötig waren und verließ *Badur*. In *Tjilang-Kahan* kaufte er eine Fischer*prau* und erreichte mit dieser, nachdem er einige Tage gesegelt war, die Küste von *Lampong*, wo sich Aufständische der niederländischen Staatsautorität widersetzten. Er schloß sich einem Trupp von Bantamern an, weniger um des Kampfes willen, als um Adinda zu suchen, denn er war von sanftmütiger Wesensart und für Betrübtheit empfänglicher als für Bitterkeit und Haß.

Eines Tages, als die Aufständischen erneut geschlagen waren, irrte er in einem Dorf umher, das gerade erst durch das niederländische Heer erobert worden war und *mithin* in Flammen stand.

Saïdjah wußte, daß der Trupp der Aufständischen, der dort völlig aufgerieben worden war, zum größten Teil aus Bantamern bestanden hatte. Wie ein Geist durchstreifte er die noch nicht völlig niedergebrannten Häuser und fand mit einer Klewang-Bajonettwunde in der Brust den Leichnam von Adindas Vater. Neben ihm erblickte Saïdjah die drei hingemordeten Brüder Adindas, junge Männer, fast noch Kinder, und etwas abseits lag der Leichnam Adindas, nackt, furchtbar mißhandelt . . .

Ein schmaler Streifen blauen Leinens war in die klaffende Brustwunde eingedrungen, die einem langen Kampf ein Ende gemacht zu haben schien.

Da warf sich Saïdjah einigen Soldaten entgegen, die mit vorgehaltenen Gewehren die noch lebenden Aufständischen ins Feuer der brennenden Häuser trieben. Er umfaßte die breiten Schwertbajonetten, drückte ihnen mit aller Kraft seinen Körper entgegen und drängte noch mit letzter Kraft die Soldaten zurück, als bereits die Griffe der Schwerter gegen seine Brust stießen.

Der Mann im Zimmer

Sein Rock war abgetragen, aber das schien er gar nicht zu merken. Wer denkt schon an den eigenen Rock, wenn andere so viel Not leiden?

So reden die Bücher.

Aber in der Welt ist es so nicht. Wahrhaftig, so ist es nicht! Es gibt in der Tat Menschen, denen abgetragene Röcke entschieden zuwider sind, falls sie nicht über den Schultern anderer hängen. Kein Unglück ist leichter zu tragen als das Unglück eines Nachbarn. Nur Feuer und Pocken machen eine Ausnahme – diese Dinge schlagen gelegentlich über, sind geradezu ansteckend!

Sein Rock war also abgetragen, und er klopfte an die Tür . . .

Er hatte schon oft an andere Türen geklopft, aber immer ohne Erfolg! Sollte es jetzt glücken, gerade jetzt?

Da drinnen saß jemand, dem es ums Schreiben zu tun war und der ungeduldig »Ja!« rief, als wären ihm selbst die zwei Buchstaben, die ihm nur wenig Zeit stahlen, noch zuviel.

Der Mann im Zimmer sagte schlicht und einfach, er habe kein Geld und er sei verliebt.

War der Besucher ein Gläubiger?

Diesmal nicht, und zwar ausnahmsweise.

»Ich kann wirklich nicht helfen; Geld habe ich keins und Zeit auch nicht. Ich schreibe an FANCY, und folglich ...«

»FANCY?«

»FANCY oder *fancy* [...], ganz wie Sie wollen! Es ist jemand, den ich liebhabe ... sie liegt in Laeken in einem Koffer ... ich kann sie nicht nach hier kommen lassen ... die Zöllner würden sie betatschen ... das dulde ich nicht ... Sie müssen nämlich wissen, daß sie scheu ist. Und abholen kann ich sie auch nicht, weil ich das Geld für die Reise nicht habe. Aber hier wohnt sie in der Leliegracht ... glaube ich. Sehen Sie mal, sie hat mir einen langen Brief geschrieben. Ich muß ihr antworten. Sie fragt, ob sie mich liebhaben darf. Aber sicher! Darf sie etwa nicht? TINE sagt, das wäre schon in Ordnung. Und Sie?«

Was der so Angeredete dachte? Nun, er dachte, daß der Mann im Zimmer verrückt sei.

Und das dachten viele.

Ehe jedoch der Besucher seine unhöfliche Meinung von sich gab, kam er auf den Anlaß seines Besuches zurück.

»Es muß geholfen werden, und zwar vor dem 11. Juni. Der Mann weiß weder ein noch aus ... es mangelt ihm an allem. Seine Frau und seine Kinder ...«

»Kinder auch? *Kinder?* Das ist hart. Eine *Frau* ist nichts. Aber ... *Kinder*, sagen Sie? Ja, das ist furchtbar!«

Und der Mann im Zimmer erhob sich und demonstrierte voller Feuer und Flamme, daß eine »Frau« nichts sei.

»Kinder sind grausam, mein Herr. Oh, ich kenne ihre unmenschliche Art zu fragen. ›Aber Vater, warum bist du nicht auch reich, wie Onkel, der seinen Kindern Drehbänke kauft?‹ ›Wie muß man es anstellen, Vater, um eine Kutsche zu haben wie die *Duchesse de Brabant*?‹ ›Vater! Ist das Kind, das sie gestern auf dem Schoß hatte, süßer als NONNI?‹ ›Dürfen wir nicht ausfahren mit unserer Mama, wie dieses kleine Kind?‹ ›Ob dieses kleine Mädchen jeden Tag Fleisch zu essen bekommt, Vater, so wie die Kinder beim Onkel?‹ ›Was hast du nur getan, Vater, daß man uns so arm bleiben läßt?‹ Sehen Sie, das tut weh! Denn einem Kind kann man all sowas nicht erklären: *cet âge est sans pitié*! Ja, es gibt sogar vieles, das man nicht einmal den Großen erklären kann, die in diesem Punkt für gewöhnlich Kinder bleiben ... sobald es in ihrem Interesse liegt, nicht zu begreifen.

Aber . . . eine Frau! Das gibt einem Halt, das erhebt, das adelt! Haben Sie eine Frau?«

»Nein, aber . . .«

»Nun, dann können Sie's auch nicht wissen; anderenfalls . . . pfui, mein Herr, sagen Sie von mir aus, daß der Mann wegen seiner *Kinder* leidet, aber beziehen Sie nicht die *Frau* mit ein, als wäre auch sie ein belastender Posten seines Elends!

Hilft sie ihm nicht? Tröstet sie ihn nicht? Sollte er etwa ohne sie stärker sein?

Verdammt noch mal! Warum hat sie ihn dann geheiratet? Sie muß doch einstmals »ja« gesagt haben, als er sie fragte, ob sie Freud und *Leid* mit ihm teilen wolle?

Oh, diese verfluchte zweite und dritte Ächtung seitens der Miliz! Ja, ja, ich weiß es wohl. Selbst offiziell ist die Frau ein Zertifikat für Untauglichkeit! Das Land ist in Not . . . vorwärts! Wie nennen sie's noch, wenn alles nach der Grenze läuft? Alles? Aber nein, der Mann, der eine *Frau* hat, bleibt vorläufig zuhause! Die Frau steht auf der Liste der befreienden Krankheiten . . . sicherlich zwischen Krebs und Impotenz! Der Mann ist untauglich für Heldenmut und Gewehrputzen . . . bis auf weiteren Befehl! Bis auf weiteren Befehl, wenn die Jungs verbraucht sind, die Jungs, die vorangehen!

Das war in Troja noch anders . . . z. B. der Abschied von HEKTOR und ANDROMACHE . . . ich weiß nicht, das wievielte Buch es ist. Dem kleinen Jungen wird bange vor HEKTORS Federbusch . . . aber HEKTOR geht!«

»Es steht im sechsten Buch«, sagte der Besucher, der Literaturwissenschaftler und Doktor der Philosophie war.

»Nun gut, aber HEKTOR *geht*!«

»Ja, aber ANDROMACHE wollte, daß er *nicht* gehe.«

»Das war infam von ANDROMACHE! Und wenn das *mir* passiert wäre . . . aber *mir* passiert so etwas nicht! Sehen Sie mal . . .«

Er zeigte seinem Besucher einen Brief . . . einen Brief von *seiner* ANDROCHMACHE! So etwas wäre HOMER nicht einmal im Traum eingefallen! Ja, da stand es schwarz auf weiß:

Ich bin wütend! Man wagt es, Dir mit solchen Vorschlägen zu kommen! Und man spekuliert auf die Not unserer Kinder? Ich verbiete Dir, an mich, an uns zu denken. Lieber gehe ich von Tür zu Tür und bettele unser Brot zusammen, als um einen solchen Preis ernährt zu werden! Lehne ab, lehne grob und barsch ab, so daß man niemals mehr fragt. Sag' ihnen, daß ich Dich verachten würde, solltest Du aus Not und um unsertwillen Deine Ideen, Deinen Stil, Deine Seele verkaufen. Bitte um Geld, leih' es Dir – es spielt keine Rolle von wem, Du wirst es hundertfach zurückgeben – aber beuge Dich nicht den unzumutbaren Forderungen derer, die Dich für ihre Zwecke mißbrauchen wollen. Und kannst Du uns nicht länger ernähren, Max, dann sterben wir . . . noch aber ist keine Not! Ich habe noch für drei Tage . . .

»Mein Gott, von wem ist dieser Brief?« fragte der Besucher.

»Nun, von TINE! Begreifen Sie das nicht? Wer sonst sollte so schreiben? Sehen Sie nur, wie schludrig. Sie schreibt sonst nicht so schludrig; sie war aufgebracht, als sie das schrieb . . .«

»Was hat man Ihnen angetragen?«

»Den Herrn DUYMAER VAN TWIST zu schonen, der in der Zweiten Kammer ein gewichtiges Wort über die FREIE ARBEIT mitspricht, und den Herrn ROCHUSSEN zu attackieren. Ich zeige Ihnen den Brief nicht, in dem das steht: Wie schändlich sein Inhalt auch sein mag – so etwas nennen sie Politik – der Brief ist streng vertraulich geschrieben . . .«

»Vom Herrn v. H.?«

»Nein! Ich bin sogar überzeugt, daß er von der freien Arbeit, die man mir gegen ein geringes Entgelt auferlegen wollte, nichts wußte. Und was für ein Entgelt? Nun, das Entgelt, das auch die Affen im Amsterdamer Zoo kriegen . . . *freie Kost*! Und die brauchen dafür nicht einmal Lügen zu schreiben. Glückliche Affen! Sie haben alles ihrem Schwanz zu verdanken. Ohne dieses Ding würde man auch sie zu freier Arbeit zwingen . . .

Verstehen Sie jetzt, mein Herr, daß eine Frau *nichts* ist? Nichts bei der Auflistung von Lasten, aber viel, unendlich viel, ja *alles*, sobald es um Hilfe und Halt zu tun ist? Ich würde absolut kein Vergnügen am Notleiden finden können, wenn ich meine Frau nicht hätte . . .«

Der Besucher fand, daß dies ein ziemlich merkwürdiges Vergnügen sei, mochte auch eine Frau dabeisein.

»Oh, Sie wissen nicht, wie eine Frau liebt . . . Sie haben keine Ahnung, mit was für einem Wucherzins sie dem Mann das Empfinden zurückgibt, das er in ihre Seele einschrieb! Was können die Frauen dafür, daß so viele Männer darin nichts einzuschreiben wußten? Kann man Ernte erwarten, wo nicht gesät wurde . . . gebären ohne Befruchtung?

Ja, ja, es ist schon etwas Schönes in diesem Doppelsinn der Liebe! Stoff und Seele! *Seele*, das sage ich nur, wie man das so sagt ... alles wird wohl Stoff sein! Schön! Ich meine also mit diesem Wort die aktive Wirkung des Stoffes, die von vielen als nichtstofflich angesehen wird, aus Überheblichkeit oder der Kürze halber ... was weiß ich! Ich will mich nicht um Worte streiten. Nun denn, bedenken Sie doch mal, wie herrlich symmetrisch die Natur alles gemacht hat. Liebe, das ist auf der einen Seite der Trieb zu geben und sich zu ergießen und auf der anderen zu empfangen! Die grobe Deutung – nein, auch diese Sache ist nicht grob! Man *macht* sie gemein und grob; sie, die alles nach ihrem Bild gestalten oder umgestalten! *Diese* Deutung will ich Ihnen ersparen, um jetzt ausschließlich die andere zu berücksichtigen. Liebe, das ist der Drang zu geben und zu empfangen ... zu befruchten und zu gebären. Was ich weiß – oh, es ist bitter wenig, was kann ich dafür! – was ich weiß, begreife, fühle, träume ... nun, das alles gebe ich ihr!«

»Ihrer Frau?«

»Aber nein, FANCY – das ist meine Frau!«

»Jetz verstehe ich gar nichts mehr.«

»Eben! Nur wenige begreifen, was Liebe ist. Ich gebe ihr meine Seele, ganz und ungeteilt, ohne jeden Vorbehalt. Ich pflanze meine Gedanken in ihr Herz, und wenn schließlich der Moment der höchsten Trächtigkeit gekommen ist, dann legt sie mir das Riesenkind in die Arme ...«

Mitleidsvoll dachte der Besucher an das mit solchen Eltern belastete Riesenkind, und er nahm sich fest vor, sich unverzüglich nach der zum Beweis für das *Nichts* der Frau angedrohten Demonstration zu verziehen.

»Ja, wenn die Zeit reif ist, dann finde ich einen Baumstamm, wo ich einen Samen ausstreute. Es strömt ein Fluß, wo ich einen Tropfen gab. Und wo ich einen winzigen Stein hinlegte, finde ich einen Felsen wieder.

Schöner, kräftiger, edler, völlig ausgewachsen finde ich dann die Gedanken wieder, die ich dem fruchtbaren Grund ihres Herzens anvertraute. Und ich frage mich, wie HAYDN, unter dem Einfluß *seiner* Schöpfung, als man seine SCHÖPFUNG aufführte: Mein Gott, habe *ich* das gemacht? Begreifen Sie das?«

»Nein«, sagte der Besucher.

»Also gut« – denn der Mann im Zimmer hatte, weil er dem Anklang seiner Worte in seinem eigenen Herzen lauschte, »ja« verstanden –

»also gut, so gibt die Frau mit unendlichem Wucher zurück, was der Mann, *der sie liebte*, in ihre Seele säte. Und wenn dann gelitten wird, *viel* gelitten wird, denn Menschen, *die so lieben, müssen unweigerlich leiden* ... begreifen Sie das?«

»Nein.«

»Aber ja, solche Menschen *müssen* leiden! Wenn dann der rauhe Nordwind des Schicksals durch die Ritzen der kahlen Wohnung bläst ... wenn Wunde auf Wunde geschlagen wird durch die rauhe Hand des ... nun, es tut nichts zur Sache von wem! Ich schimpfe nicht gern auf Menschen ... ich bin ja auch ein Mensch und habe viele Fehler: *Nil humani* ...«

»*Me alienum puto*«, sagte der Doktor der Philosophie.

»Ja, ja, so ist es! Nun, wenn so tiefe Wunden geschlagen werden, durch die ... NOTWENDIGKEIT, d. h. GOTT – wenn man gebeugt vor tiefem Schmerz den Punkt erreicht hat, daß man verzweifelt, dann agiert die *Frau* und demonstriert einem die Frucht ihrer Ehegemeinschaft. Lächelnd sagt sie:

›Warum weinst du? Hast du mir nicht einen Schatz zu bewahren gegeben? Sieh, wie ich mit den Pfunden gewuchert habe, die du in meinen Schoß gelegt hast. Wir sind reich, reich an Liebe, reich an Adel! *Ich* habe bewahrt, was du weggabst! *Ich* habe gespart und mit großem Gewinn angelegt, was von dir verschwenderisch geschenkt wurde! *Ich* bin deine *Wirtschafterin* gewesen, ja, die Wirtschafterin und Haushälterin deiner *Seele*!

Was betrübt dich? Mangelt es dir an Ehrgeiz? *Ich* mache dich zum König, *ich* kröne dich! Schätzt du mich geringer als einen Papst?

Was betrübt dich? Bedrückt dich die üble Nachrede? *Ich* nenne dich groß, *ich* nenne dich edel, *ich*, die ich allein dich kenne und die Armen beklage, die dich nicht kennen!

Was betrübt dich? Armut? Lügen? Wir sind reich, steinreich? Sieh unsere Kinder mit ihren Dichterherzchen! Mit ihrem Wissensdrang, um zu begreifen, zu geben und zu lieben! Reich sind wir, Max, steinreich! Sieh die Bäume, wie grün sie sind! Sieh das Feld, wie bunt! Sieh die ganze liebe Natur, die ... freiwillig arbeitet, ohne den geringsten Kulturplan ... Oh, ich wußte doch, daß ich dir das Lächeln wiederbringen würde.

Was betrübt dich? Angst, Furcht? Angst wovor? Was für eine Furcht? Haben wir nicht schon die Mitte des Lebens überschritten? Haben wir nicht bald Anspruch auf Ruhe? Du weißt nichts von dieser

Ruhe? Ich auch nicht ... aber du selbst hast gesagt: *Es ist kein Gott, oder er muß gut sein.*

Dann muß er uns lieben, Max!

Was betrübt dich? Sorge um heute, um morgen? Heute haben die Kinder zu essen gehabt ... auch für morgen habe ich noch das Nötigste, Max; Max, ist es denn möglich, daß du weniger Vertrauen hast als die Christen, die *vorgeben*, sich in Gottes Willen zu schicken? Weniger Ruhe und Geduld als der Mohammedaner, der sich in der Tat in das Los des Schicksals schickt? Max, glaub mir, es tut nicht weh ...‹

Wie hieß sie?«

»Ich gebe zu, daß ich verwirrt bin. TINE oder ... FANCY oder ...«

»Nein, viel früher!«

»PORTIA«, antwortete der Doktor der Philosophie.*

Nun gut, PORTIA! Aber wird Ihnen jetzt nicht klar, daß eine Frau bei der Auflistung von Lasten *nichts* ist? Oh, diese verfluchte zweite und dritte Ächtung seitens der Miliz?

Aber – und das ist wahr! – wie man sagt, sind nicht alle Frauen fruchtbar. Ich glaube, daß diese Unfruchtbarkeit auf dem Gebiet des Sittlichen in den meisten Fällen einer sehr unsittlichen Schwäche der Männer zugeschrieben werde muß ... die in Zucker oder Kaffee Geschäfte machen. Um Gottes willen!«

»Aber ... darf man denn keinen Zucker oder Kaffee verkaufen?«

»Aber sicher! Nur ... die Kultur der Frau muß den Vorrang haben. Und so ist es eben *nicht* auf der Welt. Wünschen Sie einen kleinen Beweis ... einen von vielen? Bieten Sie doch jemandem, der auf dem Weg zur Börse ist, ein Gläschen Magenbitter an, oder Madeira oder sowas ... er wird sich herzlichst bedanken, denn er ist auf *Geschäftemachen* aus! *Geschäflich* unterwegs, wird er niemals ›einen zur Brust nehmen‹. Oh, es wäre für ihn beschämend, sollte ein *Kommittent*, ein *Freund – ›Freund‹*, das heißt hier: jemand, mit dem man *Geschäfte* macht, *style commis-voyageur* – sollte solch ein Freund merken, daß er sich *einen genehmigt* hat, wie man das so nennt.

So weit, so gut! Frag ihn noch mal, nach der Börse!

Nach der Börse ist er dein Mann. Aber sicher! Dann warten ja keine *Geschäfte* mehr auf ihn! Dann warten ja nur noch seine Frau und ein paar Kinder, die gegen ihren Willen geboren wurden. Diese Frau ist kein *Kunde*, die Kinder sind keine *Freunde*. Sie dürfen es ruhig wissen, daß er sich ›einen genehmigt‹ hat! Sie dürfen es ruhig merken, daß Papa wie ein Kutscher oder wie ein Stallknecht stinkt! Hier spielt es keine Rolle, ob auch seine Worte nach Kutscherbock oder Stall stinken. Der Kuß, den er ihr oder ihnen gibt, mag stinken wie die Pest ... *never mind*! Dadurch wird ja kein *Geschäft* flöten gehen! Hauptsache, die Kinder halten den Mund und fallen nicht zur Last. Und wenn dann auch noch das Essen gut ist und alles nach Papas Pfeife tanzt ... Denn Papa ist müde, müde von der Grütze, vom Honig, den man ihm um den Mund geschmiert hat. Müde vom Kaffeehausgespräch und vom Börsengedränge. Müde vor allem vom *Bonekamp* und von den vielen ›halben Litern‹, von denen nur anderthalb auf einen ganzen gehen ...

Was pflanzt so ein Mann in die Seele seiner Frau? Genever! Darf er sich beklagen, wenn es sich später ergibt, daß diese Besprengung alle Frucht abgetötet hat? Ist die Frau unfruchtbar, die nach so einer Befruchtung nicht gebärt?

Und – einmal ganz abgesehen von diesem verhängnisvollen Trank – was gibt denn dieser Mann der Frau, die er vorgibt zu lieben? Einen Schal, eine Etagere, *ein paar Kleider und die Kost*? Ich hoffe, Sie geben der Ihrigen mehr, wenn Sie heiraten ... geben Sie ihr etwas anderes! Machen Sie Ihre Frau zu einer Sparkasse Ihrer Gedanken, zu einer Lebensversicherung Ihres Gemüts! Sollten dann schlimme Tage kommen, so werden Sie einsehen, daß ich recht habe ... in der Tat, eine Frau ist nichts!

Aber jetzt lassen Sie mich allein, denn ich schreibe an FANCY und ich habe viel zu tun!«

Der Besucher erhob sich, reichte seine Hand, herzlich oder ... mitleidig – das wußte er selbst nicht so genau. Denn er war sich nicht ganz darüber im klaren, ob nun der Mann in diesem Zimmer über oder unter anderen stand, jedenfalls fühlte er, daß von Gleichheit keine Rede sein könne. Als Postscriptum seines Besuchs wiederholte er beim Abschied die bereits vorher mehrmals gemurmelten Worte: »Der arme Mann!«

Ich frage mich, ob er diesmal den Mann im Zimmer meinte oder die Person, der vor dem 11. Juni mit etwas Geld geholfen werden mußte, um nicht rettungslos mit Frau und Kindern unterzugehen. Vielleicht dachte er an beide.

Aber dieser Mann im Zimmer dachte zu keinem Zeitpunkt an sich selbst, wenn über arme Leute gesprochen wurde, obwohl er doch, recht besehen, nicht gerade reich war.

Selbst auf die Gefahr hin, mich zum wiederholten Male einer weitgehenden Zügellosigkeit schuldig zu machen [...], muß ich an dieser Stelle eine Bemerkung einflechten, um dem geneigten Leser zu beweisen, daß ich zu jeder Zeit die Wahrheit sage, vornehmlich wenn ich konstatiere, daß in Büchern so viele Lügen erzählt werden. Es ist folglich an mir, dem Leser zu beweisen, daß alles, was ich ihm berichtete, erlogen ist.

Der Mann im Zimmer war arm. Der Besucher mußte das wissen, schließlich wußte es jeder. Überall hatte er für seinen Schützling vergebens um Hilfe angefragt: Ein Prinz von Soundso hatte sich für die Ehre bedankt und v. B. war nicht antreffbar. Der wohlhabende C. hatte ausgerechnet im Moment kein Geld – welch ein Glück für den Mann! –, und die verehrte Frau H. wollte gerne helfen, aber sie mußte erst Gewißheit haben, ob der Mann, der sich in Not befand, nicht schon einmal etwas »Unrechtes« getan hatte. Gesetzt diesen Fall, würde sie selbstverständlich nicht helfen, weil »man diese Leute nicht in ihren Verfehlungen unterstützen darf«. Das ist ein festes Prinzip aller aufrechten Menschen, die niemals etwas Verkehrtes getan haben. Kurzum, der Mann mit dem abgetragenen Rock, der sich so viel Mühe gab, um der verzweifelten Familie beizustehen, wurde überall abgewiesen, überall . . .

Nun frage ich, ob es *wahrscheinlich*, ob es *möglich*, ob es *wahr* sein kann, daß er nach allem, was bis jetzt gesagt wurde, auf die Idee verfallen konnte, bei jemandem um Hilfe anzufragen, der

Primo: Selbst bettelarm ist. (Von allgemeiner Bekanntheit.)

Secundo: Verrückt ist. (Das wird sich gleich herausstellen.)

Tertio: Ein übles Subjekt ist. (Informationen sind erhältlich bei allen, die ihn kennen, am vorteilhaftesten bei seinen nächsten Verhältnissen, die präzise Auskünfte geben können und die es nicht sagen würden, sollte es nicht der Wahrheit entsprechen.)

Quarto: Als verheirateter Mann Liebesbriefe schreibt. (Sie sind in deinen Händen, lieber, braver und untadelhafter Leser!) und *Quinto:* Noch einmal: von jemandem, der bettelarm ist? (Sollte es doch nicht der Fall sein, so würde das übrige weniger ins Gewicht fallen.)

Ist das möglich? Nein! Solche Lügen glaubt man erst, wenn sie achtzehnhundert Jahre alt sind!

Ich erzähle diese Lügen aus folgendem Grund. Ich werde diesmal zehn Bogen vollschreiben, und ich sehe keine Chance, mit der Wahrheit auszukommen. Denn es würde ja, wie man das Blatt auch drehen und wenden würde, eine allzu kurze Geschichte sein:

DER JAVANER WIRD MISSHANDELT.
ICH WERDE DEM EIN ENDE MACHEN.

Jetzt aber wieder Lügen:

»Der arme Mann!« hatte der Besucher gesagt. Und der andere: »Es ist mir wirklich unangenehm ... ich kann Sie nicht so gehen lassen, aber ich habe nichts. Wenn es mit meiner Liebe nicht so dringlich wäre, würde ich Ihnen vorschlagen, daß ich für die Familie etwas verfasse, aber ... JA, ich habe eine Idee!«

Der verliebte Narr rieb sich die Hände bei seiner Idee.

»Warten Sie mal! Der elfte Juni, sagten Sie? Und heute haben wir den achten? Nehmen Sie doch noch einmal Platz.«

Der Besucher nahm wieder den Platz ein, den er soeben erst ziemlich betrübt verlassen hatte. Der Narr schrieb ein kurzes Briefchen, das er zum Fenster hinauswarf.

»Warten Sie jetzt einen Moment«, sagte er und schaute sich dabei im Zimmer um, als würde etwas sehr Seltsames passieren, seltsam zumindest für den anderen.

Und es war auch seltsam! Das soeben weggeworfene Briefchen flog durch das geschlossene Fenster wieder herein. Es war etwas hinzugeschrieben.

»Sehen Sie hier«, sagte der arme Narr, »FANCY sagt, es wäre gut so!«

Der Besucher las: *Liebe* FANCY. *Eine Familie ist in Not, darf ich unsere Briefe verkaufen?*

Und darunter stand: *Ja. Aber nicht den vom ... den vom ...*

Es folgte eine Reihe von Daten zur Kennzeichnung der Briefe, die *nicht* verkauft werden dürften.

Der Mann im Zimmer schrieb daraufhin die folgende Akzeptation, die er nicht zum Fenster hinauswarf, sondern seinem Besucher aushändigte:

Gutschein für schriftstellerische Arbeit.

»Diskontieren Sie das!«

Der Fremde rieb sich die Augen.

»Diskontieren Sie das! Aber hören Sie mal ... ist Prinz Soundso ein rechtschaffener Mann?«

»Ganz gewiß!«

»Dann gehen Sie lieber nicht zu ihm: er wird nicht diskontieren. Ist v. B., der nicht zuhause ist, wohltätig?«

»Sehr wohltätig! Es gibt Stifte für alte Frauen, die seinen Namen tragen ... die Stifte natürlich.«

»Dann gehen Sie lieber nicht zu v. B.: er wird nicht diskontieren. Hat C. ein gutes Herz?«

»Wie ein Juwel! Seine Töchter stricken Wintersocken für Negerkinder.«

»Dann gehen Sie lieber nicht zu C.: er wird nicht diskontieren. Ist die Frau H. fromm?«

»Ungemein fromm! Sie läßt sich sonntags das Essen vom Koch auftragen, um dem Küchenmädchen Zeit für die Andachtsübungen mit den Knechten zu lassen.«

»Dann gehen Sie lieber nicht zu Frau H.: sie wird nicht diskontieren. Gehen Sie zu ... zu ... es ist wirklich ärgerlich, daß alle Menschen so rechtschaffen sind! Kennen Sie keinen einzigen *schlechten* Menschen? Ach ja, stimmt ja auch, Sie besuchen nicht die Börse ...«

»Einen *schlechten* Menschen?«

»Ja! Jemanden, der allen Anstand mit Füßen tritt, einen Feind der Tugend und der guten Sitten. Eine Art Antichrist, jemanden, der ... ah! Ich hab's!« Sein Blick fiel auf *De Dageraad*, die abscheuliche Zeitschrift, die auf seinem Tisch lag.

»Ich hab's! Sehen Sie, da steht es! Zum Teufel, es ist so wie Jan Luyken sagte: Was in der Nähe ist, sucht man in der Ferne! Eigentlich wäre mir jemand, der ein Kind aufgefressen hat, lieber, aber in Ermangelung dessen rate ich Ihnen, den Herausgeber des *Dageraad* aufzusuchen. Sehen Sie, die Nummer steht dabei: G 301 ... das trifft sich gut! Dieser GÜNST steht in einem sehr ungünstigen Ruf – Sie können sich wohl denken, daß dieses geistreiche Wortspiel nicht von mir ist; ich hörte es von einem Pfarrer – dieser als ungünstig bekannte GÜNST wird helfen, wenn er kann. Er wird diskontieren! Und sollte er nicht helfen können, dann gehen Sie bei MEYER auf dem Vijgendam vorbei, wo VOLTAIRE in der Auslage liegt und das *Gebet des Unwissenden* von diesem hirnverbrannten MULTATULI und jede Menge weiteres sittenloses Geschreibsel. Zu solchem Volk müssen Sie gehen!«

Der Doktor der Philosophie ging die Treppe hinunter. Ihm brummte der Schädel. Ehebruch, Liebesbriefe, VOLTAIRE, ein Mädchen, das nicht von den Zöllnern abgetastet werden durfte und das auf der Leliegracht wohnte, obschon es in Laeken in einem Koffer logierte? Briefe, die zum geschlossenen Fenster hineinfliegen? Riesenkinder? Eine Frau, die mehr wäre als der Papst, obwohl sie nur für drei Tage zu essen hatte? Ein Mann, der Vergnügen am Notleiden fand ...

»Sehen Sie doch von Zeit zu Zeit mal nach dem Herrn auf Nummer *sechs*«, sagte er, unten angekommen, zu einem Hausangestellten.

Und Sie, Leser?

Verrückt, nicht wahr? Schändlich, gräßlich, infam, unanständig und vor allem unbegreiflich, oder?

Kauf, Publikum, kauf! Oh, du *wirst* kaufen, ich kenne dich! Du hast Geld zuviel, wenn ein Skandal feilgeboten wird, du, der den Rechtschaffenen verhungern läßt, wenn er nicht denselben Glauben hat wie du!

Kauf, Publikum, kauf! Du, der du deine Propheten am Leben läßt, um sie länger quälen zu können! Man verleumdet dich, wenn man dir nachsagt, nicht anders als die Juden würdest du Christus gekreuzigt haben: Du hättest ihn zu einem Laufburschen in einem Kolonialwarenladen gemacht, nicht wahr? Du würdest gewartet haben, bis er Frau und Kinder hat, um diese dann verhungern zu lassen ... auf daß er es mitansehen solle und vor dir niederfalle! Das sitzt entschieden besser, nicht wahr? Du würdest den Gerichtsvollzieher mit deiner Antwort auf sein »Wehe dir, Jerusalem!« beauftragt haben, auf daß er entmutigt und geknickt sein »Wehe« zurücknähme, bei der Zwangsversteigerung der Kleider seiner Kinder, was für einen Vater kaum zu ertragen ist. Das sitzt sicherer, tiefer, das peinigt länger, nicht wahr, als nur ein paar Stunden sterben müssen!

Kauf, Publikum, kauf, du, der du LUTHER und CAMBRONNE *für freie Kost* ein Liedchen flöten läßt. Du, der du für ein paar Körner Kanarienvogelfutter von CURTIUS und d'ASSAS ein Menuett forderst!

Kauf, Publikum, kauf! Gegen ein geringes Entgelt sind Rührung und Affektion zu haben. Ich habe die Macht, dich zu streicheln und zu kitzeln, bis du so wahnsinnig wirst, daß du den Handelspreis deines Kaffees vergißt, du, der du ansonsten ein so dickes Fell hast, daß die Peitsche um Erbarmen winselt!

Kauft, Niederländer, Christen – altfränkische und moderne! – kauft, subskribiert, zahlt, macht euer Geld locker für ein paar Liebeslieder und eine gehörige Portion Gedankenwitz!

Kauft, ihr, die ihr Eisenbahntrassen von gestohlenem Geld baut und als Bezahlung den Bestohlenen mit Opium, Evangelium und Genever betäubt!

Kauft und bezahlt, ihr alle! Ich habe genug gelitten, um die Töne zu treffen, die ihr doch so gerne hört! Ihr habt mich genug belogen, verleumdet und gequält, um für eure Quälerei, eure üble Nachrede und für eure Lügen eine Gegenleistung verlangen zu dürfen!

Und wenn ihr dann mit der Tonhöhe des Schreis zufrieden seid, den ihr mir aus der Brust getreten habt . . .

dann sagt wie gestern, wie vorgestern, wie davor:

Wie nett der Mann doch schreibt! Mein lieber kleiner Freund, ich gebe dir doch gerne sooo viel für den Bogen, sooo viel für's Liedchen! Sing doch noch was! Schreib doch noch was!

Erzähl uns noch einen!

Publikum, ich verachte dich mit großer Innigkeit.

... ...
... ...
... ...

»Sehen Sie doch von Zeit zu Zeit mal nach dem Herrn auf Nummer *sechs*!« hatte der Doktor der Philosophie zu dem Hausangestellten gesagt.

Dieser kam dem Wunsche nach und fand den »Mann im Zimmer« wohlauf. Er schien aufgeräumt und bester Dinge zu sein.

Der Bediente kapierte, daß sich der Doktor der Philosophie ein falsches Urteil gebildet hatte.

Und das kapiere *ich* auch.

Wie *du* das kapierst, mein liebes Publikum, ist mir vollkommen egal.

Nein, nicht *ganz*! Solltest du einer Meinung mit dem Bedienten und mir sein . . . werde ich auf der Stelle meine Meinung ändern!

Bis dann!

Der Impresario
Erstes Märchen (vom armen M.)

Ein elegant gekleideter Herr, die goldene Uhrkette protzig am Revers, stolzierte selbstgefällig eine der *Amsterdamer* Grachten entlang. Er war »in Geschäften« unterwegs. Was für Geschäfte, werdet ihr gleich sehen. Vor ihm ging eine Dame mit ihrem Kind. Durch irgendeinen Zufall – ich weiß nicht wie – fiel das Kind ins Wasser. Die Mutter stieß einen Schrei aus . . . sprang dem Kind hinterher und rettete es.

Der geschäftstüchtige Mann sah dem zu, zückte sein Notizbuch und schickte sich an, etwas zu notieren.

»Gnädige Frau, darf ich so frei sein, Sie um Ihren Namen und Ihre Adresse zu bitten?«

»Mein Kind, ich habe mein Kind wieder!«

»Sehr schön! Aber dürfte ich mir erlauben . . .«

»Ich habe mein Kind wieder«, wiederholte die starrköpfige Mutter, die nicht begriff, wie man sie nach etwas anderem als nach ihrem Kind fragen konnte.

»Mit der Frau ist nichts anzufangen«, brummte der neugierige Fragesteller. »Sie da, lieber Mann, es soll Ihr Schaden nicht sein, wenn Sie mir morgen den Namen und die Adresse dieser Dame vermelden können.«

Mit diesen Worten wandte sich der Fremde an einen der Umherstehenden, und, wie es scheint, brachte er diesmal in Erfahrung, was er zu wissen begehrte. Jedenfalls machte er am folgenden Tag der glücklichen Mutter seine Aufwartung.

»Gnädige Frau, ich hatte die Ehre, zugegen zu sein . . .«

»Oh, Sie waren dabei, mein Herr? Haben Sie's gesehen? Ich sah nichts, ich hörte nichts, ich sprang . . .«

»Entschuldigen Sie meine Gnädigste. Ich habe gehört . . .«

»Gehört?«

»Ja doch, gnädige Frau, ich habe gehört, wie sie . . .«

»*Gehört*? Was denn?«

»Ich habe gehört, wie Sie *geschrien* haben, gnädige Frau . . . ich komme, um Ihnen ein Engagement beim Theater anzubieten.«

Die arme Mutter!

Dieser Mann war ein *Impresario*, der nach neuen Stars suchte. Sein Name war: PUBLIKUM.

Chresos
Zweites Märchen (vom armen M.)

Chresos wohnte in Böotien. Er war von Beruf Bürgermeister eines kleinen Dorfes, dessen Name ich nicht weiß. Ich kann auch nicht sagen, wie er sich nach Böotien verirrte, war doch seine Familie in Athen ansässig ... ja, ich glaubte sogar, er wäre mit Alkibiades verwandt, einem zu früh geborenen Franzmann. Chresos war ein guter Mensch und lebte in Zufriedenheit. Er sorgte für sein kleines Dorf, so gut er konnte, und vergnügte sich in seinen Mußestunden beim Lautenspiel. Aber das tat er nur zuhause, und niemals fiel er jemandem mit seiner Musik zur Last.

Nun, es kamen Räuber, die den Einwohnern des Dörfchens, in dem Chresos sein Amt ausübte, Gewalt antaten. Er legte seine Laute nieder und versuchte, die Räuber zu verjagen. Man sagte ihm, daß er das nicht hätte tun dürfen, weil die Räuber unter dem Schutz des hauptstädtischen Magistrats stünden.

Aber Chresos glaubte das nicht, weil es ihm allzu arg vorkam. Er fuhr fort, die Räuber zu bekämpfen, und weil sie ihm überlegen waren, sandte er einen Boten nach Theben, um Hilfe anzufordern.

Anstatt ihm die erbetene Hilfe zu schicken, antwortete man ihm, er wäre ein unwürdiger Bürgermeister und völlig ungeeignet, ein Amt in Böotien zu bekleiden. Dem letzten widersprach er nicht. Aber nachdem er seine Dorfbewohner zur Geduld ermahnt hatte, machte er sich mit Frau und Kindern auf den Weg und nahm nichts mit außer seiner Laute. Sein Haus jedoch nahm ein anderer Bürgermeister ein, der in den Augen des thebanischen Magistrats sicherlich weniger unwürdig war und auch bestens mit den Räubern befreundet zu sein schien, die der dumme Chresos hatte ausrotten wollen. Jedenfalls hörte man über die Räuberei keine Klagen mehr, obwohl die Räuber im Lande blieben.

Mit Mühe verschaffte sich Chresos Zugang zum Areopag und berichtete, was geschehen war. Er verwies auf seine Familie, die durch das *Mißverständnis* des Magistrats vor Elend umkam. Noch immer hielt er alles für ein Mißverständnis.

Doch der Areopag antwortete nicht. Chresos hielt seine Frau zur Geduld an – was nicht nötig gewesen wäre – und tröstete sich beim Lautenspiel, was ihm ein Bedürfnis zu sein schien. Die Töne, die er anschlug, standen in Harmonie mit seinen Wahrnehmungen. Im

Grund genommen war er gar kein großer Musiker, doch es ist etwas Besonderes um das Lautenspiel eines Vaters, der seine Kinder Hunger leiden sieht. Deshalb – und nicht etwa, weil Chresos gut spielte, – hörte man seinem Spiel so aufmerksam zu. Es war etwas fühlbar Einschneidendes in seinem Spiel, das grobe Ohren kitzelte, und es gab viele grobe Ohren in Böotien.

Sagte man zu ihm: »*Schön* gespielt, Chresos, nur weiter so!«, dann fiel seine Hand schlaff herab und bei dem Gedanken, daß *dieses* ungewollte Lob der Preis für den Hunger seiner Kinder war, leuchtete eine Träne in seinem Auge auf. Lieber hätte er noch schlechter gespielt – oder überhaupt nicht – als so. Und er verglich seine Seele mit den Saiten seiner Laute, die gespannt sein mußten, um zu erklingen . . . ja, bis zum Zerreißen angezogen, ehe die Zuhörer es zufrieden waren.

»Sollten die Saiten wohl so fühlen wie ich?« dachte er bei sich.

Aber dennoch spielte er von Zeit zu Zeit, weil er nicht anders konnte. Und seine Familie hungerte und übte sich in Geduld.

Des öfteren wandte er sich erneut an den Areopag. Endlich erhielt er das folgende Urteil:

Der Areopag usw.,

nach Anhörung der Klagen des ehemaligen Bürgermeisters Chresos über die Räubereien im Dorfe . . . usw., nach Anhörung seines Gesuchs, ein Urteil zu fällen, hinsichtlich seiner Person und des thebanischen Magistrats . . . usw.,

nach Kenntnisnahme der Erklärung des besagten Chresos, daß er und die Seinen drängender Not ausgesetzt sind, infolge eines Mißverständnisses, das den oben angeführten Magistrat veranlaßt haben soll, Partei zu ergreifen für die Räuber, die das Dorf plünderten, in dem besagter Chresos vormalig Bürgermeister war,

nach Kenntnisnahme der Aussage vieler Zeugen, die besagten Chresos die Laute haben spielen hören,

von Rechts wegen usw.

verurteilt mehrfach genannten Chresos zur Laute und zu den Kosten des Verfahrens.

Dieser Areopag war bestochen; sein Name war: *Niederlande.*

Japanische Gespräche

Japan ist in Den Haag. Es wird auch Zeit. Holland ist schon seit so langer Zeit in Japan! Der Gegenbesuch ließ lange auf sich warten. Man sagt, die Japaner hätten sich vor einer Art *jus talionis* gefürchtet. Sie befürchteten angeblich, Holland werde nun auch von ihnen verlangen, daß sie ihren Gott mit Füßen treten; sie hätten deshalb auf ein liberales Ministerium gewartet.

Keiner hat die Japaner genötigt, irgend etwas mit Füßen zu treten oder anzubeten. Bestenfalls mit Fragen nach dem Kurs ihrer Währung, des *Taels*, oder nach der mangelhaften Perspektive ihrer Lackmalerei ist man ihnen etwas zur Last gefallen.

Da ich gerade von »Lackwaren« spreche, man sagt – schon wieder dieses verlogene *man* –, sie hätten große Bestellungen bei dem Kunstlacker Franse, in Haarlem in der Schaggelstraat, aufgegeben, und sie hätten diesem Künstler die japanische Ehrenbürgerschaft angeboten, weil er auf einem Teeblatt Bäume gemalt hat, die noch unmöglicher sind als die japanischen. Aber, wie man sagt, soll sich der Herr Franse geweigert haben, weil er Protestant ist und folglich nichts zu schaffen haben will mit Menschen, die einen verkehrten Glauben haben. Wenn das stimmt, dann scheint dieser Herr in der Lehre standhafter zu sein als die holländische Nation, die sich zu allen Zeiten darauf verstand, sich mit allerlei Glauben zu vertragen, solange es einen Vorteil abwarf. Dieser Schwindel heißt in der Gaunersprache der Kirche: *Duldsamkeit.*

Oh, man erzählt sich viele Dinge von den Japanern! Daß sie sogar in der Fabrik des Herrn Enthoven liebenswürdig waren, was für einen Heiden ziemlich merkwürdig ist und für einen Christen gewiß trefflich. Ich frage mich – und viele Pfarrer fragen sich mit mir –, wie sind bloß diese Menschen ohne die Lehre der Gnade zu ihrer Liebenswürdigkeit gekommen? Es ist mir ein Rätsel. In vollem Ernst, die Sache ist höchst verdächtig, und die Japaner müssen angehalten werden, die Rechtmäßigkeit des Besitzes unter Beweis zu stellen [...].

Aber darüber wollte ich eigentlich kein einziges Wort verlieren. Ich schickte lediglich deshalb ein paar *Man*-Unwahrheiten voraus, um mir so das Recht zu erkaufen, es *Man* nachzutun und auch ein paar Lügen zum besten zu geben.

Also. Ich bin bei den Japanern gewesen und habe mit ihnen gefrühstückt [...]. Sie fragten mich, wer und was ich wäre.

Ich gab ihnen meine Visitenkarte: MULTATULI, *Genie.*

Der Sekretär machte sich eine Notiz. Ich schielte in sein Büchlein und bemerkte, daß ich einen Platz unter der Rubrik *Industrielle Merkwürdigkeiten* erhielt, unmittelbar unter dem Geschützstück, von dem sie in Delft gesehen hatten, wie es geschmolzen und mit Bronze vermischt wurde.

»*Genie* . . . Was ist das für ein Beruf?«

»Hm!« sagte ich, räusperte mich, hustete, schneuzte mich, schnob und sagte so einfältig es ging:

»Das weiß ich nicht, *Kami*!«

»Könnt Ihr Uhrwerke machen?«

»Nein, *Kami.*«

»Oder Regenschirme?«

»Nein, *Kami.*«

»Oder *Uhren mit pikanten Bildchen*?«

»Ach nein, *Kami*!«

»Versteht Ihr Euch auf den Kaiserschnitt?«

»Auch nicht, *Kami* . . .«

Indes ging mir bei dieser Frage ein Licht auf, und noch ehe das Stubenmädchen hereinkam, das der *Kami* hatte rufen lassen, um die Geschicklichkeit und Fingerfertigkeit zu prüfen, die er bei mir voraussetzte, vermeldete ich mit all dem Dünkel eines Menschen, der vermeint, etwas entdeckt zu haben:

»Das ist es, *Kami*, ich bin verkehrt geboren!«

Wieder schrieb der Sekretär etwas auf. Rubrik: *Naturmerkwürdigkeiten.* Ich kam gleich unter Malcolm aus *Macbeth* zu stehen.

»Verkehrt geboren, nun gut! Aber was könnt Ihr *tun*?«

»Ich kann ab und zu die Wahrheit sagen, o *Kami*!«

Die ganze Gesellschaft erschrak und sah . . . auf meinen Bauch. Hierin fanden sie denn auch die einzige Entschuldigung, daß ich ihn nicht aufgeschnitten hatte. Denn – und das bekannten sie mit japanischer Offenherzigkeit – wo nichts ist, verliert selbst die Lüge sein Anrecht auf Mord an der Wahrheit.

(Ich weiß wohl, daß die Männer das Lügen weiblich gemacht haben, aber ich ziehe es vor, »*sein* Anrecht« zu sagen. Ich finde beim Lügen nichts Weibliches.)

»Und wieviel Einkünfte bringt Euch das?« fragte der *Kami* teilnahmsvoll.

»Es bringt mir nichts ein, o liebenswürdiger *Kami*!«

Wieder schrieb der Sekretär etwas in sein Büchlein: *»Die Wahrheit ist in Holland so wohlfeil, daß sie nicht bezahlt wird. Aber die sie liefern, haben keinen Bauch.«*

»Habt Ihr Lust, mit uns zu frühstücken?«

»Mit Vergnügen, *Kami.*«

Und ich nahm Platz zwischen *Kami* und *Kami.* Darauf folgte ein Gespräch, das ich so gut wie möglich wiedergeben will.

»Sagt mir doch mal, Genie von verkehrter Geburt, wieviele Götter es gibt!«

»Genau kann ich das nicht sagen, *Kami.* Da hätten wir ... *Norwegen, Schweden, Dänemark, Rußland, Polen, Anhalt-Dessau, Hildburghausen, Monaco ...*«

»Aber das ist *Geographie.* Ich fragte Euch nach den Göttern ... das nennt ihr hier, wenn ich mich nicht täusche, *Theologie.*«

»Gewiß, *Kami.* Aber die Theologie beruht auf der Geographie, und zwar auf der politischen. Jeder Staat hat seinen eigenen Gott, oder sogar zwei ... einen antiken und einen modernen. Wenn es zwischen dem Fürstentum Hechingen und Rußland zum Krieg kommt, entsteht ein Konflikt zwischen den Göttern dieser Länder. Der Gott von *Niederland* ist der beste.«

»Woraus schließt Ihr das?«

»*Kami*, es steht in allen niederländischen Schulbüchern. Und es wird überdies bei vielen Anlässen ersichtlich. Er hat die spanische *Armada* verstreut, und da mußte der Gott von *Spanien* beschämt von dannen ziehen. Und als Wilhelm der Schweiger ermordet wurde ...«

»Warum nennt Ihr diesen Mann ›den Schweiger‹?«

»Wegen all der schönen Dinge, die er nicht gesagt hat, *Kami.* Nun, da war das Volk von *Niederland* arg verlegen um einen Statthalter und suchte überall, einen zu finden, der es werden wollte. Niemand traute sich, das Amt zu übernehmen, aber *Hollands Gott* war augenblicklich bereit. Er meldete sich an ...«

»Wie wißt Ihr das?«

»Van Alphen, der hat es ihn sagen hören:

> Lala ... lala ... *erblich!*
> *Und Hollands Gott sagt:* ICH.

Das ist wohl deutlich genug, *Kami.*«

»In der Tat, sehr deutlich und überzeugend. Und ich werde Euch fürderhin nicht mehr so häufig nach Beweisen fragen für das, was Ihr sagt. Ich sehe, daß Ihr nahezu Beweise des Wissens zu geben versteht . . .«

»Woher habt Ihr diesen feierlichen Ausdruck, *Kami*? Dieses vornehme *›Beweise des Wissens‹*? Das klingt geradezu . . .«

»Notariell? Genau! Wir entnehmen – ›entnahmen‹, sagte der Dolmetscher – ja, richtig, entnahmen. Wir entnahmen das Wort den Handbüchern fürs Notariat, die ihr uns habt zukommen lassen, gleichzeitig mit den medizinischen Werken, dem politischen Jahresbericht über Europa* und den Uhren mit . . .«

»Mit doppeltem Boden, *Kami*. Aber wir schweifen vom Thema ab, forschungsfreudiger Fremdling. Der Gott von *Niederland* . . .«

»Das begreife ich noch nicht! Denn, so sagt mir, was passiert eigentlich mit solch einem theologischen Geographie-Gott, wenn ein Land zerrissen wird, so wie bei euch im Jahre 1830? Und bei Annexionen [...]?«

»Das entzieht sich meiner Kenntnis, o *Kami*! Aber gerade deshalb ist die Theologie eben mehr. Das ist dann auch der Grund, warum die Theologen vom Militär und von der Miliz unabhängig sind.«

»Militär? Was ist das?«

»*Kami*, die Franzosen – die überwiegend verkehrt geboren sind –, herrschten vor fünfzig, sechzig Jahren in diesem Land und führten allerlei schlechte Gesetze ein. Dazu zählte auch, daß alle jungen Leute im Alter von achtzehn Jahren losen mußten, um auszumachen, wer Lust am Soldatenleben und Veranlagung zum Kriegsruhm hatte. Als dann die verkehrt geborenen Franzosen endlich durch Wellington, Blücher, den Prinzen von Oranien, die Husaren Boreels und den Gott von Niederland davongejagt waren, bestimmte man, daß die von ihnen erlassenen schlechten Gesetze beibehalten werden sollten, um beim Volk den Abscheu vor der Gewaltherrschaft wachzuhalten. Ist das japanischer Tee, o liebenswürdiger *Kami*?«

»Ja, wir beziehen ihn von Otto Roelofs, der ein Depot in Edo hat. Schmeckt Ihr das heraus, o verkehrt Geborener?«

»Ja-ja, er schmeckt wie ein Spaziergang über die Wiese . . . drei Tage nach dem Mähen.«

Die *Kamis* klatschten vor Entzücken in die Hände, beinahe wie ein Holländer, der seinen Nationalstolz auf im- und dann wieder exportierten Echt-Schiedamer Genever aus Köln begründen will.

»Tee ist die Freude des Herzens, o *Kami*.«

»Was nennt Ihr ein Herz, Ihr, die Ihr geboren seid zu schlechter Stunde?«

»Es ist ein Buch ohne Blätter, wohlwollender Fremdling, der Ihr in der Eisengießerei so liebenswürdig ward. Es ist ein Buch, in dem alles geschrieben steht, was wir tun und lassen müssen.«

»Ist es in den Leihbibliotheken zu haben?«

»Nein, *Kami*, ausleihen kann man es nicht, aber es wird sehr wohl hin und wieder verkauft, vor allem, wenn es schlecht geschrieben ist.«

»Und wer verkauft es?«

»Wer sich solange mit *Prinzipien*, mit *Dogmen*, mit Gewohnheiten, mit Rücksichtsnahme auf *Mans* Urteil behilft ...«

»*Man*? Wer ist das?«

»Das ist ein Tier mit vielen Köpfen. Es nährt sich von Blumen und Früchten – den feinsten, o *Kami*! – und es versprüht Gift, gänzlich anders als die Bienen, die aus Gift Honig saugen. *Man* ist Eisen, wenn er zuschlägt, eine flüchtige Nebelwolke, wenn Ihr zurückschlagen wollt. *Man* ist der Mann, der nicht da ist. *Man* spricht, wenn er nicht gefragt, und schweigt, wenn er angesprochen wird. *Man* verkriecht sich in Löchern und Ecken, die kleiner sind als er selbst, und wenn Ihr ihn da herausholen wollt, ist er weg, gerade wie eine Wan ...«

»Ja, ja, ich weiß; wir sind in Paris gewesen. Aber, gibt es denn hier kein Insektenpulver?«

»Doch, geneigter *Kami*, aber es hilft erst, wenn *Man* tot ist. *Man* könnte des Landes vertrieben werden, würde er es nicht immerzu so arrangieren, daß er bereits tot ist, begraben und vergessen, bevor er überhaupt seine Niederlage erleben könnte. Unverzüglich treten neue *Mans* auf den Plan und vermeinen mit ein paar Tausend Pfund Gußeisen in Gestalt einer Puppe, die sich auf den einen oder anderen Marktplatz plazieren, die Schuld der alten *Mans* abtragen zu können. Oder vielmehr: Sie meinen nicht einmal das. Ihre Absicht besteht lediglich darin, sich als besser auszugeben als die vorherigen. Die Unaufrichtigkeit einer solchen Huldigung im nachhinein zeigt sich u. a. darin, daß sie, während sie Eisen für ehrlos vorenthaltenes Gold ausgeben, zur gleichen Zeit auf jene mit Steinen werfen, die später wiederum auf das schnöde Eisen Anspruch haben werden.«

»Aber was fangt Ihr an, um dem nicht restlos ausgeliefert zu sein?«

»Das ist in der Tat ein schwieriges Unterfangen, *Kami*, der Ihr aus der Ferne gekommen seid. Manche kämpfen bis zum letzten – das sind die verkehrt Geborenen –, aber die meisten werden zu Überläufern und machen mit *Man* gemeinsame Sache, wenn dies auch keiner unter vier Augen eingestehen wird. Im Gegenteil, jeder spricht über *Man*, als hätte er damit nichts zu tun.«

»Wie könnt Ihr dann wissen, wer dazugehört und wer nicht?«

»Das seht Ihr in der Regel am Bauch ... der nicht da ist, o *Kami*, dessen Gemüt Lust hat am Forschen. Wer einen Bauch hat, dick, rund *formosus* – also formvollendet, o *Kami*! –, vor allem aber unaufgeschnitten wie ein Band Predigten, dem kann unterstellt werden, daß er zu *Man* gehört. Und wer keinen Bauch hat, ist verkehrt geboren. Aber das ist so eine Sache, o *Kami*, der Ihr Weisheit sammelt wie ein Regenfaß das Wasser; das ist so eine Sache. Es ist wie mit dem Anstand ...«

»*Anstand*? Was ist das?«

»Das ist so etwas wie die äußeren Umrisse, die den Inhalt bezeichnen und für diesen ausgegeben werden, weil eben ein Umriß wohlfeiler ist als der Inhalt. Anstand ist das Stroh, das man in Papier einwickelt, und auf das man, wenn man mit wenig Kapital einen Strumpfladen aufmachen will, schreibt: ›*Herrenkniestrümpfe mit Zwickel*‹. Anstand ist eine Spielmarke, die einen Wert vorgibt, aber niemals eingewechselt wird. Anstand ist hochglanzüberzogene Tugend, Talmi-Tugend ...«

»Ah, *Tugend*! Trinkt noch eine Tasse Tee, Ihr, die Ihr es verdientet, aufgeschnitten zu sein ... trinkt, vergnügt Euch, streckt die Beine aus und sagt mir, was Tugend ist.«

»Ich will es Euch gerne sagen, *Kami*, der ihr Weisheit schlürft wie einen Aufguß vom Baum des Lebens, aber bei meiner Treu ... es ist gefährlich! Gelobt Ihr mir, *Kami*, nichts von dem weiterzusagen, was ich Euch über Tugend erzählen werde? Daß Ihr es weder dem König, noch dem Minister, noch dem Eigner Eures Hotels, noch dem Mädchen, das Ihr soeben rufen ließt, sagen werdet, noch dem Mann, der Eure Stiefel putzt?«

»Wir tragen keine Stiefel. Sprich ganz offen, Mann ohne Bauch, und sei unbesorgt! Sollten wir auch Stiefel tragen, wir würden es dennoch niemandem sagen. Was ist Tugend?«

»*Kami*, ich weiß nicht, was Tugend ist.«

»Das dachte ich mir schon, als ich vernahm, daß Ihr nicht einmal imstande seid, Uhren mit Pikanterien herzustellen. Aber wenn Ihr es doch nicht wißt, warum ward Ihr dann so ängstlich besorgt, daß wir weitererzählen könnten, was Ihr selbst uns nicht sagen konntet?«

»Das ist es ja gerade, o tugendsuchender *Kami*, der Pikanterien liebt ... auf Uhren, das ist es ja gerade! *Man* weiß ganz genau, was Tugend ist, und *Man* malträtiert den verkehrt Geborenen, der es nicht weiß.«

»Aber so sagt mir doch, Ihr, dessen Seele unrecht geboren ist, sagt mir doch, was *Man* für Tugend hält.«

»Das ist etwas anderes, *Kami* von sittlicher Würde und japanischem Kupfer, aber es ist eine lange Geschichte, weil *Man* sich so schnell ändert und mit ihm zugleich *Mans* Tugend. Viele Tugenden von *Man* sind mit der Zeit verlustig gegangen – und Tugenden werden in der Regel nicht aufgezeichnet, *Kami* –, doch über das, was bewahrt blieb, will ich gerne alles sagen, was ich weiß.

Im Anfang war die Tugend ... gar nichts. Man war tugendsam, solange niemand von Tugend sprach. Tugend ist die Eigenschaft von *taugen*, o sprachkundiger *Kami*. Im Anfang, nun ... da taugte alles. Die Kuh fraß Gras, ohne daß jemand dem Tier sagte, wie es es anstellen müßte, um es zu Milch und Butter zu verarbeiten. *Man* handelte gut, man taugte ... bis Menschen kamen, die Anweisungen gaben, *wie* eine Kuh Gras fressen müsse und *wie* man tun müsse, um zu taugen. Die Anweisungen für die Kühe richteten keinen besonderen Schaden an. Die armen Tiere lasen sie erst gar nicht. Das ist eine große Tugend bei den Kühen, o *Kami*. Aber *Man* las sehr wohl die Anweisungen zum Taugen. Das war *Mans* erste Untugend, o *Kami*, der Wissenschaft hinunterschluckt wie einen Morgentrank. Denn die Natur des *Menschen* war gut [...], aber man fing an daherzureden, *was gut wäre*, und von diesem Moment an hatte man so viel Tugenden, wie *Man* Köpfe hat (da schreibt der eine Übersetzer tatsächlich anstatt »Köpfe« »Kupfer«), also *Legion*, wie ich schon sagte, *Kami*, der Ihr bewandert seid in unbegreiflichen Dingen. Die Mutter hatte ihr Kind lieb. *Man* sagte: ›Hört, Mütter, ihr müßt eure Kinder lieben‹. Wenn von nun an eine Mutter ihr Kind ganz besonders liebhatte, dachte sich dieses sogleich: ›Du *mußt* wohl, *Man* hat es dir aufgetragen.‹ Es lag in der Natur der Sache, daß aus dem Verkehr zwischen den Geschlechtern Herzlichkeit erwuchs. Das war auch bei den Gänsen der Fall, die gemeinsam ihre Jungen hüteten. Indes, bei den Gänsen ist es so geblieben, weil es niemanden gab, der es ihnen vorschrieb. Kurzum, o *Kami*, der Ihr so liebenswürdig seid wie der Gemahl der brütenden Gänse ... seid Ihr verheiratet?«

»Nein, Mann von ungezügelter Ausdrucksweise.«

»Macht nichts, *Kami*, der ihr gegebenenfalls auch zu dieser Gans liebenswürdig gewesen wäret ... die Tugend verschwand, als man begann, über die Tugend zu sprechen, wie auch die Stille verschwindet beim Sprechen über die Stille.

Man machte Tugenden, die an die Stelle der Tugend traten. Und diese Tugenden änderten sich mit den Jahreszeiten, ja von Woche zu Woche. Was heute noch Tugend war, wurde morgen schon Untugend, und umgekehrt. Wer sich heute die Tugend vom vergangenen Jahr umhängte, der würde aus der Mode sein und für verkehrt geboren angesehen werden. Wer sich in der Tugend der Zukunft zu kleiden beliebte, würde ausgepfiffen wie Wagners Musik in Paris. Die Hauptsache ist, daß man sich die Tugend des Tages umhängt. Wer das beherzigt, ist *modern*, taugend, tugendsam.

Vor Jahren beispielsweise, o *Kami*, der Ihr seidene Stoffe zum Geschenk macht, hing man dem Glauben an Jupiter, Venus, Vesta und dergleichen mehr an ... Sommerstoffe, von Dichtern in die freie Luft gewebt. Wohl gab es hier und da schöne Zeichnungen im Gewebe, aber die Farbe verschoß in der Kälte.

Darauf folgte eine Zeitlang ein wahrer Wirrwarr von allerlei anderen Religionen ...«

»Ich fragte Euch nach *Tugend*, o Mann, der Ihr die Dinge durcheinanderbringt ... ich fragte nach Tugend, und Ihr, Ihr sprecht von *Religion* ...«

»Ihr habt recht, *Kami*, der Ihr ein König seid in der Kunst subtilster Unterscheidung. Es war einmal hier und da Tugend, seine Mitmenschen aufzuessen. *Man* war dagegen und bestimmte, daß Verbrennen besser wäre ... das war lustiger. Denn Feuer gibt Licht, o *Kami*, der Naturkunde aufsaugt wie ein Schwamm, und Licht schafft Klarheit. Man verbrannte alles, was andere Tugenden aufwies als *man* selbst. Auf die Dauer langweilte das ewige Illuminieren – Ihr könnt Euch davon wohl einen Begriff machen, o *Kami*, da man Euch durch Alleen von Gasflammen bis zum Zelt im Wald von Den Haag geleitet hat – das ewige Illuminieren wurde langweilig, und man schlug den Leuten den Kopf ab, was für viele ein kleiner Verlust ist. Späterhin ersann man noch andere Mittel, um *Mans* Tugenden aufzuzwingen. *Man* drosselte die Patienten ab, will heißen, man schwieg sie tot. Das ist *Mans* wohlfeilste und heutzutage übliche Manier.«

»Welche Tugenden sind denn noch heute in Mode, o Mann, der untugendlich zur Welt gekommen ist?«

»Es ist Euch nicht entgangen, o *Kami*, der Ihr den letzten Tropfen aus der Kanne meines Gemüts begehrt, es ist Euch nicht entgangen, daß ich mich scheute, über dieses Thema zu sprechen. Es konnte mir nicht glücken, Eurem Scharfsinn zu entgehen, denn dieser dringt bis in die Tiefe meiner Seele, wie ein Steuereintreiber bis zum Boden der Geldlade. Aber bevor ich mich jetzt über die Tugenden des Tages auslasse, verlange ich von Euch, *Kami*, einen feierlichen Eid. Schwört mir bei ...«

»Gut, gut, wir schwören. Ich schwöre, und *Kami* schwört, und auch der *Kami*, der dort in der Ecke sitzt, schwört.«

»Ihr schwört, mich nicht zu verraten?«

»Das schwören wir, Mann, der umständlich ist aufgrund verkehrter Geburt.«

»So hört mich an, *Kami*, der Ihr an der Spitze der Gesandten aus der Ferne steht, und Ihr, *Kami*, der Ihr in der Mitte steht, und Ihr, *Kami*, der Ihr am Ende der Gesandtschaft steht. Es gibt jetzt *zwei* Tugenden. Ihre Namen sind *Keuschheit* und *Ehrlichkeit*. Und diese zwei sind eins, *Kami*. Und der Name dieser einen Tugend – die zwei ist – der Name dieser Tugend ...«

»Fahrt fort, Mann unmöglicher Darstellungsweise!«

»Der Name dieser einen Tugend ... sagt, *Kami* ... könnt Ihr mir ein paar Tausend Taels leihen?«

»Unmöglich! Wir haben soeben unsere letzten Taels ausgegeben.«

»Dann darf ich Euch den Namen dieser einen Tugend nicht sagen, o *Kami*, der Ihr doch annehmen könntet, ich würde Euch untugendhaft schimpfen, weil Ihr Euren letzten Tael ausgegeben habt.«

»Es wird uns nicht sonderlich berühren. Wir Japaner behelfen uns mit japanischer Tugend. Sag an, Mann, dessen Seele krumm ist.«

»Der Name dieser Tugend, o *Kami* ...«

In diesem Moment betrat ein Bediensteter den Raum, der die Zeitung brachte.

»Wollt Ihr uns die Zeitung vorlesen und erklären, Fremdling im Land Eurer Geburt?«

»Mit dem größten Vergnügen, tugendsamer *Kami*.«

»Warum nennt Ihr mich plötzlich tugendsam?«

»*Kami*, ich sah, daß der Bedienstete, der die Zeitung brachte, Euch gleichzeitig einen Brief aushändigte. Ihr habt diesen Brief geöffnet, und ich bemerkte den Widerschein der Tugend auf Eurem Gesicht, als Ihr einen Wechsel vorfandet. [...]. Ich sah, wie Ihr Euch freutet und ergötztet. Ja, *Kami*, ich sah die Glut der Ehrlichkeit auf Eurem Antlitz und freute mich über den Wohlstand Eurer Seele. Darum nannte ich Euch tugendsam.«

»Und die Keuschheit?«

»Daran soll es nicht fehlen, o *Kami*. Mit Eurem Wechsel ... wie hoch ist er?«

»Dreizehntausend Taels.«

»Mit Eurem Wechsel könnt Ihr alle Abschweifungen von der Enthaltsamkeit zudecken, die man Euch als Unkeuschheiten anrechnen würde, falls Ihr dieselben nicht mit einem Wechsel decken würdet. Meint Ihr, o *Kami*, der Ihr Eure Tugenden in Wechseln empfangt, durch die Post, meint Ihr, die niederländische Regierung, die sich stets durch allerlei Tugenden des Tages auszeichnet, wäre Euer Lieferant in *Pikanterien* gewesen, wenn Ihr untugendsam genug gewesen wäret, diese nicht in japanischem Kupfer und lackierten Präsentierdosen zu bezahlen? Nein, *Kami*! Was man bei einem armen Teufel als niedrig ansehen würde, wird in niederländischen Augen edel, groß und keusch, sobald es von einer Regierung ausgeht, die an gelackter Tugend ebenso reich ist wie die japanische. Und mehr noch, *Kami*. Darf ich Euch ersuchen, das Stubenmädchen rufen zu lassen? Und auch den Diener? Aber einen nach dem anderen!«

Der Diener kam zuerst, weil sich das Stubenmädchen gerade auf japanisch unterweisen ließ.

»Sag mir, Diener, bist du tugendhaft?«

»Ja, Herr, sehr tugendhaft.«

»Das hätte ich ihm nicht angesehen«, riefen die *Kamis*. »Er sieht nicht gerade wie jemand aus, der dicke Wechsel in seiner Brieftasche hat.«

»Einen Moment, interessante Fremdlinge, die Ihr zu hoch steht, um das Kleine verachten zu können. Es gibt große Tugend und kleine Tugend. Ich nehme an, daß wir es hier mit einem Fall von kleiner Tugend zu tun haben. Sag mir, mit mehr Tugenden als viele Knechte und Herren gesegneter Diener, bist du ehrlich?«

»Ja, Herr, denn das währt am längsten. Ich habe hier sechs Gulden die Woche und volle Kost.«

»Da habt Ihr die Ehrlichkeit in ihrer einfachsten Form, *Kami*. So einfach wie das Lampenschirmchen, das Ihr anstelle eines Hutes auf

Euer Haupt plaziert habt. – Sag einmal, Diener, wenn du nicht ehrlich wärest, wieviel hättest du dann auf einmal stehlen können?«

»Vielleicht einmal tausend Gulden, Herr. Und dann wäre ich ja davongejagt worden.«

»Genau! Paßt jetzt gut auf, *Kami*. Dieser Mann verdient sechs Gulden die Woche und ›die Kost‹. Veranschlagen wir das mit fünfhundert fürs Jahr. Die durchschnittliche Laufbahn eines Dieners wird sich wohl auf dreißig Jahre belaufen. Der Lohn für die Ehrlichkeit dieses Mannes beläuft sich demnach auf fünfzehntausend Gulden. Es ist also ganz nach der Mode des Tages, diese Belohnung dem wenigen vorzuziehen, was ihm seine Unehrlichkeit einbringen würde, ganz zu schweigen von den Unannehmlichkeiten, die diese ihm bereiten würde. Ihr habt selber gehört, *Kami*, wie er in der Sprache der Volksweisheit die Ehrlichkeit als ›länger während‹ pries.«

»So ist es, Fremdling, der Ihr nicht ohne Scharfsinn seid. Jetzt aber zur anderen Hälfte der einen Tugend, die zwei ist!«

»Dafür brauche ich das Mädchen . . .«

»Wegen des Kaiserschnitts?«

»Nein, *Kami*, wegen der Keuschheit.«

Der Diener ging und das Mädchen kam. Von all dem Japanisch, das sie soeben gelernt zu haben schien, sah sie ganz rot aus.

»Herr, wollen Sie die gelben Herren fragen, ob es wahr ist, daß ihr Diener in seinem Land ein gutgehendes Geschäft hat? Und ob ich mich darauf verlassen kann, daß er für mich sorgen wird, wie sich das gehört? Ich bin nämlich nicht so dumm wie Grete, die mit ihrem vaterlosen Kind durch die Gegend läuft und bettelt. Ohne mich! Erst muß ich wissen . . . denn, sehen Sie, ich achte auf meinen Ruf. Und um nun eine gute Stelle aufzugeben, bevor ich sicher sein kann, daß ich nicht wie Grete herumlaufen muß, die bei keinem gut angesehen ist, weil sie kein ehrbares Mädchen ist . . .«

»Genug, Dienstmagd, die Ihr ein so ehrenwertes Mädchen seid. Ihr könnt gehen. Nein, eines noch: Wie steht es mit Euren Japanischstunden?«

»Och, das wird sich schon finden, mein Herr . . . wenn ich nur sicher wäre, daß er in seinem Land ein gutgehendes Geschäft hat und daß ich nicht wie Grete . . .«

»Und Eure holländischen Stunden?«

»Er selbst hat nur sechs Gulden die Woche, mein Herr, und die Kost. Ihr versteht wohl, daß ich später nicht gerne wie Grete . . .«

»Genug davon! Ihr könnt wieder zu Euren Übungsstunden gehen, tugendsame Dienstmagd! Habt Ihr begriffen, *Kami*, wie diese Kammerstaub wischende Frauensperson von den Tugenden des Tages erfüllt ist, nicht anders als eine holländische Regierung?«

»Sehr wohl, bauchloser Analytiker, der aus Mägden und Knechten die Wahrheit herauspreßt. Aber, dürft Ihr diese zwei Exemplare für das Ganze nehmen?«

»Ich glaube ja, *Kami*. Ihr habt gehört, wie ein allbekanntes Sprichwort die Ehrlichkeit mit der Elle mißt, nicht anders als Ihr die Stücke Seide, die Ihr mir nicht als Geschenk überlassen habt, nicht anders als die tugendliebende Magd ihre japanischen Studien von der wirtschaftlichen Situierung des Lehrmeisters abhängig machte. Genauso, *Kami*, ist es überall. In den bessergestellten Klassen der Gesellschaft pflegt man die Dinge nicht so offen beim richtigen Namen zu nennen, aber im Grunde genommen läuft alles auf dasselbe hinaus: GELD!

Sollte ich, der ich nicht tugendsam bin, jemanden ausfindig machen, der schwächer ist als ich, und ich würde diese Person zwingen, unentgeltlich für mich zu arbeiten, um selber von den Früchten ihrer Arbeitskraft mit den Händen im Schoß zu leben, so würde das so lange als unehrlich angesehen werden, bis ich von dem Gestohlenen Eisenbahnstrecken bauen lassen könnte. Das müßte Euch eigentlich bekannt sein, o *Kami*, der Ihr Kraft und Geduld genug aufbrachtet, um Sitzungen der Kammern beizuwohnen, die das niederländische Volk nicht vertreten.

Sollte ich als der, der ich bin, jemanden schlagen, geißeln oder einsperren und des Hungers sterben lassen, so würde dies als untugendsam erachtet werden, weil man mich nach dem nutzbringenden Reingewinn fragen würde, mit dem ich nicht aufwarten könnte. Aber in Den Haag habt Ihr gesehen, wie die ehrlichsten Männer aus siebzig Dörfern angesichts der Tugend einer Regierung völlig zufrieden sind, die dasselbe ohne die geringste Scham tut. Habt Ihr, o *Kami*, in den Kammern jemanden erröten sehen aufgrund der Aufteilung der Überschüsse aus Koloniegeschäften?«

»Nein, ich muß zugeben, daß die Herren allem Anschein nach ein ruhiges Gewissen hatten. Es waren welche dabei, die Bäuche hatten ... schwellend vor Tugend!«

»Und die sie niemals aufschneiden, *Kami*, was schlimm genug ist. Und auch mit dem anderen Teil der Tugenden des Tages, die als zwei dennoch eins sind, verhält es sich überall gleich. Seht Euch die Zeitung an:

Wir haben geheiratet
Herr Jansen
Fräulein Pieterse

Fräulein Pieterse ist also jetzt Frau Jansen. Das heißt: Herr Jansen hat dem Fräulein Pieterse versprochen, daß er sie nicht wie Grete herumlaufen lassen wird. Das hat er unter Zeugen versprochen, auf dem Standesamt. Und er hat seinen Namen in ein Buch geschrieben, in dem man später schwarz auf weiß lesen kann, wer der Vater von Fräulein Pieterses Kindern ist, um festzustellen, wer das Schuldgeld bezahlen muß und die Impfkosten.

Falls nun Fräulein P. mit Herrn J. eine gemeinsame Wohnung bezogen hätte, vor oder ohne dieses Versprechen in diesem Buch auf dem Standesamt feierlich besiegelt zu haben, dann wäre sie der Unkeuschheit beschuldigt worden. Ihre Kinder hätte man dann unecht genannt, oder *natürlich* . . .«

»Und wie heißen die Kinder jetzt?«

»Unnatürlich und echt, o *Kami*, dessen Geist so unersättlich ist wie die Raubgier eines Christenstaates. Jetzt sind die Kinder *echt*, wegen des Übermaßes an Unnatürlichkeit. Aber in erster Linie läuft alles aufs Geld hinaus. Als der Herr Jansen auf die Knie niederfiel, um – wie sich das gehört – Frl. Pieterse mitzuteilen, daß er gedenke, sie zur Mutter seiner zukünftigen Kinder zu erheben, da hing ihre Keuschheit von der Frage ab, ob er in der Lage wäre, sie vor Gretes Herumlaufen zu bewahren.

Der Herr Jansen scheint ein florierendes Geschäft gehabt zu haben. Falls Fräulein P., ohne dieses Geschäft, geantwortet hätte: *›Mit Vergnügen‹* oder *›Ihr seid sehr freundlich‹* oder auch nur *›Ich will's mal überschlafen* . . .‹, dann wäre Frl. P. ganz und gar unkeusch gewesen. Jetzt aber ist sie tugendhaft und sehr stolz ob ihrer Tugend, denn sie tat, wie Ihr seht, der ganzen Welt kund, daß sie fortan mit Herrn Jansen zusammenwohnt.«

»Wer hat diese Tugend erfunden oder ist man diesbezüglich verschiedener Meinung wie bei der Buchdruckerkunst?«

»Weder diese Tugend noch diese Kunst wurden erfunden. Die Umstände nötigten lediglich zur Anwendung von etwas, das bereits bestand, *Kami*. Das Verlangen nach Wissen und Aufklärung nötigte zur schnelleren Verbreitung der gedanklichen Anschauungen, und so wählte man die seit langem bekannte Manier des Druckens, die lediglich deshalb nicht früher zur Anwendung kam, weil das geringere Bedürfnis die Kosten nicht gedeckt hätte.

Und die Keuschheit, *Kami*, der Ihr nicht gut daran tatet, mich vom Thema abzulenken, die Keuschheit gibt es gar nicht. Sie ist lediglich die Anwendung einer der vielen Manieren, mit denen man die Sparsamkeit zum Prinzip erhebt, um aus dem Preisauftrieb der Nahrungsmittel eine Tugend zu machen.

Im Anfang, *Kami*, waren alle Kinder unecht, und es kam niemandem in den Sinn, ein Mädchen zu verachten, nur weil es Mutter war. Das hätte ja geheißen, einer Blume böse zu sein, weil sie blüht, weil sie sich erdreistet hatte, von der Knospe zur Blüte zu werden.

So verhielt es sich, bis es einen Mangel an Nahrung gab.

Man bedeutete den jungen Mädchen, daß sie für den Unterhalt ihrer Kinder Sorge zu tragen hätten.«

»Schöpften sie daraus den Anlaß, sich zu vergewissern, ob der Vater ›in spe‹ ein gutgehendes Geschäft hat?«

»Für viele traf dies zu, entsprach durchaus der Regel. Aber da waren dennoch solche, die dessen ungeachtet nicht für ihre Kinder sorgten. Sie verhielten sich, als wüßten sie von nichts, wenn diese oder jene junge Mutter sie aufforderte, die Sorgen für die Familie mit ihr zu teilen.

Um dieser Form der Verkennung der Tatsachen vorzubeugen, beschloß man Ehekontrakte einzuführen, und in der Folge mußte jeder, der beabsichtigte, Vater zu werden, dies vorab in aller Öffentlichkeit erklären. Das ist gewiß nicht das schlechteste, *Kami*, aber es ist wohl auch nicht vom Besten, ein Mädchen, das einem – ohne die öffentliche Erklärung – aufs Wort vertraute, für weniger anständig zu halten. So aber stellte man die Sache hin. Indes hat sich das Mädchen bestenfalls der Unvorsicht schuldig gemacht, weil es vergaß, daß die Herzen der Menschen nicht gut sind, was ja nun wirklich jeder wissen müßte.

Wie ich schon sagte, *Kami*, war das urspünglich anders. Mit der Erfindung des Wortes Keuschheit . . .«

»Sagtet Ihr nicht, die eine Hälfte der allgemeinen Tugend, die sich aus zweien zusammensetzt, wäre nicht erfunden worden?«

»Und so und nicht anders sage ich immer noch, *Kami*, der geradezu überströmt von halber Aufmerksamkeit. Die *Sache* ist nicht erfunden, konnte gar nicht erst erfunden werden, weil es sie nicht gibt. Indes das Wort, mit dem man das Nicht-Gegebene andeutete, fand seine reale Anwendung, weil man eines abschreckenden Bildes bedurfte, um vor der Verknappung der Nahrungsportionen zu warnen, die sich mit der immer schneller anwachsenden Zahl der Partizipanten unweigerlich eingestellt hätte. Die unschuldigen Mädchen, die jetzt schon beim Klang des Wortes erschrecken, wissen nicht mehr, daß es einmal eine Zeit gab, da ihre Unvorsichtigkeit nicht als Sünde angesehen wurde. Aber das ist bei uns schon lange her, *Kami*. Anderenorts war es noch vor kurzem nicht die mindeste Schande, natürlich zu sein.*

Seht hier dieses kleine, aber sehr interessante Buch*, aus dem ersichtlich wird, daß die Keuschheit im Sinne des zivilisierten Hungerleidens noch vor sechzig Jahren in Nordamerika unbekannt war. ›Keine Unvorsichtigkeit‹, so berichtete ein amerikanischer Häuptling, ›kann eine Frau aus dem Hause Ihrer Eltern verbannen; es macht keinen Unterschied, wieviele Kinder sie ins Haus bringt; sie ist jederzeit willkommen; *der Kessel ist allzeit über dem Feuer, um sie zu nähren.*‹ Wie Ihr wohl seht, o *Kami*, steckt die ganze Keuschheit in diesem Kessel. Nehmt diesen Kessel weg und Ihr werdet sehen, wie die Eltern auf der Stelle ein *Wort* machen, das für das Mädchen, das ohne registrierten Vater ein Kind heimbringt, einen Fluch bedeutet.«

»Denken die Rothäute noch immer so?«

»Ich befürchte nein, *Kami* von gelber Gesichtsfarbe. Ich denke, die weißen Amerikaner werden ihnen die Kessel abgenommen und ihnen als Ersatz ein paar erfundene Wörter über Tugend gegeben haben. Seht her, *Kami*, der Ihr darauf erpicht ward, Bildung und Zivilisation aus der Zeitung zu schöpfen: *›Aus der Prinsengracht wurde heute in den frühen Morgenstunden die Leiche eines neugeborenen Kindes gefischt‹*. So oder so ähnlich liest man es fast jede Woche, und wenn man in Rechnung stellt, wieviele neugeborene Kinder, die ebenso lieblos behandelt wurden wie dieses Wurm in der stinkenden Prinsengracht, wieviele dieser Kinder nicht *gefunden* werden, dann, o *Kami*, bedauert man die erfundenen Worte über die Tugend und beneidet die Amerikaner um ihre Kessel, die es – allzeit über dem Feuer hängend – dem Menschen erlaubten, *Mensch* zu sein, anstatt tugendsam.*

»Und«, so fragte Kami, »was ist der Lohn für diese Tugendsamkeit?«

»Keiner, *Kami*, und auch dies wieder um des lieben Geldes wegen. Eltern, Gesetzgeber und Fürsten wissen sehr wohl, daß das

Belohnen der Tugend sie ebenso teuer zu stehen kommen würde wie das Aufkommen für die Folgen des Gegenteils. Deshalb hat man etwas erfunden – schon wieder ein *Wort, Kami* –, doch sagt, habt Ihr meine IDEEN-Bücher gelesen?«

»Mit Sicherheit nicht; wir mußten unseren Lehrmeistern in Edo geloben, uns dessen zu enthalten.«

»Dann könnt Ihr auch nicht wissen, was ich unter Nr. 88 gesagt habe: *Wörter* regieren die Welt, *Kami*. In Ermangelung eines Kessels über dem Feuer hat man auch so ein »Wort« erfunden, um die Tugend zu belohnen. Falls Euer Stubenmädchen die Pfade der Tugend nicht verlassen, Euer Hoteldiener auch weiterhin vor Ehrlichkeit geradezu überströmen sollte, dann läßt man diese armen Tropfe, sobald sie nicht mehr arbeiten können, von hier nach dort laufen, nicht anders als Grete, die *keine* Tugendsamkeit besaß, oder wie jemand, der dumm genug ist, *tausend mit einem Griff verdiente Gulden* – allerdings mit großen Unannehmlichkeiten verbunden! – *dreißig Jahren* sicherer »Kost« vorzuziehen. Nun, der Unterschied beginnt nach dem Tod. Dann, *so sagt MAN*, kommen alle, die sich verrechnet haben, und GRETCHEN nach unten, und die anderen nach oben. Ob es wahr ist, das weiß ich nicht. Und sie, die die Plätze anweisen, die wissen es eigentlich auch nicht. Oder vielmehr, sie glauben selbst nicht daran.«

»Wie könnt Ihr wissen, daß sie nicht daran glauben?«

»*Kami*, es saß ein Mann im Theater, der wollte das Stück sehen. Das aber war ihm nicht möglich, denn es waren so viele Menschen da, die vor ihm saßen und größer waren als er. Am liebsten hätte er vor sich Platz gemacht, um besser sehen zu können. Zugleich wollte er nicht von seinem Platz verdrängt werden, der ja nicht der schlechteste war, wenn es nur vor ihm nicht so voll gewesen wäre.

Was sollte der Mann tun, *Kami*? Er dachte sich ein *Wort* aus, das besagte: *›Nach diesem Schauspiel wird ein noch viel besseres Stück aufgeführt. Jeder, der jetzt seinen Platz behält, bekommt das schönere Stück nicht zu sehen. Wer aber sofort aufsteht und weggeht, der soll das Stück wohl sehen.‹*

Viele glaubten ihm und gaben ihre Plätze auf . . .«

»Und er selbst?«

»*Kami*, mit Händen und Füßen klammerte sich der Mann an seinen Platz. Er fürchtete, von der Menge, die weglief, um ein Anrecht auf das spätere Stück zu erhalten, mitgerissen zu werden. Mich dünkt, hieraus wird ersichtlich, daß der Mann sein eigenes *Wort* nicht glaubte.

Und aus diesem Grund, o *Kami*, der Vergleich in sachliche Rede zu übersetzen weiß, aus diesem Grund glaube ich *nicht* an das Wort derer, die die verkündeten Tugenden mit einer Münze bezahlen, die keinen Pfifferling wert ist. Und hieraus möget Ihr erneut ablesen, wie die Religion, die allerlei Tugenden vorschreibt, eigentlich nichts anderes ist als eine Anweisung auf einen unbekannten Kassierer, den niemand zur Verantwortung ziehen kann. Allein schon dieses Wort Religion, also Gottesverehrung oder Gottesdienst, ist eine Erfindung der wirtschaftlichen Sparsamkeit. Gewiß, o *Kami*, wird Euch schon aufgefallen sein, wie ein christlicher Bettler mit seinem *Gott vergelt's Euch tausendmal* vielfachen Gewinn anbietet für den Pfennig, den er erbettelt.«

»Gibt es viele in diesem Land, die so denken?«

»Wie ich Euch bereits sagte, *Kami*, bin ich verkehrt geboren. Ich mache folglich eine Ausnahme. Indessen offenbart sich diese Verkehrtheit eher im Sprechen als im Denken. Sobald sich die Mode der Tugenden, die Geld einbringen und wenig kosten, ändert, werden sehr viele behaupten, sie wären ganz und gar meiner Meinung. Zur Zeit jedoch hüllen sie sich in Schweigen, so als glaubten sie dem Mann, der sich an seinem Platz festklammert.«

»Und? Stehen Sie auf?«

»Um keinen Preis, o *Kami*! Auch sie klammern sich fest und finden es so bequem, daß es da ein *Wort* gibt, das ihnen etwas Raum verschafft. Das ist der Grund, weshalb sie zu jubilieren beginnen, obwohl sie nicht anders als ich wissen, daß die verkündete Botschaft falsch ist.«

»Und die armen Gläubigen, die aufstanden und weggingen, um später wiederzukommen?«

»Wahrscheinlich werden sie vor geschlossenen Türen stehen, so tiefgründig forschender *Kami*. Oder vielmehr, sie werden, wie ich vermute, erst gar nicht die Möglichkeit haben wiederzukommen.«

»Und finden es die Gesetzgeber gut, daß man auf diese Weise die Leichtgläubigen mit verlogenen Worten betrügt?«

»Aber sicher, *Kami*. Sie lassen das Volk sogar Steuern zahlen, um die Menschen am Leben zu halten, die sogeartete Worte verkünden.«

»Lassen wir das! Es interessiert nicht. Wir wollen heute diese oder jene merkwürdige Sehenswürdigkeit besuchen, eine Diamantenschleiferei oder aber ein Findelhaus.«

»Ich hab Euch schon gesagt, *Kami*, daß man hierzulande die neugeborenen Kinder ins Wasser wirft. Da Ihr nun einmal in einem so ausgesprochen tugendsamen Lande seid, hätte ich bei Eurer Scharfsinnigkeit erwartet, daß Ihr nicht an Findelstiftungen denken würdet, die doch geeignet sein könnten, die Sitten zu verderben!«

»Was nennt Ihr Sitten?«

»Sitten sind Musterbilder, in denen man die aktuellen Tugenden des Tages fixiert, Modekupfer des Herzens.«

»Wer macht die?«

»Das ist ein Geheimnis, *Kami.* Aber man muß ihnen Folge leisten; andernfalls gilt man als zuchtlos und verkehrt geboren. Habt Ihr jemals einen Menschen gesehen, der einen Buckel hat?«

»Recht oft, vornehmlich hierzulande!«

»Nun gut! Ein geschickter Schneider vermag es sehr wohl, solch einen Buckel im nachhinein mittels Watte und Fischbein unsichtbar zu machen. Wer nun in seiner Seele einen Buckel hat . . .«

»Auf seiner Seele«, sagte der Dolmetscher.

»Auf seiner Seele, *Kami*, der auf Korrektheit im Gebrauch von Präpositionen Obacht gibt. Wer nun so eine gebuckelte Seele hat, der abonniert sich auf das eine oder andere Sittenreglement, das zugleich die Adressen angibt, wo man Watte und Fischbein käuflich erwerben kann. In diesem Geschäft ist die Konkurrenz groß.«

»Welche Watte ist die beste?«

»Das hängt ganz vom Glauben ab, *Kami.*«

»Was ist das?«

»Glauben ist das freiwillige Gefängnis des Verstandes.«

»Wollt Ihr damit sagen, daß die Menschen, die glauben, keinen Verstand haben?«

»Aber nein . . . dann gäbe es ja nichts einzusperren. Im Gegenteil, ihr Verstand macht sich ganz gut bemerkbar, sobald Interesse im Spiel ist. Die Sache verhält sich folgendermaßen, *Kami*: Wenn Ihr einen Diener mit der Botschaft ›Kompliment von *Kami*, und *Kami* läßt um Geld aus dem Fonds bitten‹ in den Laden eines Bankiers schickt, dann wird der Bankier Euren Diener wieder zurückschicken, mit der Bitte um einen *Beweis*, daß er wirklich von *Euch* geschickt wurde. Das ist doch ein eindeutiger Hinweis darauf, daß so ein Geldmann tatsächlich Verstand hat. Aber sobald ihm einer kommt und erzählt, er wäre von Gott gesandt, um seine Seele zu reparieren, sperrt er augenblicklich den Verstand ein und bezahlt bereitwillig für Watte und Macherlohn, ohne zu fragen, ob der Botschafter überhaupt rechtmäßig ausgewiesen ist.

Und nun, *Kami*, verabschiede ich mich. Kommt Ihr nach Amsterdam?«

»Ach . . . ja!«

»Dann hoffe ich, Euch im *Artis*, unserem zoologischen Garten . . . im *Park* . . . oder bei dieser oder jener Zurschaustellung niederländischer Zivilisation* wiederzusehen. Auf Wiedersehen, *Kami*, und gebt auf Euren Bauch acht.«

»Auf Wiedersehen, Mann von verkehrter Geburt, seht zu, daß Ihr einen bekommt.«

»Es ist die Mühe nicht wert, *Kami*.«

Wahrheit und Parlamentarismus

IDEE 1

Vielleicht ist nichts völlig wahr, und selbst das nicht.

IDEE 2

Zwei linke Handschuhe machen kein Paar Handschuhe. Zwei halbe Wahrheiten machen keine Wahrheit.

IDEE 4

Eine Zusammenstellung von Holz, Stein, Kalk usw. ist nicht immer ein Gebäude. Eine Versammlung von Menschen ist nicht immer eine Gesellschaft.

IDEE 5

Viele hervorragend gute – oder viele hervorragende schlechte – Menschen, zusammen und verbunden, stellen ebensoviele Faktoren dar, die ein enormes Produkt von gut oder schlecht ergeben. Aber die Summe vieler Mittelmäßigkeiten entspricht immer nur einer einzigen Mittelmäßigkeit.

Fassung und Inhalt dieser Idee bedürfen der Verbesserung und

Ergänzung. Vor allem die erste These erscheint mir unrichtig, wie aus Idee 9 ersichtlich wird.

IDEE 6

Die Summe der Urteile vieler unfähiger Menschen garantiert nicht mehr Chance auf Richtigketi als das Urteil eines einzigen unfähigen Menschen.

Eine garantierte Chance ist keine Chance mehr. Die Richtigkeit, nicht die Chance, bedarf der Garantie. Überdies hätte ich anstelle von »nicht mehr« »weniger« sagen müssen. Auch dies wird in Idee 9 verbessert.

IDEE 7

Mehrheitsbeschlüsse sind das Recht des Stärkeren auf friedlichem Wege. Es bedeutet: Wenn wir kämpften, würden *wir* gewinnen . . . laßt uns das Kämpfen überschlagen.

Dieses System führt folglich weniger zur Wahrheit als zur Ruhe. Indessen lediglich für einen Augenblick und als Palliativ. Denn die Angehörigen der Minderheit haben meistens das Recht auf ihrer Seite und sind stärker, weniger durch das Bewußtsein des Rechts als durch mehr Geschlossenheit und größere Veranlassung zur Aufbietung aller Kräfte. Wenn die Minderheit zur Mehrheit heranwächst, verliert sie an spezifischem Wert, was sie an Ausbreitung oder Zahl gewinnt. Sie nimmt alle Fehler der geschlagenen Gegner an, die ihrerseits wiederum aus der Niederlage Tugend schöpfen.

Das Resultat ist traurig.

IDEE 8

Ein großer Beschluß kann mit gelassener Entschlossenheit oder mit Enthusiasmus gefaßt werden. Das erste steht natürlich höher. Dieses Höhere trifft man selten an, aber gelegentlich doch – bei einem Individuum. Bei Versammlungen *nie.* Ein wichtiger Beschluß wird von einer Versammlung immer mit Enthusiasmus und unter Geschrei angenommen. Das nennt man mit einem vornehmen Wort: *Akklamation.*

Womit nicht gesagt sein soll, daß die Versammlung, die schreit und enthusiasmiert ist, wichtige Beschlüsse faßt.

IDEE 9

Ich sagte in Idee 5, daß die Addition vieler Mittelmäßigkeiten immer nur einer einzigen Mittelmäßigkeit gleichkommt. Wahrscheinlich hätte ich sagen müssen: Der Durchschnitt einer Versammlung von Mittelmäßigkeiten steht *unter* der Mittelmäßigkeit.

Nimm eine Skala von 1 ° bis 100 °. Die Mittelmäßigkeit schwankt zwischen 33 ° und 67 °. Die Mehrzahl der Menschen steht so nahe bei 33 °, das heißt, so nahe an der Grenze, mit der die Unbrauchbarkeit anfängt, oder Schlimmeres, daß die wenigen, die sich in der Nähe von 67 ° bewegen – in der Nähe von »hervorragend« –, nicht in der Lage sind, den Schnitt des Ganzen auf 51 ° zu bringen.

In Ziffern liest sich das wie folgt:

$$\frac{99 \times 33\ (\text{oder}34...40) + 1\ (\text{oder}\ 2...5) \times 63\ (\text{oder}\ 64...67)}{100} < 51.$$

Darum würde ich gegen parlamentarische Regierungsformen stimmen, wenn ich etwas besseres finden könnte.

Die Ziffern sind zu günstig gesetzt. Nicht nur daß der Wert einer Versammlung das Mittelmäßige nicht erreicht, sondern für gewöhnlich fällt er bis unter den Nullpunkt ab. Der Fehler der arithmetischen Gleichung liegt darin, daß ich mich aus Bequemlichkeit nur positiver Größen bediente, und wer den Gehalt unserer verehrten Parlamentsmitglieder untersucht, wird einsehen, daß man es weitgehend nur mit negativen Werten zu tun hat, mit Nicht-Propheten, was allein schon aus der entehrenden »vaterländischen Verehrung« ersichtlich wird. Indes, auch wenn sich dies anders verhielte, Kräfte, die gegeneinander wirken, gehen verloren.

Beruf und Berufung

»Komm doch heute abend mal mit«, sagte zu mir ein Freund oder so etwas Ähnliches. »Es gibt eine Abhandlung über die Unsterblichkeit, vorgetragen von einem Brötchenbäcker. Der Mann ist ein wahres Genie.«

»Wo wohnt er?«

Mein Freund sagte es mir. Ich ging unverzüglich dorthin und kaufte ein Brötchen – das schlecht war. Dennoch ging ich mir am Abend den Vortrag anhören. Wie nun *der* war, das weiß ich nicht, weil ich von Unsterblichkeit und Abhandlungen nichts verstehe. Mein Freund sagte, die Abhandlung wäre schön gewesen. »Glaub mir«, sagte er, »der Mann ist ein wahres Genie . . .«

»Und seine Brötchen sind schlecht! Sieh hier, ich hab' noch was von der Krume aufgehoben, die einen ans Glaserhandwerk denken läßt.«

»Das kann schon sein. Aber die Abhandlung war schön. Glaub mir, der Mann ist ein Genie . . .«

»Ja, und seine Brötchen sind schlecht.«

»Glaub mir, er ist ein Genie. Ich gebe zu, daß sein Teig aussieht wie Fensterkitt, aber seine Abhandlung über die Unsterblichkeit . . . du mußt bedenken, daß er nur widerwillig bäckt und mit Vergnügen Abhandlungen verfaßt. Das eine ist sein Beruf, das andere seine Berufung. Das eine ist ihm eine unumgängliche Notwendigkeit, lediglich eine lästige Mühe von mittags um vier bis morgens um acht, das andere ist ihm ein Genuß, den er sich allein in seinen Mußestunden schmecken lassen kann. Es steckt viel drin in dem Mann. Ich wünschte, wir könnten ihm helfen. Er ist nicht da, wo er hingehört.«

»Dann laß ihn gehen, wohin er gehört.«

»In der Tat, der Mann ist . . .«

Mein Freund oder so etwas Ähnliches hielt daraufhin eine Abhandlung über verfehlte Genies – die es nicht gibt – und versuchte, mich zu überreden, etwas für diesen Mann, der so deklassiert war, zu tun.

Ich dachte darüber nach. Ich legte die kleiige Krume des Brötchens in Gedanken neben das mir in Erinnerung gebliebene Fragment der Unsterblichkeit und kam zu folgendem Schluß:

Wenn es wahr ist, daß die Unsterblichkeit weniger kleiig, aber nahrhafter ist als das Brötchen – was ich nicht weiß –, dann muß dieser Mann seinem Beruf und seiner Berufung einen Stellentausch auferlegen. Er muß in seinen Mußestunden Brötchen backen und Unsterblichkeit von nachmittags um vier bis morgens um acht.

Außer der Reihe

In einem Amsterdamer Krankenhaus – das aus mir unerfindlichen Gründen Hospital, also Gasthaus, hieß – mußte ein Matrose eine Amputation über sich ergehen lassen. Ein Professor sägte ihm ein Bein ab. Der Mann rauchte derweil ruhig und gelassen seine Pfeife, biß dann und wann seine Zähne zusammen und besiegte den Schmerz.

Der Professor bewunderte die Willensstärke und sprach darüber mit großem Lob, während er den Verband anlegte.

Urplötzlich stieß der tapfere Patient einen Schrei aus. Der Professor hatte ihn mit einer Nadel gestochen.

»Wie ... jetzt schreien Sie, Sie, der Sie gerade ...«

»Das stimmt schon ... aber sehen Sie, Professor, dieser Nadelstich war nicht im Programm.«

Der Matrose hatte recht.

Suchen und Finden

»Sucht meine Schlafmütze«, sagte ich zu zwei Dienern. Eine Stunde später fragte ich: »Nun, wo ist meine Schlafmütze?«

Der eine sagte: »Herr, ich habe gesucht und nicht gefunden. Ich weiß nicht, wo Ihre Schlafmütze ist.«

Der andere: »Herr, ich habe nicht gesucht und nicht gefunden. Ich weiß nicht, wo Ihre Schlafmütze ist.«

Ich hatte also zwei Diener, die *nicht* wußten. Aber ich machte einen Unterschied zwischen dem Nichtwissen des einen und dem Nichtwissen des anderen. Man muß schon nach seiner verlorenen Schlafmütze suchen. Und wer das Suchen unterlassen hat, darf nicht hingehen und unter ungerechtfertigter Berufung auf Sokrates sein Nichtwissen als höchste Wissenschaftlichkeit ausgeben. Ich wünschte, Sokrates hätte das nicht gesagt. Er hat dabei nicht bedacht, wie man davon Gebrauch machen würde.

Und was das Schlimmste ist ... der Knecht, der nicht suchte, fand die Mütze.

Er gähnte, räkelte sich und schlug wie zufällig mit der Hand auf das Brett, auf dem die Mütze lag. Doch hielt ich von dem Knecht, der *nicht* gefunden hatte, mehr.

Hochmut und Demut

Ich werde euch erzählen, wie die Demut in die Welt gekommen ist.

Pygmäus war von kleiner Statur und hielt große Stücke darauf, über andere hinwegzusehen. Was selten glückte, weil er so jämmerlich klein war.

Er begab sich auf Reisen und suchte Menschen, die kleiner waren als er, aber er fand sie nicht. Und sein Verlangen, über andere hinwegzugucken, wurde immer heftiger und glühender.

Er kam nach Patagonien, wo die Menschen so groß sind, daß ein Kind sofort nach der Geburt über seinen Vater hinwegsieht.

Das gefiel Pygmäus nicht – an einem anderen. Aber in seiner verzweifelten Suche nach Menschen, die kleiner wären als er, ersann er ein Mittel. Er erfand eine Tugend, deren *erster Grundsatz* vorschrieb: Wer größer ist als *Pygmäus*, muß sich tiefer als Pygmäus' Augenhöhe bücken. [...].

Im allgemeinen waren die Patagonier tugendhaft. Wenn sich dennoch jemand durch seinen aufrechten Gang gegen das »erste Gebot« der *Pygmäischen* Tugend versündigte, so wurde er auf eigenartige Weise bestraft. Alles, was gebeugt war und tugendsam, sprang dem Hartnäckigen in den Nacken und zog ihn nach unten, bis sein Kopf das Niveau der patagonischen Bravheit erreicht hatte. Und wer ganz Patagonien auf seinen Schultern trug, ohne tugendsam zu werden, wurde an den Pranger gestellt, mit einer kleinen Tafel, auf der ein patagonisches Wort geschrieben war, das recht eigentlich bedeutete: *Dieser Mann stand* Pygmäus *im Weg.*

Dieses Wort heißt im Deutschen: *Hochmut.*

Definition des Humors

Ich will etwas über Humor sagen und was dazu gehört. Alle Definitionen sind schwierig. Man stelle sich vor, die Mondbewohner, die keinen Unterleib haben, keine Beine und keine Füße – weil es keine Mondbewohner gibt –, man stelle sich vor, so ein Mondbewohner, der folglich in Ermangelung dieser Dinge – möglicherweise auch mangels Existenz – noch nie einen Stuhl gesehen hat, würde fragen. »Was ist bei euch Erdenwesen ein Stuhl?« *Ich* würde es ihm nicht erklären können. Anders gesagt, wenn er mit meiner Erklärung zufrieden wäre, so würde dies lediglich beweisen, daß er von »Bestimmungen« ebensowenig versteht wie von Stühlen.

Indes kann ich euch – nahezu immer – sagen, was *Humor* ist. *Humor ist die Wiedergabe der Natur*, nichts anderes. Das ist sehr einfach. Aber wäre es kompliziert, so würde es erstens nicht wahr sein und zweitens hätte ich es euch nicht zu sagen brauchen, denn komplizierte Wahrheiten sind von allgemeiner Bekanntheit.

Humor ist die Wiedergabe der Natur, weil nämlich die Natur an sich sehr humoristisch ist. Ja, sie *allein* ist humoristisch, und mehr noch, sie ist *immer* humoristisch. Ich werde dies sogleich beweisen. Was *wir* Humor nennen, ist lediglich dessen Kopie.

Die Wiedergabe der Natur kann auf vielerlei Weise erfolgen. Man tut es in Tönen, in Farben, in Formen, im Blick, Wink, Gebaren, kurzum, wir können auf so viele Arten ein Konterfei der Natur geben, wie wir Mittel haben, um einen Eindruck zu vermitteln.

Worin besteht nun der *Humor* der Natur? In ihrer *Dummheit* in Verbindung mit ihrer *Allgemeinheit.*

Ihre Dummheit. Die Natur ist so dumm wie jedes beliebige Werkzeug, das nach festen Maßen, nach bestimmten – nein, nach *gegebenen* – Kräften: hackt, schneidet, stampft, hebt, dreht, mahlt, zusammensetzt, zertrümmert. So ein Werkzeug ist schön, sagt ihr? Ja, *als Werkzeug.* Will heißen: Es bleibt ein Werkzeug und nicht mehr. Es ist ein Zeug, das werkt, oder genauer: das durch bestimmte Kräfte gezwungen wird, sich so zu bewegen, wie es für einen Zweck notwendig ist, der ganz und gar außerhalb des Bewußtseins dieses Zeugs selbst liegt. Es wäre schon richtig zu sagen: Die Uhr *wird* gegangen.

In einem Kupferwalzwerk gibt es neben anderen Anwendungen von Dampfkraft eine große Schere, die fortwährend auf- und zuschnappt. Wenn man nichts dazwischensteckt, zerschneidet sie die

Luft. Es ist indessen ihre eigentliche Bestimmung, Kupferplatten durchzuschneiden, was sie dann auch treu tut, ohne auch nur das kleinste Anzeichen dafür zu geben, daß sie den Unterschied zwischen Platten und Luft begreift. Halte der Schere ein Blatt Papier hin, sie zerschneidet es. Ein Buch, sie zerschneidet es.

Man kann es ihr nicht ansehen, daß sie einen Unterschied zwischen einer langweiligen Predigt oder einer unzusammenhängenden Rede macht.

Geht noch weiter! Ihr besucht das Walzwerk in Damenbegleitung... die Schere schneidet... schneidet...

Das Mädchen neben euch ist achtzehn Jahre alt. Es ist lieb, reizend, seine Körpermitte würdet ihr schon umfassen...

Faßt seinen Hals zwischen Daumen und Zeigefinger der linken Hand, greift mit der rechten seine Fußgelenke, haltet es horizontal, streckt eure Arme nach vorne, bringt die Taille, die ihr so reizend findet...

Die Schere schnitt... zerschnitt während der Zeit, die ihr brauchtet, um das reizende Kind hochzuheben, die Luft.

Haltet es – aber vorsichtig, denn wenn ihr die Schere berührt, könntet ihr euch weh tun –, haltet es in dem Moment hoch, wenn die beiden Klingen den größtmöglichen Winkel bilden, wenn die Schere ganz geöffnet ist...

Wartet noch... dieses Mal ist es zu spät... sie schließt sich schon wieder und zerschneidet nochmals die Luft, die sich nicht im geringsten durch das Zerschneiden belästigt fühlt...

Jetzt wird es Zeit... jetzt... genau... da habt ihr es!

Mitten durchgeschnitten ist das Mädchen. Ihr haltet in jeder Hand eine Hälfte, und – mit der nämlichen Gleichgültigkeit – hat die Schere schon zum fünften Mal wieder die Luft zerschnitten, noch ehe ihr Zeit hattet, die beiden Hälften wieder zusammenzusetzen und euch mit dem durchgeschnittenen Kind über die werkzeugmäßige Dummheit der Schere zu wundern, die nicht weiß, was sie schneidet...

Ebenso dumm wie die Schere ist die Natur.

Die Natur ist allgemein. Ihre Dummheit haben wir im Kupferwalzwerk kennengelernt. Um euch die *Allgemeinheit* der Natur vor Augen zu führen, lade ich euch ein, mit mir einen Laden zu besuchen oder besser einen batavischen *Toko.* Für Nicht-Inder muß ich an dieser Stelle kurz anmerken, daß sich ein *Toko,* also ein indisches

Ladenlokal, gegenüber einem hiesigen Laden ausnimmt wie alles zu nichts.[...]

In einem Laden wird nur eine Art von Handelswaren verkauft. In einem *Toko* verkauft man allerlei Arten, alle möglichen Handelsgüter, *alles.* Fragt nach Schuhcreme, Schinken, Zahnpulver, Musenalmanachen, Pastorenporträts, *bonshommes*, Stehaufmännchen, Schlittschuhen, Trauerflor, Schiffsaktien oder Wadenstrumpfhaltern . . . all das liefert euch ein rechtschaffenes *Toko.*

So ein *Toko* ist die Natur. Einfach *alles* hält sie in ihrem unendlichen Magazin bereit. Luft, See, Leben, Liebe, Schmerz, Krankheit, Freude, Schönheit, Charakter, Pein, Schall, Eile, Trägheit, Kraft, Wachstum, Zersetzung, Auflösung, Tod. Es tut nichts zur Sache, daß sie dies alles durch ein einziges Mittel zuwege bringt: *Bewegung* – wie es uns auch gleich ist, ob ein *Warenhaus* seine Artikel aus der Fabrik bezieht. Hauptsache, die Waren sind da.

Aber in dem großen Warenhaus der Natur liegt alles durcheinander. Policinello sitzt rittlings auf dem Nacken einer kleinen, bronzenen Frau, die ihr Kind beweint, Napoleon in Gips steht zwischen zwei Kartenspielen und eine Flasche Cognac ist in ein Abstinenzlertraktätchen eingewickelt.

Denn die Natur ist *dumm.* Sie versteht sich nicht auf Schaufenstergestaltung. Deswegen ist sie humoristisch, und wer dies gut abzeichnet, der ist es auch.

Der Karpfen

Ein Professor für Fischkunde war dabei zu demonstrieren. Die Studenten lauschten . . . nun ja, so wie Studenten eben lauschen. Und dann noch Studenten der *Ichthyologie*!

»Der Karpfen, meine Herren, der Karpfen . . .«

Dann folgte etwas über den Karpfen . . .

»Der Karpfen, meine Herren . . .«

Und siehe da, da kam ein Karpfen in den Hörsaal hereingeschwommen. Wie das Tier es anstellte, mit der Trockenheit fertig zu werden, soll uns nicht weiter interessieren. Die armen Studenten hatten darunter schon so lange gelitten, und ein Karpfen hat es eben nicht besser als ein Student.

»Da ist er selbst!« riefen sie wie aus einem Mund.

Und sie ließen den Professor mit seiner Abhandlung *über* den Karpfen stehen, und sie *betrachteten* den Karpfen selbst.

Das finde ich nun gut und nur natürlich von den Studenten.

Aber ich wollte, daß wir das auch täten und uns mehr auf die Betrachtung der Menschen oder des Menschen selbst verlegen würden als auf die Diktate *über* Menschen zu hören.

Menschen und Bücher

Es gibt keinen Menschen, dessen Gemütsgeschichte nicht belangreicher wäre als der längste und am besten *gemachte* Roman.

Brücken und Gräben

Es war Winter. Drüben auf dem breiten Kanal vergnügte man sich beim Schlittschuhlaufen. Das Eis lag nicht tiefer als der Weg. Man brauchte es nur einfach zu betreten.

Aber man hatte über ein breites Grabenstück eine Brücke gelegt, die ich gestern noch nicht gesehen hatte. Und jeder, der die Brücke passierte, bezahlte dem Mann, der die Brücke »wegen des Grabens«, wie er sagte, gebaut hatte, einen Cent. Manche aber munkelten: »Er hat den Graben wegen der kleinen Brücke gemacht.«

Ist es nicht eine Schande, daß man Mittel und Wege gefunden hat, um die *Auslegung des Gesetzes* zu einem lukrativen *Beruf* zu machen?

Die Gesellschaft ist überall von derartigen Gräben durchschnitten, und zwar in der Regel, um den »Brückenmann« am Leben zu halten.

Was sollte aus der pedantischen Schulmeisterei werden, wenn wir einfach so schrieben, wie ein gebildeter Mensch spricht?

Was aus dem Militär, wenn wir begriffen, daß das kleinste Volk stärker ist als die größte Armee?

Was aus den Advokaten, wenn wir Gesetzgeber hätten, die es vermochten, ihre Gedanken klar auszudrücken?

Was aus den Pfarrern, wenn wir begriffen, daß ein jeder seine Religion in seinem eigenen Herzen suchen muß?

Und schließlich, was aus den Sittenrichtern, wenn wir es verstünden, diese Sitten wieder in der lieben Natur zu finden?

Ach, was für eine Menge arbeitsloser Brückenmänner!

Die Vorsehung

»Sieh mal, mein Sohn, wie weise die *Vorsehung* alles bereitet hat. Der Vogel legt seine Eier in dasselbe alte Nest. Die Jungen werden ausschlüpfen zu der Zeit, wenn es Würmlein und Flieglein gibt, um sie zu ernähren. Dann werden sie ein Loblied anstimmen zur Ehre des Schöpfers, der diese Geschöpfe mit Wohltaten überladen hat . . .«

»Singen die Würmer mit, Papa?«

Das fragende Söhnchen wartet noch immer auf Antwort.

Beten und Naturgesetze

Auf einem hohen Turm stand eine Mutter mit ihrem Kind. Das Kind fiel ihr aus den Armen.

Gleichzeitig fiel ein anderer Gegenstand. Er hatte den nämlichen Umfang wie das Kind. Das gleiche spezifische Gewicht wie das Kind. Die Erdanziehungskraft, der Luftwiderstand . . . alles war bei diesem Gegenstand wie bei dem fallenden Kleinkind.

Doch das Kleinkind *lebte* und hatte eine Mutter, die sich vor Verzweiflung die Haare ausraufte.

An dem anderen Gegenstand war nichts gelegen.

»O Gott, o Gott, mein Kind, mein liebes Kind«, jammerte die Mutter. »O Gott, behüte mein Kind!«

Für das andere Ding betete keiner.

Und nebeneinander fielen die beiden Körper in die Tiefe, mit gleicher Geschwindigkeit.

Und die Natur – es war *vor* Newton . . . dennoch wußte sie genau, wie sie fallen lassen mußte – die Natur nahm ihren Lauf. Ganz ruhig berechnete sie die Quadrate . . . gab unten, wo die Luft weniger dünn ist, auf den größeren Widerstand acht ... zog das Mehr von der Geschwindigkeit ab ...

Noch einmal rief die Mutter:

»O Gott, mein Kind!«

Das Kind wurde zerschmettert. Die Mutter, die vergebens gebetet hatte, starb. Der Vater des Winzlings wurde wahnsinnig usw.

Aber der Sack Kork, oder der Schinken, oder was es auch gewesen sein mochte, das zugleich mit dem Kind von diesem Turm fiel, blieb ein Sack Kork, oder ein Schinken, und sah aus, als wäre nichts passiert.

Allerdings hatte für diesen Kork keiner gebetet.

Tabu!

Reinliche Armut ist in einem rauhen Klima einfach nicht möglich. In einem Land wie dem unsrigen ist mehr als ein Durchschnittseinkommen nötig, um wirklich – d. h. eben nicht sogenannt »holländisch« – sauber sein zu können. Einmal Baden kostet in Amsterdam mehr als ein Mittagessen, und Bidets sind in den Niederlanden eine Seltenheit, vornehmlich in »anständigen Häusern«. Denn neben der Armut – oder der verhältnismäßigen Armut – spielt, wie überall, auch beim Entstehen dieser Unreinlichkeit die *Tugend* eine Rolle.

»Meinen Sie eigentlich, meine Tochter wäre eine Hure?« fragte ein Vater den Arzt, der das Mädchen untersuchte und Herkules in ihrem Stall spielen wollte.

Schon gut, allerschamhaftester Vater! Doch bedenke, daß nach dem Anrühren und Auskehren eures tugendhaften Schmutzes mein Besen nicht rein bleiben *konnte.*

Bei der Gottesverehrung der sogenannten Religionen verhält es sich genauso.

Die Frommen machen einen Gott, takeln diesen aufs lächerlichste auf, und wenn ich dann *diese Lächerlichkeit belächele*, sagen sie, *ich* würde etwas Heiliges antasten. (Man meint, ich würde »gegen *alles* rebellieren«. So nennen sie es. Ach, wenn sie wüßten, wie viele Dinge mir heilig sind.«)

Versucht doch einmal, *meinen* Gott lächerlich zu machen, die liebe, dumme, gewitzte, naive, allmächtige, ungebildete, kindliche NATUR, in der alles wie in einem Kramladen kunterbunt nebeneinanderliegt . . .

Das wird euch nicht gelingen, ihr unpatentierten Göttermacher!

Göttliche Offenbarung

Ich sagte: Niemand weiß, was Gott angenehm ist und *wie* er möchte, daß man ihm *dient.*

Indes sollte dieser Gott doch eigentlich, in seinem eigenen Interesse, dafür gesorgt haben, daß es über die *Weise* des Dienens keinen Zweifel gibt.

Stellt euch vor, viele wären euch Abgaben schuldig und diese müßten in Naturalien aufgebracht werden. Sicherlich habt ihr für euren Haushalt bestimmte Artikel nötig . . . deren Aufbringen wird euch angenehm sein, damit wird man euch *dienen.*

Die Personen aber, die verpflichtet sind, euch diesen Dienst zu erweisen, haben von eurem Bedürfnis nach bestimmten Dingen keine Ahnung. Sie wünschen, euch zufriedenzustellen, denn sie wissen, daß ihr die Macht habt – und den Willen! –, sie zu bestrafen, sollten die gelieferten Waren nicht nach eurem Sinn sein. Nun bringt euch der eine dies, der andere das, aber niemand errät, was ihr begehrt. Hunderte von Jahren reckt ihr den Hals nach der ersehnten Sache, aber immer vergebens.

Gibt es etwas Einfacheres, als ein für allemal zu sagen:

»Liebe Leute, ich hätte gerne dies und das!«

»Aber«, so sagen die Frommen, »Euer Vergleich hinkt. Wir wissen sehr wohl, was *Unserem Herrn* angenehm ist. Er hat sich herabgelassen, uns dies zu offenbaren.«

»Ei ei! Dann laßt mal hören!«

Der erste Fromme, der wünscht sich Psalmen.

»Nein!« ruft der zweite Fromme. »Ich verehre ihn, indem ich mich im Kreis herumdrehe.«

Dritter Frommer: »Ich spreche durch die Nase; das wird ihm sicherlich gefallen.«

Vierter Frommer: »Ich langweile mich jeden Sonntag zu seiner Ehre.«

Fünfter Frommer: »Ich frühstücke mit Hesekiel.«

Sechster Frommer: »Ich lese Tag für Tag in einem Buch, das kein Schwein versteht. Sollte ihm damit nicht gedient sein, erkläre ich ihn für sehr anspruchsvoll.«

Siebenter Frommer: »Das ist alles nicht das Wahre. Die rechte Art, ihn gutgelaunt zu stimmen, besteht darin, ein großes Haus zu bauen, sich einmal in der Woche dort zu versammeln, um sich etwas anzuhören, das man ebensogut kennt wie der, der es erzählt, und ebensowenig begreift wie dieser.«

Achter Frommer: »Ich rufe ohne Unterlaß, daß ich ein verdammt verfluchter Kerl bin, zu nichts Gutem fähig. Das muß auf ihn einen sympathischen Eindruck machen.«

Neunter Frommer: »Ich esse viermal im Jahr am hellichten Tag zu Abend.«

Zehnter Frommer: »Ich erforsche sein Wesen und verschaffe ihm etwas Ablenkung durch die Erklärung, daß er dreiteilig ist.«

Elfter Frommer: »Unsinn! Moderne Theologie ... Glauben mit Chemie ... das ist das Wahre!«

Zwölfter Frommer: »Weit gefehlt! Freitags Kabeljau ... das mag er.«

Dreizehnter Frommer: »Alles falsch! Ihr habt alle keine Ahnung. Man muß ...«

»Halt, dreizehnter Frommer! *›Ihr habt alle keine Ahnung‹* ...«

Q.e.d.

Ornis

Mein Freund Ornis kaufte sich nach dem Tod seiner Frau, um sich abzulenken, einige Vögel. Wenn ich den Schmerz über den Verlust seiner besseren Hälfte nach der Anzahl der Federtiere bemessen müßte, die sie ersetzten, dann muß ich sagen, daß er sehr betrübt gewesen ist. Denn die Zahl seiner Vögel war immens.

Wie er zu dieser Sammlung gekommen ist, weiß ich nicht, und das tut der Geschichte, die ich erzählen will, auch keinen Abbruch.

Eines Morgens mußte Ornis verreisen. Seine Abwesenheit sollte von einiger Dauer sein.

»Bester Freund«, sagte er, »ich fühle mich genötigt, mich auf deine Freundschaft zu berufen.«

Ich halte nichts von solchen »Berufungen«. Es gibt nämlich Leute, die die Freundschaft wörtlich nehmen und aus solchen »Berufungen« einen Beruf machen.

»Ich muß verreisen«, fuhr er fort, »und ich weiß nicht, wie ich es anfangen soll . . .«

»Nun, kauf dir auf dem Bahnhof eine Fahrkarte.«

»Nein, das meine ich nicht! Ich weiß nicht, was ich mit meinen Vögeln machen soll.«

»Nimm sie doch mit!« schlug ich vor.

»Nein, das geht nicht! Wegen der Kosten! Und überdies, Liwi brütet . . .«

Liwi war ein junger Kanarienvogel, der *Partant pour la Syrie* flöten konnte.

»Dann laß deine Vögel doch einfach zuhause!«

»Man merkt, daß du noch niemals verheiratet gewesen bist . . . daß du dir niemals Vögel gehalten hast. ›Zuhause lassen‹, das ist leicht gesagt! Wer soll denn aufpassen, wenn ich weg bin? Wer soll ihnen was erzählen, ihnen etwas vorflöten, zu essen geben, die Volieren saubermachen . . .?«

»Ah so, so ist das! Und dein ›Berufen‹ auf meine Freundschaft . . .«

»Ja, so ist das ! Ich wollte dich bitten, während meiner Abwesenheit für meine Vögel zu sorgen.«

»Ich habe zur Zeit viel zu tun.«

»Schieb es doch auf! Meine Vögel . . .«

»Mein Vater ist krank.«

»Was hat das damit zu tun? Meine Vögel . . .«

»Meine Kinder haben die Masern.«

»Sie müssen gut warm gehalten werden! Meine Vögel . . .«

»Bei mir liegt zur Zeit vieles im argen. Meine Verhältnisse sind zerrüttet.«

»Bitte um Aufschub. Meine Vögel . . .«

»Mein lieber Ornis, ich verstehe nichts von Vögeln.«

»Was?«

»Glaub mir, ich habe noch nie Vögel gehabt. Ich weiß wirklich nicht, wie sie behandelt werden müssen.«

»Das ist etwas anderes. Gut, daß du mir das gesagt hast. Dann muß ich gucken, daß ich sonst jemanden finde, dem ich meine Lieblinge anvertrauen kann.«

Und Ornis ließ mich endlich in Ruhe: *weil ich nichts von Vögeln verstand.*

Jetzt aber frage ich mich, was veranlaßt so viele Leute, sich Kinder zu halten?

Die Pastetenbäcker

Es waren einmal in einem gewissen Land viele Pastetenbäcker. Das Backen und Verkaufen von Blätterteigteilchen schien ein einträglicher Beruf zu sein; jedenfalls warf er genügend Gewinn ab, um die Familien der Bäcker leidlich gut zu unterhalten. Doch dann kamen Chemiker, die die Törtchen eingehend untersuchten und befanden, daß die Pastetenbäcker Mohnsirup verwendeten, um ihre Törtchen so lecker zu machen, wie sie für das Volk zu sein schienen. Die Chemiker waren zugleich Menschenfreunde, und es schmerzte sie, ihre Landsleute so dösig zu sehen, wie sie durch den Verzehr dieser Törtchen geworden waren. Nun freuten sie sich, die Ursache gefunden zu haben. Denn, so dachten sie, wenn wir unsere Entdeckung bekanntgeben, wird sich das Volk weigern, seine Naschgelüste mit dem Verlust eines klaren Kopfes zu bezahlen und die Bäcker werden sich ihrerseits wohl genötigt sehen, andere Mittel zur Herstellung ihrer Pastetchen ausfindig zu machen.

Unter den Pastetenbäckern gab es große Unterschiede. Einige waren nämlich so wach, als hätten sie niemals von ihren eigenen Backwaren probiert. Das waren gerissene Pastetenbäcker.

Andere indessen hatten, wie sich herausstellte, treuherzig von den Törtchen mitgegessen. Sie waren so schläfrig wie das Volk selbst. Das nenne ich mir dumme, aber ehrliche Pastetenbäcker.

Einige hörten auf die Verlautbarungen der Chemikusse und suchten, suchten ... nach einem Surrogat für den blättrig machenden Schlafsirup. In der Zwischenzeit verkauften sie weiterhin ihre Törtchen ... ohne je davon zu probieren.

Das waren nicht gerade sehr ehrliche Pastetenbäcker.

Einer von ihnen meldete, er leide wegen des Verkaufs ungesunder Nahrungsmittel schwer unter Gewissensbissen. Er warnte sein »Publikum« und sagte, er werde ab sofort keine Törtchen mehr verkaufen, es sei denn, jemand erkläre ausdrücklich, diese haben zu wollen, und selbst dann wolle er so wenig Schlafsirup wie nur irgend möglich verwenden, sollte er sich dann auch während der Zeit, die er dadurch erübrige, mit völlig anderer Arbeit beschäftigen müssen. Das war ein ehrlicher und tüchtiger Pastetenbäcker.

Wieder ein anderer hängte sein Firmenschild ab und erklärte rundheraus, er wolle keine Törtchen mehr backen. Und es täte ihm leid, sie so lange gebacken zu haben. Er schüttelte das Mehl von seinen Kleidern ab, badete sich dreimal und lief nach einer Stadt, die unlängst abgebrannt war, davon, um beim Wiederaufbau mitzuhelfen. Das war ein sehr ehrlicher und sehr tüchtiger Pastetenbäcker.

Also tat ein Teil der Bäcker, was die Wildenten tun, wenn man auf sie schießt ... sie fliegen hin und her. Und ein anderer Teil tat, was die Eulen tun, wenn man nicht auf sie schießt ... sie bleiben sitzen, verdrehen ihre Augen und machen würdevolle Gesichter.

Ein Pastetenbäcker überlegte sich insgeheim, wie er seine Interessen mit dem Stand der Dinge in Einklang bringen könnte und wie er seinen Törtchenladen weiterführen könne, ohne Angriffe gegen die Wissenschaft der Chemiker und ohne Verlust der Kunden. Ja, er stellte sogar Berechnungen an, wie er vorzugehen habe, um seine Klientel zu vergrößern, indem er all die Leute auf sich zog, die bei seinen ehrlichen Kollegen vor verschlossenen Türen standen oder sich von der Ware der anderen distanziert hatten.

Doch damit nicht genug: sein wohldurchdachter Plan war so angelegt, daß er sich zu gegebener Zeit um die Medaillen würde mitbewerben können, die einmal denen zugedacht werden sollten, die sich gegen die Schlafsirup-Methode ausgesprochen hatten.

Das war ein berechnender Pastetenbäcker; wie ich meine, mit allen Wassern gewaschen. Er fing damit an, daß er alle seine Kunden zusammenrief und sagte, daß es nicht angehe, Törtchen unter Verwendung von Opium zu backen.

Ja, er hielt ihnen sogar vor, daß sie davon so viele gekauft und gegessen hätten. Aber das Geld, daß er für seine früheren Backwaren erhalten hatte, gab er nicht zurück.

In dieser Hinsicht wies er sich als jemand aus, den man auf der Börse einen »guten« oder »soliden« Pastetenbäcker nennen würde.

Und von den Chemikern, die die Törtchen lange vor ihm mißbilligt hatten und die er deshalb mit groben Namen bedacht hatte, solange noch nicht absehbar war, daß das Volk ihrer Wissenschaft Glauben schenken würde, nun ... von diesen Herren sprach er nicht.[...]. Man begreift, daß es seine Absicht war, seinen Kunden vorzugaukeln, er selbst wäre ein ebenso tüchtiger Chemiker wie ein ehrlicher Bäcker.

Bei Licht besehen war er ein hinterlistiger Pastetenbäcker.

Schließlich erzählte er dem Volk, daß das Opium in den Törtchen nicht nur unnötig sei, sondern daß das Gebäck sogar leckerer wäre, wenn man es ohne Schlafmohnsaft backen würde.

Und er verteilte etliche zum Probieren, die tatsächlich vielen leidlich schmeckten. Unser Bäcker hatte dafür Sorge getragen, daß sie äußerlich den früheren glichen, denn er wußte, daß Menschen, die Pastetchen mögen – und nicht nur solche – Geschmack sehr oft aus Gewohnheit gewinnen.

Das nenne ich einen gewieften Pastetenbäcker.

Und viele, denen es nicht eingehen wollte, wie man bei der Zubereitung auf Schlafsirup verzichten könnte, untersuchten das neue Gebäck . . . und fanden . . . Schlafsirup, aber diesmal vermischt mit Rattengift.

Taxation des Menschen

Ein Alchimist verstand sich auf die Kunst, Verstorbene ins Leben zurückzurufen. Ich besuchte ihn und traf in seinem Kabinett viele Personen an, die ich schon lange tot und nicht zurückgekehrt wähnte. Ich sah dort Luther, Cambronne, Van Speyk, Curtius und d'Assas.

Aus purem Anstand verschmähte mein Freund, der Alchimist, das Goldmachen und machte eine Zoohandlung auf; *spécialité d'hommes* stand auf dem Firmenschild.

Ein gewichtiger Mann ersuchte darum, sein Sortiment einzusehen. Der Herr hieß: PUBLIKUM.

»Ich rekommandiere Ihnen diesen Herrn hier«, sagte ein Ladenmädchen. »Er nahm es ganz allein gegen die größte Macht der Welt auf . . . gegen das Papsttum. Es ist der echte Luther, mein Herr, und nicht teuer.

Diesen Van Speyk kann ich Ihnen für wenig Geld lassen – wir haben derzeit Renaissance in alten Helden. Wie Sie wohl wissen werden, ›tat er mehr‹. Er opferte sein Leben und starb ehrenvoll . . .

Und wie gefällt Ihnen der hier? Es ist d'Assas, der sein Leben opferte, um seine Kameraden zu retten. Sie erinnern sich? Das Regiment Auvergne . . . spottbillig, sage ich Ihnen.

Sehen Sie mal den hier! Drehen Sie sich doch mal um, Cambronne! Ja, das ist Cambronne, der Gardist, der sich nicht ergab. Der Preis steht dran; er kostet nur ...

Reichen Sie doch mal den Curtius herüber! ... Mein Herr, sehen Sie mal diesen Curtius. Gut, er ist etwas lädiert ... er hat lange in einem tiefen Loch gelegen, mein Herr, Sie kennen ja die Geschichte ... Den Curtius lasse ich Ihnen unter Fabrikpreis ...«

»Hm!« sagte der Herr Publikum, stieg in seinen Wagen und fuhr davon, ohne etwas gekauft zu haben. Und des Abends erzählte er auf jeder Gesellschaft, daß es im Laden meines Freundes, des Alchimisten, nichts Besonderes zu erstehen gäbe.

Dieser wurde zusehends magerer und begann schon, seinen Anstand zu bereuen, der ihn davon abhielt, Gold zu machen. Ohne jeden Zweifel, der Mann war bettelarm und sein Geschäft ging sehr schlecht.

Da ließ sich im Nachbarhaus ein Goldfinkenhändler nieder. Dieser stattete seinem Nachbarn einen Besuch ab und erkundigte sich nach seinem Geschäft.

»Was habt Ihr denn hier so anzubieten ...?«

»Ein paar alte Helden«, seufzte der Goldmacher, »aber das Geschäft läuft nicht!«

»Was ist denn das für einer?«

»Er setzte in Worms sein Leben aufs Spiel, für seine Überzeugung ...«

»Puh! Und der da?«

»Der ließ sich für die Ehre seiner Flagge in die Luft sprengen.«

»Puh! Ihr müßt unbedingt mal rüberkommen und meine Finken hören! Und der da?«

»Er ließ sein Leben für seine Brüder.«

»Puh! Ich hab einen, der singt die tollsten Lieder, *Herz, mein Herz* usw. Was hat der hier getan?«

»Er gab sein Leben für die Ehre der Alten Garde.«

»Puh! Ich hab da einen alten Kanarienvogel, ohne Schwungfedern, in einer kleinen Tretmühle. Der läuft und läuft ... den ganzen Tag lang und flötet ununterbrochen *En avant, marchons*! Kommt doch mal rüber! Was stellte denn der Fünfte hier an?«

»Der opferte sich für sein Vaterland.«

»So ein Schwachsinn! Kann er auch singen?«

»Ach, nein!«

»Oder sprechen?«

»Ja, vielleicht ... ich weiß nicht ... Curtius!«

Curtius sprach. Luther sprach. Van Speyk, Cambronne und d'Assas sprachen. Aber sie sprachen wie es Geistern eigen ist: eintönig, langweilig, grabartig. Auch schien ein jeder von ihnen nur eine einzige Phrase zum besten geben zu können.

»Ich biete Euch einen Finken pro Stück«, sagte der Vogelmann, und der Handel war perfekt.

Er übernahm das Fünfer-Ensemble in sein Geschäft, stach ihm die Augen aus, und Herr Publikum, der am Abend dort flanierte, ward angenehm überrascht, als er bei all dem Geflöte und Gepiepse deutlich das Quintett heraushören konnte:

»Das Fatum fordert ein teures Opfer ... Seht mich an ... Curtius, den Ritter ... Lebt wohl, Bürger ... das Schicksal ist versöhnt!«

»Auvergne, à moi!«

»Junge, rette dein Leben!«

»La Garde meurt, mais ne se rend pas!«

»Und wären da so viele Teufel wie Pfannen auf den Dächern, ich *gehe*! Hier stehe ich, Gott helfe mir!«

Publikum kaufte das Fünfer-Ensemble ... aber ohne Käfige. Die wird es später einmal geben ... jetzt herrschen schlechte Zeiten.

Schlüssel und Schlösser

Auf irgendeiner Insel hatten deren Bewohner seit Jahrhunderten alle Schlösser vernichtet, so daß sogar die Erinnerung an diese Dinge längst vergessen war.

Dort strandete ein Reisender, der einen Bund Schlüssel bei sich trug. Er wußte zu berichten, wie man mit ihrer Hilfe in seinem Land Kammern und Kisten verschließen konnte und wie nützlich dies war. Voller Bewunderung hörte die Bevölkerung dieser Offenbarung zu und ... machte seine Schlüssel nach. Indes, von dem Ergebnis, dessen er sich so gerühmt hatte, merkte man nichts.

Man trug die Schlüssel um den Hals, und aus Kisten und Kästen wurde gestohlen wie vordem. Man hing sie an Baumzweige ... es half nichts! Man vergrub sie ... das Ergebnis blieb sich gleich. Ein Weiser machte den Vorschlag, mit den Schlüsseln zu rasseln. In der darauffolgenden Nacht stahl man ihm den Bart vom Kinn. Die Priester ersannen eine neue Möglichkeit. Zwei über Kreuz auf die Güter, die man zu bewahren suchte, gelegte Schlüssel sollten die Diebe abschrecken. Aber die gottlosen Bösewichte störten sich nicht an diesem heiligen Symbol. Welch ein Jammer, nicht wahr, daß man vergessen hatte, den Fremden zu fragen, wie denn eigentlich die so nützlichen Dinge gebraucht werden müßten, auf daß sie nicht völlig unnützlich wären.

Nach langem Grübeln begannen einige einzusehen, daß nicht alle Schlüssel in jedem Land Verwendung finden können. Ein Gelehrter erinnerte sich, von seiner Großmutter gehört zu haben, daß man »originale« Schlüssel haben mußte. Und alle Schmiede machten sich unverzüglich an die Arbeit. Diejenigen, so erzählte man sich, die die fremden Schlüssel hatten, durften nicht mitmachen. Zu sehr fürchtete man, sie würden sich von der Erinnerung an diese Modelle leiten lassen. Die Schlüssel mußten genauso sein wie die des Fremden, aber – sicherlich der angestrebten »Originalität« halber – völlig anders.

Ein jeder, der nun ein Instrument zuwege brachte, das den fremden Schlüsseln glich, wurde gesteinigt, weil seine Arbeit eine fremdländische Färbung aufwies. Und wer einen Schlüssel fertigte, der mit den fremden Objekten nicht im geringsten übereinstimmte, der wurde gesteinigt, weil er es wagte, von den Modellen der ausländischen Meister abzuweichen.

Auf diesem Wege gelang es zwar, die Schmiede auszurotten, aber das Desiderat »Schlüssel« blieb ein unerledigter Fall auf der langen Liste dummer Wünsche.

Der gute Fremdling, der die Welt zu durchfahren schien, um hier und dort ein wahres Wort zu sagen, ließ sich abermals von einem Sturm an besagte Küste werfen.

Alle liefen ihm entgegen, mit dem Ruf: »Ihre Schlüssel taugen nichts!«

Das war nun irgendwie wahr, allerdings ... nur zur Hälfte und demnach, genau betrachtet, unwahr. Die Schlüssel taugten eben für *sie* nichts. Ob sie nun im Land des Fremden so nützlich waren, wie er versicherte, das steht hier nicht zur Debatte. Wir haben es mit den Inselbewohnern zu tun, die ihre Schmiede steinigten.

»Ihre Schlüssel taugen nichts! Seht nur all die Grabhügel, die die elenden Überreste der Unseligen bedecken, die sich durch Ihre Schlüssel blenden ließen. Wie machen es denn bei Ihnen zulande die Schmiede, die man mit der Herstellung von Schlüsseln beauftragt hat?«

»Sie nehmen von dem Schloß, auf das der Schlüssel passen soll, das Maß, und dann . . .«

»Ein Schloß? Was ist das?«

Werte Niederländer, solange ihr keine Schlösser habt, auf die dramatische – und andere! – Literatur passen soll, so lange wird kein Schmied einen Originalschlüssel für euren Kunstsinn liefern können.

Definition der Spezialität

»Eine Spezialität ist jemand, der während seines ganzen Lebens eine Menge Dinge vernachlässigt hat, um beim Wettlauf der Betreiber eines bestimmten Faches den Preis der Mittelmäßigkeit zu gewinnen. Eine Spezialität ist jemand, der sich durch unaufhörliches Starren auf einen einzigen Punkt blind gemacht hat und daraus für sich das Recht ableitet, für etwas anderes kurzsichtig zu sein oder sich so auszugeben.

Aber warten Sie, ich werde Ihnen noch auf andere Weise eine Spezialität erklären. Haben Sie gelegentlich gesehen, wie die Straße gefegt wird?«

»Nicht so oft, wie es im Interesse der allgemeinen Sauberkeit zu wünschen gewesen wäre. Aber gelegentlich – ja!«

»Haben Sie dabei niemals den Wunsch verspürt, dem Straßenfeger den Besen aus der Hand zu reißen und ihm zu zeigen, wie man richtig fegt?«

»Oh ja, oft!«

»Fegten nun diese Leute nach Ihrer Idealvorstellung vom Straßenfegen *gut*?«

»Nein! Nicht im geringsten!«

»Sehr gut! Nachdem wir das festgestellt haben, frage ich Sie, ob Sie glauben, ein nämlicher Straßenfeger sei in der Lage, Ihnen einen juristischen Rat zu erteilen, den Keuchhusten Ihrer Kinder zu heilen, die Staatsverschuldung zu beseitigen, die Buchdruckerkunst zu erfinden, Amerikas zu entdecken usw, usw.?«

»Nein, natürlich nicht, auf keinen Fall! Nein!«

»Nun gut! Dieser Straßenfeger, der nicht fegen kann und der sich auf nichts anderes versteht, als nicht fegen zu können, *das ist eine Spezialität*.

Pfui!

Ich beginne allmählich, einigermaßen einzusehen, warum mir Adolf die Aufgabe stellte, etwas über die Empfindungen jenes Luftschiffers mitzuteilen. Er wird damit eine Übung im Beschreiben bezweckt haben.

Wir wollen sehen, ob ich aus seinen sonderbaren Lektionen einigen Gewinn gezogen habe. Ich sehe ein, daß der Leser ein Anrecht auf eine nicht allzu oberflächliche Skizze dessen hat, was im Gemüt der Spieler vor sich geht.

Nun – mit Gemütskunde halten sich die *Guides* und *Wiesbaden-Führer* nicht auf. Aus diesen Büchlein vermag ich lediglich abzuschreiben, daß die Spielsäle aufs Allerprächtigste ausgestattet sind. Warum eigentlich? Ist es denn so unbedingt nötig, daß der dort angehäufte Luxus den Besucher mit dem Zuruf quält: Ich bin mir meines Gewinns so sicher, daß es verlorene Liebesmühe wäre, wollte ich meinen Reichtum verbergen.

Man muß anerkennen, daß dieses übermächtige Protzen ungemein aufrichtig ist und daß sich nicht zuletzt auch in dieser Hinsicht das Spielen – oder besser die Art, in der es an solchen öffentlichen Banken praktiziert wird – als ausgenommen *ehrlich* zu erkennen gibt.

Unsere Effektenhändler ... indes, wir haben es nicht nötig, das Gegenteil ausgerechnet im Papierhandel zu suchen. Lieber erzähle ich eine kleine Begebenheit, bei der ich vor ungefähr zehn Jahren in Amsterdam zugegen war.

Es sollte im sogenannten *Brakke-Grond* eine Tabaksauktion stattfinden. Ich war dort, ohne die geringste Absicht mitzubieten. Das Lokal war voll von Maklern und Chefs größerer Handelshäuser, den sogenannten »Patronen«.

Trotz der auf Adolfs Drängen hin geübten Gymnastik sehe ich mich außerstande, zu beschreiben, was eigentlich ein »Patron« ist und worin die Funktionen eines »Maklers« bestehen. Ich glaube, daß ein Makler ... nein, da laß ich lieber die Finger von. Alles *ist*, wie es sein muß. Folglich wird auch der Maklerberuf seine Daseinsberechtigung haben und ein unentbehrliches Glied in der großen Kette des Weltganzen bilden.

Es gibt keinen Zweifel: ohne Makler kein Weltganzes. Und ohne »Patrone« auch nicht.

All diese unentbehrlichen Notwendigkeiten, sie liefen geschäftig hin und her. Sie sprachen, schwatzten, flüsterten, machten sich Notizen, rauchten ... nein, nur die Patrone pflegten zu rauchen. Und ich bemerkte noch einen weiteren Unterschied. Die Makler waren höflicher und weniger ungezwungen in Kleidung und Gehabe. Es kam mir so vor, als kämen in einem modern-liberalen ständischen Gesellschaftssystem etwa zehn Makler auf einen Patron. Hierüber hätte ich gerne mehr erfahren, aber man hätte mir wohl entlarvende Fragen dieser Art übelgenommen.

So mußte ich mich also notgedrungen in die nicht so ganz kommode Auffassung schicken, ich sähe vor meinen Augen eine Versammlung durch und durch gewichtiger Menschen. Ehrenwert waren sie allemal. Jeder zweite – ich spreche jetzt von den Patronen, von wem auch sonst – war Kirchenältester oder Diakon.

Auf einmal bemerkte ich, daß sich etwas Besonderes ereignet hatte. Man drängte an einer Stelle zusammen, schien einer Person aufmerksam zuzuhören, die etwas mitteilte, bekundete großes Interesse an dem Vernommenen und sagte es anderen weiter.

Sobald es mir gelang, mir für einen Augenblick bei diesen so geschäftigen Leuten Gehör zu verschaffen - geschäftig, weniger weil sie etwas auszuüben hatten, als daß sie lediglich hin und herliefen wie Menschen, die etwas auszuüben haben –, erkundigte ich mich nach der anscheinend so belangreichen Neuigkeit.

»Überschwemmung auf Java ... Telegramm aus Alexandrien ... Tabakernte Rembang ... total vernichtet!«

Leser, ich wette, daß du bereits jetzt das Eintreffen dieser Nachricht in Zusammenhang bringst mit ...

»Aber sicher, ein Manöver, um die Preise hochschnellen zu lassen!«

So war es! Aber ich gestehe, selbst auf die Gefahr hin, als ziemlich naiv dazustehen, daß ich daran nicht gedacht hatte. Dieser Mangel an – amerikanischem – *smart* kommt mir selbst mittlerweile merkwürdig vor.

Es entspricht jedenfalls der Wahrheit, daß ich einen mir bekannten der verkaufenden »Patrone«, halb im Scherz, aber durchaus treuherzig, zu dem hohen Preis, den nun wahrscheinlich sein Tabak erzielen würde, beglückwünschte. Er ließ sich dies gefallen, auch, daß ich – ohne böse Absicht – das Eintreffen der Meldung gerade an diesem Tag und gerade zu dieser Stunde als einen glücklichen Zufall bezeichnete.

Einer, der neben uns stand und meine Worte gehört hatte – wir dürfen davon ausgehen, daß er keinen Tabak zu verkaufen hatte –, fragte mich einen Augenblick später, ob ich wirklich der Meinung wäre, hier hätte der Zufall seine Hand im Spiel gehabt.

Jetzt ging mir ein Licht auf – reichlich spät, wird der Leser einwerfen –, und ich suchte meinen Freund, den »Patron« wieder auf, um ihn allen Ernstes zu fragen, wie es sich nun verhalte. »Es wird behauptet, daß diese Meldung falsch sei«, sagte ich, »und Ihre *Ehre* gebietet es also . . .«

»Ich selbst«, sagte er, »habe das Telegramm aus Alexandrien an das Handelshaus S. & Co. (das waren natürlich auch »Patrone«) gelesen«, ohne sich zu weiteren Erklärungen geneigt zu zeigen, die ich wohl auch nicht mehr nötig hatte. Einmal zur Aufmerksamkeit angehalten, bin ich kaum weniger scharfsichtig als ein gewöhnlicher Durchschnittsmensch. Es ging durchaus nicht über meinen Verstand, daß das Handelshaus S. & Co. auf gemeinsame Rechnung mit anderen »Patronen« eine Depesche aus Alexandrien bestellen konnte. Weniger klar ist mir indessen nach wie vor – und das erklärt wohl jene Naivität, die ich mir vorhin anlastete –, wie Leute, die es gewohnt sind, in einer solchen Atmosphäre des Betrugs zu leben, sich durch simple Dinge foppen lassen, Dinge, von denen man doch wohl annehmen sollte, daß sie in ihren eigenen Kreisen schon längst als »alte Hüte« beiseite gelegt worden wären.

Was ich dem Leser zu versichern wünschte, ist folgendes: »Niemals geben Spielbanken auch nur einen Pfennig für Telegramme aus Dodona, Delphi oder Den Haag aus, um das Publikum zu animieren, einmal fleißig sein Geld auf die Nummer Soundsoviel oder eine der Farben des grünen Tisches zu setzen . . .

Da ist er leibhaftig . . . mein Tabakspatron aus dem *Brakke-Grond!* Mit zögerndem Schritt betritt er den Spielsaal, als befürchte er, sich an dem sauber gewachsten Boden zu beschmutzen. *Mevrouw* hängt ihm am Arm, und an dem ihrigen hängt eine Ladung von Armbändern, die wahrscheinlich die Nachkommenschaft solch eines alexandrinischen Telegramms sind. Auch lese ich deutlich eine Rembangsche Erntevernichtung auf der goldenen Kette, die das Mensch mit sich herumschleppt . . .

Der Leser soll nun nicht glauben, ich würde die holländischen Damen ganz generell einer allzu »schreienden« Toilette bezichtigen. Aber es trifft zu, daß meine Amsterdamer Tabakspatronin hinsichtlich der Zurschaustellung von Kostbarkeiten mit der auffälligsten Dame der *Demimonde* in Konkurrenz treten konnte. Daß nun ihr Tinnef selbstredend echt war, während der der anderen bisweilen . . . nun ja, nicht jeder verfügt über einen tüchtigen *Taifun* zur rechten Zeit!

Oje, die Ärmste!

Sie selbst würde wohl ziemlich befremdet dreingeschaut haben, hätte sie diesen Ausruf gehört. Mich aber erschütterte plötzlich ein Schauer von Mitleid.

Dies sei erklärt.

Halten Sie sich vor Augen, mein lieber Leser, daß ich ein alter Stammgast des Wiesbadener Museums bin. Ich habe nämlich in diesem Gebäude eine Geliebte, und durch eine typische Schalkhaftigkeit Semi-Urs, den ich völlig unerwartet neben mir erblickte, während ich berechnete, wie viele Tabaksruten mein Studienexemplar um den Hals trug, nahm das Mensch auf einmal die Züge meiner Geliebten aus diesem Museum an. Das sollte nun fürwahr keinen Grund liefern, sie als ein armes Mensch zu titulieren – das Ansehen einer Geliebten sollte doch eigentlich selten so niedrig sein . . . aber . . .

Wie dem auch sei, ich werde es erklären. Die Meinige befindet sich seit nunmehr ein paar tausend Jahren in dem unangenehmen Zustand eines Skeletts. Es ist oder war eine altgermanische Dame – ja, eine *Dame*, was ich beweisen könnte –, die sich einige hundert Jahre vor Christus aufs Allerverdrießlichste verrechnet hatte. Ihre immer noch prächtigen Vorder- und Backenzähne lassen erkennen, daß sie nicht viel älter als vier- oder sechsundzwanzig Jahre gewesen sein konnte, als sie sich begraben ließ, natürlich in der festen Überzeugung, daß man ihr unter dem *Tumulus* ihre Ruhe lassen würde. Weit gefehlt! Neugierige Altertumsbeflissene maßten sich an, ihre Spezialität, die Absonderung nämlich, zu stören. Der *Tumulus* wurde abgetragen, man flickte so gut wie irgend möglich die einzelnen Stücke und Brocken des Knochengerüstes zusammen, verfertigte aus allem ein in etwa vollständiges Ganzes . . . und da liegt nun meine Freundin auf dem Rücken in einem gläsernen Kasten, zu sehen für jeden, der weiß, daß es in Wiesbaden auch noch andere Kuriositäten zu besichtigen gibt als die Spielbank. Was ein Glück, daß es deren nicht so viele gibt, und ich bin sicher, daß unser Tabaksmann und seine wohlgeschätzte Frau Gemahlin nicht zu dieser kleinen Schar gehören.

Das freut mich natürlich für ihn. Semi-Ur sollte ihm einmal den Streich spielen, mit dem er mich bedachte, aus Anlaß von . . . nun ja, selbst Gnome brauchen irgendeinen Ausgangspunkt; darin gleichen sie den Poeten. Das Mittel, kraft dessen mich mein schalkhafter Begleiter – als solcher schien mir das Männlein zur Seite zu stehen – in der dicken holländischen Dame meine germanische Sarah* erblicken ließ, war die goldene Halskette! Das wäre dem Weib gewiß nicht im Traum eingefallen, als sie sich anschickte, Gefallen daran zu finden, unter einer solchen Metallast daherzukeuchen.

Nun hatte auch meine arme Sarah schwere Ringe um Hals, Armgelenke und Fußknöchel. Wer weiß, wie viele germanische Mädchen sie einstmals um all diese Bronze beneidet haben!

Ich bemerkte, daß auch meine Amsterdamsche mit Begierde angestarrt wurde, und zwar von ... Weibsbildern, ob es nun germanische, gallische oder britische waren. Einer größeren Begaffung konnte sich wohl auch meine Sarah niemals erfreut haben. Semir-Ur verdolmetschte mir gekonnt den Blick, den eine soeben auf Sand gesetzte Abenteurerin auf die Halskette der Tabaksfrau warf: *Sapristi . . . tout cela vaut bien trois mille francs chez ma tante! Comme je me rattraperais à la rouge!*

Ihre *tante* . . . nun ja, das ist, wie jeder Leser weiß, das Pfandhaus.

Sobald dieser herzliche, stille Stoßseufzer mir ins Gemüt klang, dachte ich an Sarahs Bronze, umarmte in Gedanken meine klappernde Geliebte und mittels einer tollen Verkettung erdachter Bilder . . .

»Alles ist in allem«, flüsterte Semi-Ur.

. . . der Shawl fiel herunter. Die Seidenbluse fiel herunter. Mieder und Rock fielen herunter. Dies und jenes fiel auch noch herunter. Das Unentbehrlichste . . . doch nein, um nicht indezent zu werden, sage ich lieber, was übrigblieb. Nichts!

Nichts als die Ringe und die Ketten.

»Fahre fort zu dezentralisieren«, gebot jetzt der kleine Semi-Ur. »Durchschaue!«

Das wollte ich schon, indes es glückte nicht so schnell, weil ich durch das sonderbare Schauspiel etwas aus der Fassung geraten war. Die Dame war sehr beleibt, und wenn ich sie nicht selbst soeben ausgezogen hätte und wenn ich mir der Unmöglichkeit nicht ziemlich sicher gewesen wäre, daß sie sich auf einmal davongemogelt haben könnte, so wäre ich wahrlich auf die Idee verfallen, sie habe sich, um mich zu ärgern, in eine riesengroße Termitenkönigin verwandelt.

Wie dem Leser bekannt ist – und deshalb könnte ich es mir eigentlich sparen - bietet uns die Königin der weißen Ameisen den Anblick eines unförmigen Klumpens halbgeschmolzenen, dreckigen Unschlitts. Ungefähr so sah mein Studienexemplar aus, und gerade als ich vorhatte, sie zu entführen (sicherlich, es war gar kein so dummer Plan, mit dieser Termitenkönigin als Heilmittel gegen die Herrschaft der Sinne hausieren zu gehen!), da hatte ich auf Semi-Urs Befehl den Durchblick. Jawohl, die Haut folgte den Kleidern. Sehnen, Nerven, Muskeln . . . alles triefte von dem Fettklump herunter, alles bis auf das Gold. Die Umstehenden wären gewiß in der Flut von all diesem Abfall ertrunken, falls sie die geringste Ahnung von dieser einzigartigen Fleischwanderung gehabt hätten. Aber, weil sie nicht wußten, was vorgefallen war, störte sie die Sache nicht weiter. Auch schien niemand zu bemerken, wie komisch es aussah, als die Uhr unserer Touristin zwischen den hinterlistigen Rippen eingeklemmt wurde und erst nach einigen erfolglosen Anstrengungen, sich aus diesen Schwierigkeiten zu befreien, pendelnd wieder an Land kam, genau an der Stelle, wo das Mensch ehemals sehr sorgfältig seinen Bauch aufzubewahren pflegte. Niemals werde ich das verdutzte Gesicht von diesem Instrument vergessen . . . ich spreche von der Uhr. Wie nach einer Erklärung suchend, streckte sie ihren kleinen Zeigefinger nach dem linken Schulterblatt aus und zählte mit dem großen die einzelnen Rückenwirbel. Der präzise Leser kann aus dieser Besonderheit berechnen, daß es fünf, sechs, sieben Minuten nach halb zehn war, und zugleich des weiteren, daß die Metamorphose exakt drei Minuten gedauert hat. Diese Zeit muß man nämlich veranschlagen, sie reicht dann allerdings auch völlig aus, um jemandem Einblick in die Qualität echt niederländischbürgerlicher Reisesitten zu verschaffen, die noch etwas anderes sind als die gewöhnlichen Nachbarschafts- und Haussitten. Was mich betrifft, ich wußte bereits, was ich davon zu halten hatte, als der große Zeiger die dritte Rippe zählte, und ich wartete nur noch ein paar Rippen länger, um meiner Sache sicher zu sein und mich vor dem immer unangenehmen Verdacht des vorschnellen Urteilens zu schützen.

Bei derselben Gelegenheit bemerkte ich, daß unser Tabakspatron sein Wohlwollen an ein Exemplar von niedrigerer anthropologischer Stufe verschenkt hatte, als diese wohl jeder wohlgeratene Phrenolog meiner Sarah zugestehen müßte. Diese erfreute sich nämlich des Besitzes eines schönen kaukasischen Langschädels*, während sich das Gerippe im *Kursaal* sein Leben lang mit einem todeseinfachen kalmükkisch-turanischen Rundkopf beholfen zu haben schien. Wenn das Weib damit zufrieden gewesen ist, mir soll's recht sein. Vielleicht war das Ding ja in den Kreisen, in denen sie sich bewegte, völlig ausreichend, und es würde folglich von Engherzigkeit zeugen, ihr dies zu verübeln. Indessen konnte ich mich nicht enthalten, eine Beziehung zwischen der geringen Mühe, die die Natur für ihren Kopf veranschlagt hatte, und jener bewußten Despektierlichkeit herzustellen, mit der sie auf alles herabsah, was sie umgab, und zwar vor allem auf das ziemlich unschuldige *Rouge et noir*. Daß ihr Gebiß nicht mit dem meiner Favoritin im Museum zu vergleichen war, nahm ich ihr nicht weiter übel. Ich war so frei, diese Unvollkommenheit dem Konsum von Kuchen und heißer Schokolade zuzuschreiben. Die Sache war allerdings ziemlich häßlich, aber sie betraf die Rasse nicht.

Rasse ... Rasse ... ich fordere jede Rasse der Welt heraus, nachzumachen, was Madame La Tabaksprinzessin mit ihrer Nase tat. Sie zog sie kraus.

Kein Anatomist der Welt wird mir glauben, aber wahrhaftig, sie zog sie kraus! Mir kommt dieses Manöver wie ein Triumph von Sitte und Anstand vor. Solltest du im Zweifel sein, Leser, so erprobe doch einmal selbst deine Kraft an so einem Kunststück, wenn du nichts an dir hast als ein paar Knochen und eine goldene Kette. Ich werde dich fürstlich belohnen.

Jetzt wurde mir auf einmal klar – und zwar nicht zum ersten Mal –, mit welch hohem Maß an Gnomenverstand der kleine Fremdenführer meine Eindrücke und Gedanken lenkte. Zuerst machte er, daß ich mich in die jugendlichen Zähne der zweitausendjährigen Sarah verliebte. Der Schalk wollte, daß ich ihr Bild fortwährend im Herzen tragen sollte, um beim Anblick all des Tabaksgoldes durch die Erinnerung an ihren bronzenen Schmuck sogleich zur Assimilation bereit zu sein. Darauf folgte ganz allmählich das Entkleiden. Dichter und Gnome schrecken vor nichts zurück. Selbst der Teufel hätte sich durch das seidene Gewebe ihres Kleides abhalten lassen, und ich, Schriftsteller, Poet und Barbar, drang hindurch ... immer weiter, immer tiefer ...

Was denn sonst! Wenn da meine liebe Sarah in einem gläsernen Kasten nackt zur Schau lag, brauchte ich doch mit diesem fremden Weib keine weiteren Umstände zu machen. Das hatte Semi-Ur exakt berechnet, und längs dieses sonderbaren, aber bestimmten Weges führte er mich und den Leser zu der Beobachtung:

Wie eine sittsame und anständige holländische Frau, die sich selbst und die Firma des Herrn Gemahls respektiert, nach dem Verlust all ihrer Muskeln noch allemal sittliche Kraft genug besitzt, um bei Dingen die Nase krauszuziehen, die – bei Licht besehen – keineswegs um soviel schändlicher sind als gewisse Telegramme aus Alexandrien.

Die Konklusion dieses Kapitels: Die Spielsäle sind wahre *Brakke-Gronden* der Unmoral, und die rechtschaffene Madame Pfui von Taifun nimmt sich fest vor, all ihre Nichten, Neffen, Bekannten, Nachbarn und Verehrer vor dem schrecklichen Spiel zu warnen. Mir war's nur recht. Nachdem ich das Weib wieder anständig in Fleisch und Kleider versetzt hatte, ließ ich sie mit der festen Überzeugung den Saal verlassen, daß sie nun genau Bescheid wisse, »was sich so alles in den Kurorten abspielt«. Sie wird damit beim Kaffeekränzchen ihre Wirkung nicht verfehlen: eine Spezialität von Reiseeindrücken und standfester Sittsamkeit.

Höhenflug II

Ein Schmetterling flatterte hoch, hoch in der Luft. Er genoß seine Freiheit, seine Schönheit, und vor allem erfreute er sich am Betrachten von allem, was unter ihm war. Er rief seinen Schwestern und Brüdern zu, nach oben zu kommen, aber diese weigerten sich, weil sie nicht vom Honig ablassen wollten, der unten war. Er aber wollte nicht abwärts fliegen, weil er fürchtete, von plumpen Hufen zertreten zu werden. Weil er aber wie die anderen Schmetterlinge das Bedürfnis nach Honig hatte, flog er auf einen Berg, auf dem schöne Blumen wuchsen und der für Esel zu steil war. Fröhlich flatterte er hier umher, labte sich am Honig, den es in großer Menge gab, und war dankbar, daß ihm das Emporsteigen der Blumen das trübselige Abwärtsfliegen erspart hatte. Und wenn er sah, daß dort unten einer seiner Brüder oder Schwestern der Wagenspur auf dem Weg, in der so viele niedergefallene Schmetterlinge zertreten werden, allzu nahe kam . . . dann suchte er, sie durch sehr schnelles Flügelschlagen zu warnen, so gut er nur konnte.

Aber das wurde gar nicht bemerkt. Ja, den Schmetterling auf dem Berg sahen seine Brüder und Schwestern unten überhaupt nicht, weil sie sich allein mit dem Sammeln des Honigs im Tal beschäftigten und gar nicht wußten, daß auch dort oben Blumen wuchsen.

Anmerkungen

(Mit Asterisk* versehene Anmerkungen und die Erklärungen von Indiismen sind von Multatuli; alle übrigen und in eckigen Klammern gedruckte Erklärungen vom Herausgeber.)

9 *Si Dieu n'existait pas, il faudrait l'inventer!* – (franz.) »Wenn es keinen Gott gäbe, müßte man ihn erfinden!« (Voltaire, Epître à l'auteur du nouveau livre des trois Imposteurs *[»Brief an den Verfasser des neuen Buches von den drei Verleumdern«]*, 1769; lt. Büchmann schöpfte V. diese Wendung aus der 93. Predigt des Erzbischofs von Canterbury, John Tillotson (1630–1694).

Zoroaster – Zarathustra, persischer Prophet zwischen 1000 und 600 v. Chr.

Numa – Numa Pompilius; nach der Sage der zweite römische König (715–672).

Holloway – Thomas Holloway (1800–1883), engl. Hersteller pharmazeutischer Produkte und Philantrop. Ab 1837 brachte H. seine berühmte Salbe in den Handel und wenig später seine nicht weniger bekannten Pillen; beide Produkte hatten einen ungemein großen und weltweiten Verkaufserfolg.

12 *Le premier roi fut un soldat heureux!* – (franz.) »Der erste König war ein glücklicher Soldat!«

14 **Thugater* – *Thugathêr* (wörtl. »Melkerin«) ist im Sanskrit das Wort für »Tochter«.

17 **Rock* – Rock (oder *Roch*) ist ein riesiger Vogel in der Mythologie des Orients. Unsere Türme im Schachspiel waren früher Elefanten und noch früher *Rocks*; hiervon leitet sich das Wort »rochieren« ab, [mit dem im Schachspiel die Ausführung des Doppelzugs von König und einem Turm, die sog. »Rochade«, bezeichnet wird].

18 **Rum* – Konstantinopel.

**Ben* – Teil hebräischer und arabischer Familiennamen mit der Bedeutung »Sohn« oder »Enkel«.

21 *Jurisprudenz von Lessings Patriarchen* – Gemeint ist G. E. Lessings aufklärerisches Versdrama *Nathan der Weise* (ersch. 1779). Der von Vernunft, praktischer Ethik und Toleranz gegen den Absolutheitsanspruch aller Religionen geleitete Nathan verkörpert eine (utopische) Idealität des Handelns, die Lessing dadurch ak-

zentuiert, daß er in der Gestalt des Patriarchen von Jerusalem ein Gegenbild aufzeigt, das der realen Praxis eher zu entsprechen scheint: Sicherung und Ausbau des Besitzes und Machtstreben der christlichen Kirche, der es nicht um die Freiheit des einzelnen, sondern um die eigene Herrschaft zu tun ist, und die sich zu diesem Zweck einer autoritären Scheinlogik bediene (der Patriarch), der es nicht um Aufklärung, sondern ausschließlich um die Aufrechterhaltung der Unmündigkeit des Menschen zu tun ist. – Multatuli hat den hier mit »Jurisprudenz« überschriebenen Text ein »Onuitgegeven Toneelspel« (»Unveröffentlichtes Bühnenspiel«) genannt und ihn gleichsam als Motto seinem *Havelaar*-Roman vorangestellt. Ganz offensichtlich handelt es sich um eine Adaption der nachfolgend zitierten Stelle aus Lessings *Nathan der Weise*, 4. Aufzug, 2. Auftritt: »*Tempelherr*: Wenn aber nun das Kind,/Erbarmte seiner sich der Jude nicht,/Vielleicht im Elend umgekommen wäre? – *Patriarch*: Thut nichts! der Jude wird verbrannt. – Denn besser,/Es wäre hier im Elend umgekommen,/Als daß zu seinem ewigen Verderben/Es so gerettet ward. – Zudem, was hat/Der Jude Gott denn vorzugreifen? Gott/Kann, wen er retten will, schon ohn' ihn retten. – *Tempelherr*: Auch trotz ihm, sollt' ich meinen, – selig machen, – *Patriarch*: Thut nichts! der Jude wird verbrannt. – *Tempelherr:* Das geht/Mir nah! Besonders, da man sagt, er habe/Das Mädchen nicht sowohl in seinem, als/Vielmehr in keinem Glauben auferzogen,/Und sie von Gott nicht mehr, nicht weniger/Gelehrt, als der Vernunft genügt. – *Patriarch*: Thut nichts!/Der Jude wird verbrannt . . . Ja, wär' allein/Schon dieserwegen wert, dreimal verbrannt/Zu werden! – Was? ein Kind ohn' allen Glauben/Erwachsen lassen? – Wie? die große Pflicht,/Zu glauben, ganz und gar ein Kind nicht lehren?/Das ist zu arg!«

Baleh-baleh – Ruhebank aus Bambus, Pritsche.

Klambu – Gardine.

Pajong – Sonnenschirm; je nach Rang verschieden.

24 *Sawah* – Künstlich bewässertes Reisfeld, im Unterschied zu *Glagas* und *Tipars* (Reisanbaugebiete, die hinsichtlich ihrer Feuchtigkeit ganz vom Regen abhängen).

Lombong – Aufbewahrungsort für enthülsten wie unenthülsten Reis. Meistens ist der *Lombong* ein Anbau des Wohnhauses.

**. . . privaten Grundbesitz gab, was anderswo nicht der Fall ist* –

Wie ich höre, ist man derzeit im Begriff, auch anderswo als in *Bantam* »privaten Grundbesitz« einzuführen. Die Angelegenheit ist ohne Zweifel von größter Wichtigkeit, doch sie wird aller Wahrscheinlichkeit nach Schiffbruch erleiden – wegen der Schwierigkeit, die *genossenschaftliche* Bewässerung der Reisfelder zu regeln. Ich gebe zu, im Moment nicht zu wissen, wie dies im Distrikt Bantam geregelt wird. Einmal abgesehen von dieser Sache, die für Java eine Lebensfrage ist, würde es angebracht sein, Maßnahmen zu ergreifen, um den *unmündigen* Javaner vor dem »Geschäftssinn« gestandener Industrieller zu beschützen. Sollte die angesprochene Maßnahme darauf hinauslaufen, dem Eingeborenen seinen Grund und Boden durch den ersten besten Glücksritter abschachern zu lassen, so bin ich *dagegen*!

Kris – Die *volkstümliche* [bei Multatuli auf Deutsch] Waffe des Javaners, die als solche zu seiner vollständigen Kleidung gehört, so wie bei uns in früherer Zeit der Degen. Es ist ein schlangenförmiger flacher Dolch mit sehr kurzem Heft. Für gewöhnlich sind die Krise aus Streifen weichen Eisens zusammengeschmiedet – also damasziert? – und mit Hilfe von Büffelhufen gestählt. Durch Einreiben mit *Djerook* (einer Zitronenart), dem Arsen zugesetzt ist, werden sie vor Rost geschützt. Durch dieses Verfahren erhalten sie einen eigentümlichen, matten Glanz. Der Aberglaube behauptet, daß man einen Kris immer *vollständig* aus der Scheide ziehen muß, wenn man ihn betrachten möchte. Wer dies nicht befolge und den Kris nur ein Stück aus der Scheide ziehe, der setze sich einem großen Unglück aus.

Pusaka – Erbstück, hier – wie sehr häufig – in einem pietätvollen Sinn gemeint: ein Erbstück, das einem heilig ist.

25 *Klambuhaken* – Gardinenhaken; die flachen, sehr breiten Haken, mit denen die Gardinen gehalten werden, sind sehr prachtvoll. Selbst bei den Allerärmsten sind sie in der Regel immer noch aus Messing.

26 *Patjol* – Ein Werkzeug, das der Javaner als Spaten verwendet. Das Blatt sitzt, wie das Eisen einer Hacke, senkrecht auf einem Holzstiel. Folglich wird damit gehauen und nicht gegraben, eine Eigenart, die vielleicht dem Umstand zuzuschreiben ist, daß die Eingeborenen barfuß gehen.

User-useran – Das Wort wird durch den Text verständlich. Vermeintliche Besonderheiten im Verlauf solcher Haarwirbel geben den Stoff zu allerlei Weissagungen her, vor allem wenn sie sich auf dem Scheitel eines Kindes zeigen.

Penghulu – Priester.

Ontong – Glück, Vorteil.

Galangans – Kleine, schmale Deiche, die das Wasser auf den *Sawahs* halten.

Allanggras – Ried, Riesen- oder Präriegras; es ist oft so hoch, daß ein berittener Mann sich darin verstecken kann. – Auf *Sumatra* nennt man es *Riembu*, was dort auch die *Wildnis im allgemeinen* bedeutet.

27 *Sarong, Batik, Kapala* – Der Sarong ist das eigentümliche Kleidungsstück der Javaner, der Männer wie der Frauen. Es ist ein aus *Kapok* [Samenfaser des Kapokbaumes] gewebtes Stück Stoff, dessen Enden aneinandergenäht sind. Seide findet nur ausnahmsweise Verwendung. Eines dieser beiden Enden heißt *Kapala*, d.i. *Kopf*; es ist mit einem breiten, bemalten Rand versehen, der in der Regel aus ineinander gesetzten Dreiecken besteht. Diese Art der »Malerei« heißt *Batik* und wird aus freier Hand ausgeführt. Hierfür wird das Gewebe auf einen Rahmen gespannt; die Farbe ist in einem Werkzeug aus Blech, das – um vieles kleiner – die Form eines Schnabeltopfes oder einer kleinen antiken Lampe hat. *Sarongs* ohne *Kapala* und ohne aneinandergenähte Enden heißen *Slendangs*. Man trägt diese Kleidungsstücke um die Hüften; die Männer schürzen sie mehr oder weniger, ja mitunter ganz hoch. Oft wird der *Slendang* auch völlig zu einem Gürtel zusammengerollt; in diesem Fall tragen die Männer Beinkleider, was entschieden der javanischen Sitte widerspricht, aber bei den Javanern, die viel mit Europäern in Berührung kommen, mehr und mehr überhandnimmt. Als eine Besonderheit kann hier angemerkt werden, daß das Tragen von Beinkleidern unter dem *Sarong* bei Frauen nur im nördlichen Zipfel von Sumatra vorkommt. Jedenfalls habe ich diese Gewohnheit nur dort angetroffen. Sie ist atjinesischen Ursprungs, weswegen diese Kleidungsstücke auch den Namen *Serewah-atjeh* tragen: atjinesische Beinkleider. [...]. – Was übrigens die *Sarongs* und *Slendangs* betrifft, so verlegen sich seit etwa dreißig Jahren [M. schrieb dies 1881] europäische Fabrikanten darauf, die javanische *Batik* zu imitieren, und es werden denn auch Jahr für Jahr Millionen mit diesem Artikel umgesetzt. Indes wird das Tragen eines *bedruckten Kain*

(*Kahin*: Kleid, der Sammelbegriff für alle sogearteten Kleidungsstücke) immer für ein Zeichen von Armut oder zumindest von geringem Wohlstand gehalten.

**Bestrafung durch Stockschläge* – Unter dem Eindruck des *Havelaar* [Multatulis 1860 erschienener Roman *Max Havelaar of De Koffijveilingen der Nederlandsche Handelmaatschappij* (»Max Havelaar oder Die Kaffeeversteigerungen der Niederländischen Handelsgesellschaft«), jenes engagierten Romans gegen die amoralische Kolonialpolitik, dessen 17. Kap. die Geschichte von »Saïdjah« ist, wurde diese Strafe abgeschafft, was in meinen Augen ein Fehler ist. Auch hier befand man sich, wie gewöhnlich, *à côté de la question* [(franz.), hier: »auf dem Holzweg«]. Falls es für kleinere Delikte Strafen geben *muß*, sind Stockschläge wirkungsvoller, moralischer, und vor allem ... *menschenfreundlicher* als das Einsperren in Gefängnisse oder die Zwangsarbeit bei öffentlichen Projekten. [...]. Ich bedauere es, hier nicht mehr Platz zu haben, um diese Sache ausführlicher zu behandeln, wie ich dies ursprünglich vorhatte. Ich beschränke mich auf die Feststellung, daß die Abschaffung der Bestrafung durch Stockschläge, veranlaßt durch den *Havelaar* und in Zusammenhang mit der *vorsätzlichen Vernachlässigung der hauptsächlichen Absicht des Werkes*, eine ungeheuerliche Heuchelei ist. Die Nation hat sich zum wiederholten Male Sand in die Augen streuen lassen. *Im Interesse des Javaners* ist die Wiedereinführung der Bestrafung durch Stockschläge in Indien dringend notwendig.

28 *Matah-glap, Amok(h)* – das Wort (*Matah-glap* = verdunkelten Auges) deutet den Zustand eines Menschen an, der in seiner Raserei alles, dem er begegnet, niederschlägt, bis er selbst niedergeschlagen wird. Ich nannte dies an anderer Stelle »Selbstmord in Gesellschaft«, und weiß auch jetzt noch keinen besseren Namen dafür. Der Unglückliche, der von dieser Wut befallen wird, kennt weder Freund noch Feind. Für gewöhnlich sind die Ursachen entweder Eifersucht oder lange unterdrückter Ingrimm über fortgesetzte Mißhandlung. Wie die meisten anderen Eingeborenen ist der Javaner von sanftmütiger und nachgiebiger Art. Allzu tief gekränkt oder zu lange ungerecht behandelt, bricht seine Wut in *Amok* aus. Daß gleichwohl auch das Opium hierbei eine Rolle spielt – sei es als Ursache des Leidens

oder als aufputschendes Mittel, sich rückhaltlos der Wut hinzugeben –, das versteht sich von selbst.
Atap – Eine Wasserpalmenart, deren Blätter zum Decken ärmlicher Behausungen verwendet werden.
Bendie – Tilbury, zweisitziger Wagen.
Slendang – s. unter *Sarong* (Anm. zu S. 27)

29 *Djati, Ketapan* – Zwei Arten großer Bäume. Der erste gibt ein sehr massives Holz her. Warum ihm die Botaniker den Namen *Quercus indica* gegeben haben, verstehe ich nicht, weil er keinerlei Ähnlichkeit mit unserer Eiche aufweist.
Ketapan – s. unter *Djati*
noch ehe der Schatten auf seine Lippen fiel – Die Angabe der Uhrzeit nach dem Schatten, den Saïdjahs *Tudung* auf sein Gesicht wirft, ist ein Indiismus.
Melati – Eine kleine weiße Blume mit starkem Jasminduft. Wie bei uns die Rose, spielt sie in Balladen, Sagen und Legenden eine große Rolle.
Tudung – Der *Tudung* ist die in der Form einer großen runden Schale geflochtene Kopfbedeckung des Javaners, ein Schutz sowohl gegen die Sonne als auch gegen den Regen, vor dem der Eingeborene eine geradezu lächerliche Angst hat. Eine bestimmte Art von Gartenhüten, die unlängst bei unseren Damen in Mode war, gleicht den *Tudungs* haargenau.
**Strohhüte in der Art derer, die aus Manila kommen* – Es werden in der Tat in *Tangerang* sehr feine Strohhüte geflochten, die den *Manila*-Hüten an Elastizität und Unverwüstlichkeit kaum nachstehen. Warum wurde diese Industrie nicht ein bißchen gefördert? Wer bewirken könnte, daß es in Paris *Mode* werde, einen *Chapeau Tangerang* zu tragen, würde große Summen Geldes nach Java locken. Es gibt indessen *sehr viele* Artikel dieser Art in Indien, und unter diesen viele von viel größerem Interesse, für die der europäische Markt zu ist. [...].

30 *Lalajang* – Papierdrachen. Auf Java finden nicht nur Kinder an diesem Spielzeug ihr Vergnügen. Es hat keinen Schwanz und beschreibt in der Luft allerlei Schlingerbewegungen, die durch Ablaufenlassen, Einholen und Ziehen so gut wie möglich von der Person gesteuert werden, die die Schnur hält. Das Spiel läuft darauf hinaus, mit der Drachenschnur des Gegenspielers in der Luft zusammenzutreffen und diese durchzuschneiden. Aus den Ver-

suchen, die hierauf verwandt werden, entwickelt sich gleichsam ein Kampf, der ungemein vergnüglich anzuschauen ist und die Zuschauer zu lebhafter Teilnahme anreizt.
Die von Saïdjah unterstellte Möglichkeit, »der kleine Djamien« hätte einen unerlaubten Trick angewandt, ist, was die hierfür erforderliche Geschicklichkeit im Werfen angeht, ein Indiismus.

31 *einen großen Mund haben* – ein Malaiismus.
Roman von Sue – Gemeint ist der Juni 1844 – Juli 1845 im *Constitutionnel* erstmalig erschienene, erfolgreiche Feuilletonroman. *Le juif errant* (»Der ewige Jude)« des französischen Schriftstellers Eugène Sue (eig. Marie-Joseph S., 1804–1857); der Hindufürst *Djalma* ist eine der Figuren dieses Romans.
Prinz Djalma – s. unter *Roman von Sue*

32 *Havelaar* – Hauptgestalt des 1860 erschienenen Multatuli-Romans *Max Havelaar of De Koffijveilingen der Nederlandsche Handelmaatschappij* (»Max Havelaar oder Die Kaffeeversteigerungen der Niederländischen Handelsgesellschaft«), dem die vorliegende Geschichte von »Saïdjah« entnommen ist. Max Havelaar ist als hoher Verwaltungsbeamter der niederländischen Kolonialregierung (Assistent-Resident) auf Java tätig, kämpft gegen die Korruption der Kolonialregierung an und stellt sich auf die Seite der ausgebeuteten Javaner; s. das »Nachwort« der vorliegenden Ausgabe.
**Spanische Matten* – Südamerikanische Dollars; wahrscheinlich so genannt, weil in früherer Zeit das sehr umständliche spanische Wappen an Flechtwerk erinnerte [*mat* (niederl.), *munt* (span.) = *Piaster*, Bezeichnung für den spanischen und amerikanischen *Peso* im europäischen Handelsverkehr; *mat* (niederl.) = Matte, Strohsitz, Korb].
Kamuning - Edles, gelbgemasertes Holz, das nur von der Wurzel des gleichnamigen kleinen Baumes geliefert wird, und folglich niemals in großen Stücken vorkommt. Es ist sehr teuer.
Kahin – Der als Gürtel zusammengerollte *Slendang.*
Ikat-pendieng – *Pendieng* ist die Bauchbinde; *Ikat*: in schlechtem Malaiisch die volkstümliche Verkürzung von *Pengikatan*, die Agraffe (Schmuckspange).

33 *Sebah* – Die Bedeutung ergibt sich aus dem Textzusammenhang. Ich weiß nicht, ob das Wort eine Entstellung von *Pase-*

bah ist, eines Gebäudes, das für den Ort angenommen werden kann, wo dergleichen Versammlungen abgehalten werden.

**Kondeh . . . gefangen im eigenen Strick* – Das am Hinterkopf in einem Knoten zusammengebundene Haar, das jedoch niemals mittels eines besonderen Bandes oder einer Schnur zusammengehalten wird, sondern immer in einer Schlinge oder Schleife des eigenen Haares hängt. Wenn sich das Wort *Chignon* ausschließlich auf *fremdes* Haar bezieht, ist der *Kondeh* kein *Chignon*.

Kabaai – Ein leichtes Gewand; das indische Hauskleid, Negligé.

Pontianak – Geist, der sich in Bäumen aufhält und gegenüber Frauen übelwollend ist, vor allem gegenüber schwangeren.

34 *das Auge des Tages* – Ein Malaiismus; gemeint ist natürlich die Sonne.

35 *Pelitah* – Kleine Lampe.

36 *Rottan* – (oder *Rotan*) – Spanisches Rohr; Peddigrohr.

Badjing – Javanisches Eichhörnchen.

38 *Fischerprau* – Malaiisches Segelboot mit Auslegern; malaiisch *Perahui* »offenes Boot mit flachem Boden«.

39 *Boaja* – Eine Krokodilsart. Das Opfern geschieht, indem man des Abends etwas Reis und andere Speise in einem Bambuskörbchen oder -kästchen, das mit einem kleinen Licht versehen ist, stromabwärts treiben läßt. Wenn gerade ziemlich viel auf den Flüssen geopfert wird, vermitteln die langsam dahintreibenden Feuerpunkte einen reizenden Anblick.

Baleh-baleh – Ruhebank aus Bambus, Pritsche.

Pagger (richtig: *Pagar*) – Hecke, Heckenzaun. *Pagger* ist eines der vielen malaiischen Wörter, die – wie *pikelen* (tragen), *mandiën* (baden, sich baden), *Sussah* (Mühe, Verdruß, Ärger) – im Holländischen, bei den in Indien weilenden Europäern, Bürgerrecht erhalten haben.

41 *fancy* – (engl.) »Einbildungskraft«, »Phantasie«. – Über Multatulis »Fancy« ist in der Sekundärliteratur viel geschrieben worden. Einerseits verweist diese in den *Minnebrieven* eingeführte Bezeichnung auf den berühmten Gegensatz von »imagination« (»gestaltendes und modifizierendes dichterisches Vermögen«, »Schöpferkraft«) und »fancy« (etwa dichterische, aber um die »Wahrheit« unbekümmerte Laune), so wie dieser in den literaturkritischen Anschauungen der englischen Romantiker Words-

worth und vor allem Coleridge (*Biographia Literaria*, entst. zw. 1815 u. 1817) zum Tragen kommt, andererseits auf die idealisierte Gestalt von Sietske Swart Abrahamsz (1842–1912), der geliebten Lieblingsnichte Multatulis. Keine der beiden Auffassungen wird völlig falsch sein, aber selbst zusammengenommen werden sie der Besonderheit des für M. so entscheidenden Begriffs nicht ausreichend gerecht; s. das »Nachwort« der vorliegenden Ausgabe, S. 155 f.
Tine – d. i. Everdine Hubertine (Tine) Douwes Dekker baronesse van Wijnbergen, die erste Frau des Dichters.
Nonnie – d. i. Elisabeth Agnes Everdine Douwes Dekker, die 1857 auf Java geborene Tochter Multatulis und seiner ersten Frau »Tine«.
Cet âge est sans pitié! – (franz.) »Dieses Alter kennt kein Erbarmen!«
42 *Hektor und Andromache* – Gestalten aus Homers Epos »Ilias« (entst. etwa i. d. 2. Hälfte d. 8. Jh. v. Chr.); im Buch 6 sagte Hektor in der berühmten Begegnung mit seiner Gattin Andromache – einem der Höhepunkte des Werkes – deutlich sein eigenes und das Ende seiner Vaterstadt Troia voraus.
43 *Max* – d. i. Eduard Douwes Dekker alias Multatuli, der sich nach dem Max Havelaar, der Hauptgestalt seines gleichnamigen, weitgehend autobiographischen Romans, diesen Namen gibt.
Duymaer van Twist – s. S. 135 ff. des »Nachworts«.
Freie Arbeit – 1862 publizierte Multatuli im Amsterdamer Verlag Meijer (d. i. der Verlag des Freimaurers Rudolph Charles d'Ablaing van Giessenburg, des Vorsitzenden der 1856 gegründeten Loge »De Dageraad« [»Die Morgenröte«]) die Schrift »Over Vrijen Arbeid in Nederlandsch-Indië en de tegenwoordige koloniale agitatie« (»Über Freie Arbeit in Niederländisch-Indien und die derzeitige koloniale Agitation«), einen politischen Report nicht nur über die Situation in den ostindischen Kolonien, sondern vor allem über die Kolonialmacht Holland, den »Raubstaat Holland«, wie M. die Niederlande an den unterschiedlichsten Stellen seines Gesamtwerks nannte. 1830 hatte die niederländische Regierung für ihre ostindischen Kolonien einen agrarpolitischen Kulturplan eingeführt, der die auf einem Fünftel des Bodens erzielte Produktion als Abgabe an den niederländischen Staat festlegte und bestimmte, welche Kulturpflanzen anzubauen sind. Die

Niederländische Handelsgesellschaft fungierte als Bevollmächtigte der Regierung und erfreute sich auf dem europäischen Markt eines lukrativen Monopols für diese Erzeugnisse, von denen Kaffee, Zucker und Indigo den meisten Gewinn abwarfen. Hinsichtlich dieses Kulturplans entbrannte mit dem Ende der fünfziger Jahre zwischen den beiden einzigen politischen Parteien der Niederlande, den Konservativen und den Liberalen, ein Streit, der sich zu einer Regierungskrise ausweitete. Während die Konservativen am alten Kultursystem festhielten, bekämpften dieses die Liberalen und wollten es durch das Programm der »Freien Arbeit« ersetzen. Die Bevölkerung sollte nicht länger gezwungen werden, auf einem Fünftel ihres Bodens Regierungskulturen anzupflanzen. Statt dessen sollten europäische Unternehmer Land pachten können, um Plantagen anzulegen, auf denen die Einheimischen gegen Lohnzahlung arbeiten sollten. Es liegt auf der Hand, daß dieses Programm dem Mißbrauch alle Türen geöffnet und der verarmten und verschuldeten javanischen Bevölkerung keinen Vorteil gebracht hätte: Ihre Not hätte die Bevölkerung veranlaßt zu verpachten, mit dem Ergebnis, daß man anschließend gegen geringes Entgelt auf dem ehemals eigenem Land gearbeitet hätte, um schließlich auch noch die Produkte der eigenen Arbeit (zu sicherlich überhöhten Preisen) von den europäischen Pächtern abkaufen zu müssen. Multatuli führt in seinem politischen Pamphlet zwei Hauptgründe gegen die Freie Arbeit an: Freiheit bedeute im sinistren Vokabular der holländischen Regierung Unterdrückung (die Niederträchtigkeit des Staates bestehe in seiner Korruption der Wahrheit); im übrigen hätte eine Etablierung eines sogearteten freien Unternehmertums auf Java keine Aussichten auf Erfolg, da auch diesem durch die einheimischen Regenten – immerfort bereit, ihre Macht zur Ausbeutung der Bevölkerung zu mißbrauchen – Grenzen gesetzt seien. Wenn nun Multatuli, der es sich mit den Konservativen ohnehin schon verscherzt hatte, in der Abschaffung des alten Systems keinen Vorteil für die unterdrückte javanische Bevölkerung erblicken konnte, so nahm er demonstrativ eine Position ein, die ihn für die Zukunft von jeder parteipolitischen Unterstützung ausschloß, da die Liberalen die Verfechter der Freien Arbeit waren und es nur zwei Parteien gab. Man kann darüber Vermutungen anstellen, ob es M. mit seinem Kommentar tatsächlich um den Aufruf zur Etablierung einer *dritten Partei* zu tun gewesen ist. Wie dem auch sei, seine ablehnende Haltung gegenüber dem Programm der Liberalen, die ihn zumindest anfänglich noch unterstützen wollten in seinen diversen Bestrebungen um Rehabilitierung seiner Person, läßt sich unter Vorbehalt als eine politische Tat ansehen, die seinen Mut zur Amtsniederlegung als Assistent-Resident im javanischen Distrikt Lebak noch übertraf. – 1870 veröffentlichte M. eine zweite Schrift über ›Freie Arbeit‹: »Nog-eens: Vrije-Arbeid in Nederlandsch-Indië« (»Noch einmal: Freie Arbeit in Niederländisch-Indien«); war er 1862 weder auf das alte System der Konservativen noch auf das »Freie Arbeit«-Programm der Liberalen gut zu sprechen, so liest sich diese zweite Schrift des notleidenden Multatuli wie ein Plädoyer für die Konservativen, die ihm durch J. J. Rochussen zeitweise Hoffnungen auf ein Regierungsamt machen ließen.

Rochussen – Jan Jacob R. (1797–1871); konservativer Politiker. Generalgouverneur von Niederländisch-Indien (1845–1851), Minister für die Kolonien (1858–1861) und Mitglied der Zweiten Kammer des niederländischen Parlaments (1852–1857 und 1864–1869).

»Vom Herrn v. H.?« – Wolter Robert Baron van Hoëvell; liberaler Politiker, Befürworter des Programms der »Freien Arbeit«. Im Zusammenhang mit der Debatte über die »Freie Arbeit« und nach einer kurz zuvor erfolgten Thronrede des Königs (»Der Zustand unserer überseeischen Besitzungen ist in jeder Hinsicht zufriedenstellend«) löste v. H. am 25. September 1860 in der Zweiten Kammer eine Debatte über den *Max Havelaar* aus, und zwar mit dem späterhin immer wieder zitierten Satz, daß »de laatste tijd een zekere rilling door het land gegaan war, veroorzaakt door een boek. [...]. Zal de geruststellende troonrede de indruk van het boek kunnen wegnemen?« (»in jüngster Zeit ein gewisses Schaudern durch das Land ging, ausgelöst durch ein Buch. [...]. Wird die beschwichtigende Thronrede den Eindruck des Buches vergessen machen können?«). Der Baron van Hoëvell, Mitglied der Zweiten Kammer von 1849 bis 1862, war desweiteren der Verfasser der Schrift »Slaven en Vrijen onder de Nederlandse Wet« (»Sklaven und Freie nach dem niederländischen Gesetz«), in der er etwa zehn Jahre vor Multatulis *Max Havelaar* die Zustände auf Java realistisch dokumentierte, wenn auch mit anderer Zielset-

zung als M. Die im vorliegenden Band aufgenommene Parabel »Der japanische Steinhauer« basiert auf einem gleichnamigen Text Van Hoëvells.

45 *Nil humani me alienum puto* – (lat.); »Homo sum; humani nil a me alienum puto« (»Ich bin ein Mensch; nichts Menschliches ist mir fremd«), heißt es wörtlich im Vers 77 von Terenz' *Heautontimorumenos.* Chremes, der gegenüber seinem Nachbarn Menedemos ein offenes Wort gesagt hat, rechtfertigt sich mit diesem Ausspruch gegen den Vorwurf, er mische sich in »fremde Dinge« ein.

46 **»Portia«, antwortete der Doktor der Philosophie* – Vielleicht hätte er ARRIA raten müssen [ARRIA: Gattin des Stoikers Caecina Poetus, dem sie nach seiner Verurteilung (42 n. Chr.) wegen Mordversuchs an dem röm. Kaiser Tiberius Germanicus Claudius (10 v. Chr. – 54 n. Chr.) im freiwilligen Tode voranging. *Portia*: Gemahlin des Brutus in Shakespeares Tragödie *Julius Cäsar* (vermutl. 1599 entstanden), die ebenfalls den Freitod wählte; Brutus sagt von ihr in der 3. Szene des 4. Aktes: »Die Trennung nicht erduldend,/Und Gram, daß mit Octavian Mark Anton/So mächtig worden – denn mit ihrem Tod/Kam der Bericht – das brachte sie von Sinnen,/Und wie sie sich allein sah, schlang sie Feuer« (Übers. von Aug. Wilh. Schlegel). – Offensichtlich erscheint Multatuli der Freitod Portias weniger wertvoll; wenn sie auch wie ARRIA ihrem Gatten im Tod voranging, so wohl aus niedrigeren Motiven als diese. Es kommt hinzu, daß Multatuli, unschwer erkennbar als »der Mann im Zimmer«, sich selbst wohl lieber mit dem Stoiker und dessen Tugenden (Selbstüberwindung und sittlicher Stolz) sowie asketischer Ethik, Menschenliebe und Gerechtigkeit *allen* Menschen gegenüber (auch den Sklaven) verglichen sah als mit Brutus, der zwar einerseits ein Muster republikanischer Tugenden ist, andererseits aber durch seinen Verrat an der Freundschaft mit Cäsar eine der Grundlagen des menschlichen Zusammenlebens zerstört und zudem die Ermordung Cäsars lediglich auf Verdachtsmomente und nicht etwa auf die unumstößliche Tatsache einer Machtusurpation stützt. Im Unterschied hierzu stützen sich Multatulis politische Anklagen und Forderungen auf Fakten.]

style commis-voyageur – (franz.) »wie ein Handlungsreisender«.

47 *never mind* – (engl.) »das macht nichts«.

48 *Liebesbriefe schreibt* – Mit dem Text über den »Mann im Zimmer« beginnen die *Minnebrieven* (»Minnebriefe« oder »Liebesbriefe«), Multatulis zweite Buchveröffentlichung; s. »Nachwort«

49 *Der Javaner wird mißhandelt* – Wiederaufnahme der berühmten Hauptaussage aus Multatulis erstem Roman, dem *Max Havelaar* (1860). Diese kurze und anklagende Wahrheit, deren Widerlegung für M. »unmöglich« ist, ist für ihn auch das wichtigste Anliegen seines Werkes: »(...) es war mir nicht darum zu tun, *gut* zu schreiben; ich wollte *so* schreiben, daß es gehört würde«. (Vgl. hierzu die Bemerkungen Multatulis im Anschluß an seine javanische Dorfgeschichte »Saïdjah« und das »Nachwort« der vorliegenden Ausgabe.) Die *Minnebrieven*, die mit dem in der vorliegenden Ausg. als »Der Mann im Zimmer« betitelten Text anheben, sind in mehrfacher Hinsicht eine unmittelbare Fortsetzung des *Havelaar*, u. a. indem sie für die in diesem Werk vorgebrachten Anschuldigungen Belege anführen: div. Dokumente, u. a. Listen von Büffeln, die der javanischen Landbevölkerung abgenommen wurden (»Büffel im Wert von einer Milliarde Gulden, die der indischen Bevölkerung in der Regierungszeit eines einzigen Generalgouverneurs, der seine Pflicht nicht tat, abgenommen werden«).

50 *Jan Luyken* – Niederländischer Kupferstecher, Graphiker und Dichter, dessen bekanntestes Werk der 1671 ersch. erotische Gedichtband *Duytse Lier* (»Niederländische Leier«) ist.

De Dageraad – Niederländische Zeitschrift der gleichnamigen 1856 gegründeten Amsterdamer Freimaurerloge, hrsg. von dem Logenbruder Günst, in der Multatuli ab 1860 veröffentlichte.

Günst – Frans Christiaan Günst (1823–1886), Freimaurer, Verleger, Herausgeber von »De Dageraad«; G. hat tatsächlich 1861 Multatulis *Minnebrieven* in seinem Verlag herausgegeben, und als Vorauszahlung auf dieses noch ungeschriebene Buch erhielt M. von G. 400 Gulden (G. hat also »diskontiert«). Dieses Honorar gab M., der zu dieser Zeit weder sich noch seine Familie ernähren konnte, einem gewissen Dr. Stamkart, dem Besucher des »Mannes im Zimmer«, der um diesen Betrag »für eine notleidende Familie« gebeten hatte.

»Gebet des Unwissenden« – »Het Gebed van den Onwetende«,

ersch. im Februar 1861 in der Freimaurerzeitschrift »De Dageraad«; Text, in dem Multatuli seine Zweifel an der Existenz Gottes zum Ausdruck bringt.

Er wird diskontieren - s. unter *Günst* (Anm. zu S. 50)

51 *von CURTIUS und d'ASSAS ein Menuett forderst!* - s. die Parabel »Taxation des Menschen« S. 91 dieser Ausg.); Erläuterungen zu Curtius und d'Assas finden sich in den Anmerkungen zu dieser Parabel.

jus talionis – (lat.; = *Jus retorsionis*) Vergeltungsrecht.

daß sie ihren Gott mit Füßen treten – Nachdem der Seeweg nach Indien gefunden und Amerika entdeckt war, brachten Jesuiten um 1550 das Christentum nach Japan, indes wurde es bereits zu Anfang des 17. Jh. wieder ausgerottet. Alle japanischen Christen wurden getötet und das Land seit 1638 streng von der Außenwelt abgeschlossen. Diese radikalen Maßnahmen ersparten dem japanischen Inselreich das Schicksal Indiens, Mexikos und Perus. Den Holländern, die die größte europäische Handels- und Seemacht des 17. Jh. waren und besonders in Ostindien ein großes Kolonialreich erwarben, wurde es gestattet, jährlich ein oder zwei Handelsschiffe nach Japan zu schicken. Es ging die Rede, daß sie bei Betreten des japanischen Bodens das Kruzifix mit Füßen treten mußten. Seit 1854 mußte Japan seine Häfen dem europäischen und amerikanischen Handelsmächten öffnen. Staat, Wehrmacht und Wirtschaft wurden nach europäischem Muster umgestaltet. 1860 bereiste eine japanische Gesandtschaft Europa und kam auch nach Den Haag, der königlichen Residenz und dem Regierungssitz der Niederlande.

57 *Kami* – (jap.) »Gott«; Bezeichnung der Gottheiten im Schintoismus, der japanischen Nationalreligion (früher Staatskult) mit göttlicher Verehrung aller Naturkräfte und der Ahnen.

**Uhren mit pikanten Bildchen* – Die gab's mehr als einmal bei den alljährlichen japanischen Warenbestellungen. Es waren Uhren mit doppeltem Gehäuse, deren unteres ein obszönes Miniaturbild verdeckte. Die frommen Holländer lieferten das noch zu meiner Zeit ganz liberal. So sind sie! [Anm. von 1865.]

Malcolm – Malcolm III. (ca. 1031–1093), nach seinem Sieg über Macbeth seit 1058 König von Schottland; Multatuli, der sich hier auf Shakespeares Tragödie *Macbeth* (erste belegte Aufführung 1611) bezieht, hätte eigentlich nicht Malcolm, sondern Macduff schreiben müssen, denn dieser Kampfgefährte Malcolms gegen den Königsmörder und Usurpator Macbeth war es, in dessen Gestalt sich die letzte der drei doppeldeutigen Prophezeiungen der drei Hexen erfüllte: »der von keinem Weib geborene« Rächer, weil er einst »aus dem Mutterleib geschnitten« wurde, weshalb der japanische Sekretär ihn und nicht Malcolm unter »Naturmerkwürdigkeiten« hätte notieren müssen.

58 *Wilhelm der Schweiger* – Wilhelm I., auch Wilhelm von Oranien genannt (1533–1584); aus dem Hause Nassau-Dillenburg, erbte das Fürstentum Oranien und wurde der bedeutendste Führer des niederländischen Freiheitskampfes gegen die spanische Herrschaft; ab 1572 Statthalter von Holland, Seeland, Utrecht und der Franche-Comté; der Beiname des »Schweigers« geht angeblich auf A. P. de Granvelle (1517–1586) zurück, dem Kardinal von Mecheln und spanischen Minister, gegen dessen exponierten politischen Einsatz für den Madrider Zentralismus und die katholische Kirche Wilhelm I. opponierte. Zeitgenössische Zeugnisse und Historiker belegen, daß er keinesfalls ein »Schweiger« war.

Van Alphen – Hieronymus van Alphen (1746–1803); niederländischer Dichter, vor allem Kinderbuchautor (Hauptwerk: *Kleine Geschichten voor Kinderen*, 1778–1782).

59 **politischer Jahresbericht über Europa* – Jahr für Jahr wurde in Batavia zum Behuf der japanischen Regierung ein ausführlicher Bericht über das Wichtigste, das sich auf politischem Gebiet in Europa und Amerika ereignet hatte, verfaßt. Vor der Öffnung der japanischen Häfen war Holland nicht, wie man vorgab, der Freund oder Bundesgenosse Japans, sondern dessen Makler, Kommissionär, untertänigster Diener und Spion. Deswegen schmeichelten die Japaner der Nation, von der sie das geringste zu befürchten hatten und die ihnen für etwas Kupfer, Seide und Lackwaren gänzlich ergeben war. [Anm. von 1865.]

wenn ein Land zerrissen wird – Das durch den Beschluß des Wiener Kongresses 1815 gegründete Königreich der Niederlande unter Wilhelm I. von Oranien war eine Vereinigung der ehemaligen Österreichischen Niederlande und des Bistums Lüttich mit den Provinzen der früheren Republik der Vereinigten Niederlande. Tiefgreifende nationale, konfessionelle und wirtschaftliche Gegensätze zwischen dem Norden und dem Süden des Königsreichs führten schließlich zu der Loslösung Belgiens. Der Norden war größtenteils protestantisch, und in den südlichen, katholischen Teilen der Niederlande, dem späteren Belgien, hatte die Geistlichkeit großen Einfluß. Der 1828 erfolgte Zusammenschluß der klerikalen und der liberalen Opposition gegen die autoritäre Regierung Wilhelms I. (die belgischen Liberalen, überwiegend Wallonen, waren vor allem durch das Bestreben der Regierung, bei den öffentlichen Geschäften die »holländische« oder »flämische Sprache« zur Herrschaft zu bringen, abgestoßen worden und neigten zu Frankreich) führte am 25. August 1830 in Brüssel zum Aufstand und zur Erklärung der Unabhängigkeit Belgiens am 4. Oktober und 18. November. Die Londoner Konferenz der fünf europäischen Großmächte bestimmte 1831 die Grenzen und die ewige Neutralität Belgiens (von Holland erst 1839 anerkannt).

70 **nicht die mindeste Schande, natürlich zu sein* – Ich bin in Ländern gewesen, in denen man Kindesmord aus Scham nicht kannte. Und mir ist klargeworden, daß die aufgezwungene Scham und die daraus resultierenden Morde mit dem Christentum aufgekommen sind und zugenommen haben [Anm. von 1865].

**dieses kleine, aber sehr interessante Buch* – *Lebensgeschichte des Makatai-Meshekir-Kiak oder des Schwarzen Habichts.* Aus offiziellen Quellen übersetzt von R. Posthumus, Leeuwarden: D. Meindersma Verlag 1847 [Anm. von 1865].

**Mensch zu sein, anstatt tugendsam* – Ich bin es gewöhnt, falsch verstanden zu werden. Ich behaupte nicht, daß es löblich sei, der Lust als solcher nachzugeben. Ich weiß, daß man mir diese Meinung unterstellt, und es ist sehr verwunderlich, diesen Vorwurf einem Manne gegenüber zu hören, der alle Lebensfreude seiner Pflicht opferte, erhoben von Leuten, deren ganzes Leben vom Streben nach dem eigenen Vorteil regiert wird. Doch lassen wir das, befassen wir uns ausschließlich mit dem in unserem Text behandelten Sachverhalt [...]. Ein Mädchen, das Mutter wird, ist im gleichen Maße wie der Kaufmann, der ohne ausreichende Sicherheiten Kredit gibt, der Unvorsichtigkeit schuldig. Schenkt er sein Vertrauen *jedermann, dem ersten besten,* so ist er sehr offensichtlich nicht solide. Schenkt er es nach bestem Wissen jemandem, den er dessen für würdig erachtet, so ist er zumindest vor sich selbst gerechtfertigt, wenn auch nicht in jedem Fall vor seinen Teilhabern. Diese sind – um den Vergleich auf das Mädchen zu übertragen – seine Eltern, Verwandten und jener Teil seiner Umgebung, der mit ihm die Steine abbekommt, die die Gesellschaft gegen das Mißgeschick schleudert. Sowohl der Kaufmann als auch das Mädchen tragen – notgedrungen! – die Folgen ihres falsch gesetzten Vertrauens.

Zwischen *Untugend* und *betrogenem Glauben* tut sich indessen eine tiefe Kluft auf. Das dumme Allerweltsvorurteil macht zuschanden, was nicht selten zur *Ehre* gereicht, wenn man bedenkt, wieviel Seelenadel oft den Hochmut der Gesellschaft auslöst. Im Gegensatz hierzu ist sogenannte Tugend für gewöhnlich nichts als Herzensdürre. In sehr vielen Fällen hat die Sinnlichkeit bei der Frau wenig oder keinen Anteil an ihrer Hingabe. Das ändert sich später, wie ich wohl weiß, aber am Anfang ist meistens fehlgeleitete Aufopferung die Ursache dessen, was die Welt so unbarmherzig als Fehltritt oder Vergehen verurteilt. Es kommt *selten* vor, daß Mädchen verführt werden. Was man davon in Büchern liest, ist so falsch wie die meiste Büchermoral. Sie *geben* sich *hin*!

Wer zu rechtschaffen ist, um die einfache Schönheit der amerikanischen Moral zu begreifen, der kaufe sich das ungemein interessante Buch von Dr. Coronel über die Fabriken im südlich von Amsterdam gelegenen Gooi-Land. An Musterbeispielen für sehr unamerikanische zivilisiert-gesellschaftliche Moralität wird es in diesem Werk nicht mangeln.

Die christlichen Fabrikarbeiter heiraten dort sehr jung und höchst anständig. Mit Sicherheit lassen sie ihren Ehebund segnen. Und dann? Dann zahlen sie Beiträge an eine Sterbekasse, oder noch besser an mehrere, und *lassen* – oder machen? – *ihre Kinder sterben, um aus dem Tode ihrer zu diesem Zweck ins Leben gerufenen Nachkommenschaft eine Einnahmequelle zu haben!*

Man wagt es kaum zu glauben, nicht wahr? Aber das Werk des Dr. Coronel trägt alle Merkmale einer gewissenhaften wissenschaftlichen Untersuchung und wir kommen, wenn wir einen Blick auf die allgemeine elterliche Behandlung von Kindern werfen, nicht umhin, den Befund Dr. Coronels als realitätsentsprechend zu erachten. Herzliche Liebe ist die *Ausnahme.* Wohin man auch sieht, der Besitz von Kindern scheint zu Lasten des

Etats für ein glückliches Leben zu gehen. Ich habe gehört, daß sich Väter – diesmal aus der gebildeten Schicht – in Gegenwart ihrer Töchter beklagten, wie schwierig es doch sei, mit Anstand ein Mädchen *loszuwerden* bzw. *an den Mann zu bringen*; Jungen wären da doch ganz anders, könnten viel eher für sich selbst sorgen usw.

Muß da nicht ein Mädchen von den Liebesbezeugungen, die es von einem Fremden empfängt, gerührt sein, zumal wenn diese die elterliche Lieblosigkeit so ungemein in den Schatten stellen? Kann man eine junge Frau überhaupt verurteilen, wenn sie *glaubt*?

Alles wohl bedacht, gebe ich der amerikanischen Kesselmoral den Vorzug. [Anm. von 1865.]

71 *Ideen* – 1862 erscheint bei R. C. Meijer in Amsterdam der erste von sieben *Ideen*-Bänden Multatulis, durchnumeriert von 1 bis 1282 versammelt M. in diesen Bänden Geschichten, Erzählungen, Parabeln, Erinnerungen, Dokumente, Anmerkungen, Essays, Polemiken, Persiflagen auf Tagesereignissen, eine umfangreiche literaturkritische Untersuchung, ja sogar ein Schauspiel (»Fürstenschule«) und das Hunderte von Seiten starke Fragment eines Entwicklungsromans (»Die Geschichte des kleinen Walter Pieterse«, 1862–77).

74 **bei dieser oder jener Zurschaustellung niederländischer Zivilisation* – Einige werden sich erinnern, wie ausgewählt zivilisiert sich die niederländischen Christen und Christinnen bei solchen Gelegenheiten aufgeführt haben: Die Japaner haben ausgerufen: »Die Lehre, die solche Menschen heranbildet, muß ohne jeden Zweifel die wahre sein!« Und sie haben sich auf der Stelle zu einer der wahren Glaubenslehren bekehrt, die seit Jahrhunderten Holland zu einem Lustgarten des HERRN machen: mit dem Recht auf private Jagd nach Wohlstand für ihre Bekenner, auf Kosten der armen Teufel, die verkehrt glauben. [Anm. von 1865.]

87 *Q.e.d.* – (Lat.) Abkürzung für *Quod erat demonstrandum* (»Was zu beweisen war«); von Euklid eingeführter Schlußsatz bei mathematischen und philosophischen Beweisen.

90 *Stadt, die unlängst abgebrannt war* – Gemeint ist die niederländische Stadt Enschede, die 1862 von einer verheerenden Feuersbrunst betroffen wurde.

91 *Cambronne* – Comte Pierre Jacques Étienne Cambronne (1770–1842), französischer General, der in der Schlacht bei Waterloo (1815) eine Division der Kaiserlichen (Alten) Garde kommandierte und am 18. Juni auf die Aufforderung der Engländer, sich zu ergeben, angeblich erwidert haben soll: »La Garde meurt mais ne se rend pas« (»Die [Alte] Garde stirbt, doch sie ergibt sich nicht!«). Cambronne selbst, der sich schwer verwundet dem Hannoveranischen General Baron Hugh von Halkett ergeben hatte und anschließend nach England gebracht worden war, hat diesen Ausspruch immer in Abrede gestellt. Nach H. Houssayes Untersuchung *La garde meurt et ne se rend pas. Histoire d'un mot historique* (Paris 1907) ist wahrscheinlich der Dichter und Journalist Balison de Rougemont der Erfinder des heldenhaften Ausspruches, den er in einem Artikel des »Journal général de France« vom 24. Juni 1815 Cambronne in den Mund legt. In seinem Buch *Götzens grober Gruß* (Berlin 1941) merkt Müller-Jabusch an: »In Wahrheit hat Cambronne dreimal nachdrücklich »Merde!« (Sch . . .!) gesagt. Die schöne Phrase aber hat der Journalist Rougemont in einem Artikel des »Indépendant« vom 19. Juni 1815 erfunden.« Bleibt noch anzumerken, daß Ludwig XVIII. Cambronne nach dessen Rückkehr nach Frankreich 1820 zum Kommandanten von Lille ernannte und daß die Stadt Nantes, Cambronnes Geburtsstadt, ihrem berühmten Sohn ein Denkmal errichtete, das sich mit dem erfundenen heldenhaften Ausspruch schmückt.

Van Speyk – Jan C. J. van Speyk (1802–1831), niederländischer Seeheld; kommandierte in den Wirren nach dem Belgischen Aufstand von August 1830 (Abtrennung Belgiens vom Königsreich der Niederlande) ein Kanonenboot. Als dieses auf die Schelde vor Antwerpen abgetrieben war und in die Hände des Feindes zu fallen drohte, legte S. die Lunte ans Pulverfaß und flog mit Freund und Feind in die Luft.

Curtius – Marcus Curtius, ein legendärer römischer Jüngling, der angeblich seinen Namen dem *Lacus Curtius* gab, einer Mulde bzw. einem zur Zeit des Augustus ausgetrocknetem Teich auf dem *Forum Romanum.* Nach der Überlieferung soll sich C. 362 v. Chr. beritten und in voller Kampfausrüstung in einen auf dem *Forum* entstandenen Abgrund gestürzt haben, aus dem Tod und Untergang bringende Dämpfe aufstiegen. Das Orakel hatte verkündet, der Abgrund würde sich wieder schließen, sobald das Glorreichste, was Rom besäße, ihm geopfert würde. C. meinte, daß dies Waffen und Tapferkeit sein müßten, und opferte sich, indem er in den Abgrund sprang, der sich augenblicklich über ihm schloß.

d'Assas – Chevalier Louis d'Assas (1733–1760), französischer Offizier; starb als Hauptmann des berühmten Regiments Auvergne, das zur Armee des Marquis de Castries gehörte. Die zu dieser Zeit von ihm begangene Heldentat konnte nie genau belegt werden. Eine der vielen Versionen gab Voltaire in seinem 1751 ersch. *Siècle de Louis XIV*. Nach ihm rief d'Assas, der unter Einsatz seines Lebens die Position des Feindes auskundschaften wollte: »A moi, Auvergne, ce sont les ennemis!« (»Zu mir, Auvergne, hier ist der Feind!«) unmittelbar danach wurde er niedergestreckt. Eine abweichende Version gibt der Comte de Rochambeau in seinen *Mémoires*.

spécialité d'hommes – (franz.) »Spezialität: Menschen« (im Sinne von ausschließlicher Herstellung von oder ausschließlichem Handel mit Menschen).

92 *en avant, marchons!* – (franz.) »vorwärts, wir marschieren!«

93 *Auvergne, à moi!* – (franz.) »Auvergne, zu mir!« s. unter *d'Assas* [Anm. zu S. 91]

La Garde meurt, mais ne se rend pas! – (franz.) »Die [Alte] Garde stirbt, doch sie ergibt sich nicht!« s. unter *Cambronne* (Anm. zu S. 91).

96 *Brakke-Grond* – (niederl.) »Brackige Erde«; weil das Grundwasser brackig ist, also salzhaltig, ist diese Erde nutzlos, verdorben.

**germanische Sarah* – Der Name *Sarah* [...] ist in Europa viel älter als die germanische Bronzezeit. Er ist, wie die meisten hebräischen Eigennamen, entweder keltischen Ursprungs oder auf eine gemeinsame Wurzel der alteuropäischen und orientalischen Sprachen zurückzuführen.

Sapristi . . . tout cela vaut bien trois mille francs chez ma tante! – (franz.) »Himmel Kreuz! Das kostet – so wahr ich hier stehe! – gut und gerne seine dreitausend Francs!« – Zu »chez ma tante« (wörtlich »bei meiner Tante)« muß angemerkt werden, daß mit »ma tante« im Französischen scherzhaft das »Leihhaus« benannt wird.

101 **eines schönen kaukasischen Langschädels* – Man siehe, wozu

blinde Liebe verführen kann! Das Gerippe im Wiesbadener Museum gehört in der Tat zu den Dolichocephalen (Langköpfigen), aber ich tat Unrecht, den Schädel schön zu nennen. Auch wenn es mich um Sarahs willen dauert, aber die Wahrheit geht über alles: Ihr Kopf ist schief.

Quellenverzeichnis

Höhenflug I – »Idee 261« aus: *Ideeën. Eerste bundel*, Amsterdam: R. C. Meijer 1862; übers. nach der 6. (7.) Aufl., Amsterdam: G. L. Funke 1879.
Geschichten von der Autorität – Aus: *Minnebrieven*, Amsterdam: F. Günst 1861; übers. nach der 7. Aufl., Amsterdam: G. L. Funke 1881.
Glaubensbekenntnis – Aus: *De Dageraad*, Okt./Nov. 1859, S. 182 – Multatulis erste Veröffentlichung; Originaltitel: »Geloofsbelijdenis«.
Jurisprudenz – Aus: *Max Havelaar of De Koffijveilingen der Nederlandsche Handelmaatschappij*, Amsterdam: J. de Ruyter 1860; übers. nach der 5. Aufl. (= 2., vom Autor überarb. Ausg.), Rotterdam: Elsevier 1881.
Der japanische Steinhauer – Aus: *Max Havelaar* (Auszug aus Kap. XI).
Saïdjah. Eine javanische Geschichte – Aus: *Max Havelaar* (»Prolog«: Auszug aus Kap. XVI; die Geschichte selbst: Kap. XVII).
Der Mann im Zimmer – Aus: *Minnebrieven*.
Der Impresario. Erstes Märchen (vom armen M.) – Aus: *Minnebrieven*.
Chresos. Zweites Märchen (vom armen M.) – Aus: *Minnebrieven*.
Japanische Gespräche – Aus: *Nieuw Amsterdamsch Handels- en Effectenblad*, Februar 1862; übers. nach *Verzamelde Werken von Multatuli*. Eerste naar tydsorde gerangschikte uitgave bezorgd door zyne weduwe *(Garmond-editie)*, Vol. 10: *Verspreide stukken*, Amsterdam: Elsevier 1900.
Wahrheit und Parlamentarismus – »Ideen 1, 2, und 4–9« aus: *Ideeën. Eerste bundel*.
Beruf und Berufung – »Ideen 75–77«, ebd.
Außer der Reihe – »Idee 86«, ebd.
Suchen und Finden – »Ideen 96 und 97«, ebd.
Hochmut und Demut – »Idee 107«, ebd.
Definition des Humors – »Idee 158«, ebd.
Der Karpfen – »Idee 251«, ebd.
Menschen und Bücher – »Idee 252«, ebd.
Brücken und Gräben – »Ideen 340 und 341«, ebd.
Die Vorsehung – »Idee 345«, ebd.
Beten und Naturgesetze – »Idee 352«, ebd.
Tabu! – »Ideen 372 und 373«, ebd.; »Idee 253« (in Parenthese), ebd.

Göttliche Offenbarung – »Ideen 430 und 431«, ebd.
Ornis – »Idee 438«, ebd.
Die Pastetenbäcker – »Idee 453« aus: *Ideeën. Tweede bundel*, Amsterdam: R. C. Meijer 1865; übers. nach der 6. (7.) Aufl. (= von Multatuli überarb.), Amsterdam: G. L. Funke 1880.
Taxation des Menschen – Schluß von »Idee 527«
Schlüssel und Schlösser – »Idee 958« aus: *Ideeën. Vierde bundel*, Amsterdam: G. L. Funke 1873; übers. nach der 3. Aufl. (1877).
Definition der Spezialität – »Specialiteit 3« aus: *Duizend-en-eenige hoofdstukken over Specialiteiten*, Delft: J. Waltman, jr. 1871; übers. nach der 2., überarb. Aufl. (1879).
Pfui! – Kap. aus: *Millioenen-Studieeën*, Delft: J. Waltman 1872 [1873]; übers. nach der 2. Aufl. (1878). – Der erste Teil der »Millionen-Studien« erschien zuerst in *Het Norden*, 5. Mai–30. Juni 1870.
Höhenflug II – »Idee 483« aus: *Ideeën. Tweede bundel.*

Außer *Glaubensbekenntnis*, *Japanische Gespräche* und *Pfui!* (= Kapitelüberschrift) haben alle Texte in den o. a. Ausgaben keine Überschriften.

Eine Gesamtausgabe der Werke Multatulis besorgte Garmt Stuiveling (*Multatuli. Volledige werken*, 7 Vols., Amsterdam: G. A. van Oorschot 1950–1953); ebenfalls unter der Herausgeberschaft Stuivelings erschienen im selben Verlag ab 1955 die Briefe und Dokumente Multatulis in mehreren Bänden.

Nachwort

MULATULI oder DER LIEBEVOLLE DIKTATOR LEIDET UND VERACHTET SEIN PUBLIKUM AUFS INNIGSTE

> Die Berufung des Menschen ist es, Mensch zu sein.
> Mein Unglück ist, daß ich in Holland geboren bin, in dem Land, in dem nur ein einziges Gesetz gilt, ein einziger Glaube, ein einziger Gott: GELD!
> In einer Brotfabrik gab es Ratten und Mäuse. Nun ja, ich hatte die Katze sein wollen, aber meine »Geistesverwandten« fanden, ich wäre dazu nicht gut genug.

19. Februar 1987: Vor hundert Jahren starb in Nieder-Ingelheim bei Mainz Eduard Douwes Dekker alias MULTATULI, der international bedeutendste niederländische Autor des 19. Jahrhunderts. In Deutschland, seinem selbstgewählten Exil, hatte dieser »holländische Voltaire«, wie ihn Anatole France nannte (und wie er sich selbst nannte!), die letzten zwanzig Jahre seines Lebens zugebracht, in nächster Ferne zu seinem geliebten und zugleich verhaßten Mutterland. Verhaßt? Aber gewiß, auch das! War es nicht die Schuld seines unbeweglichen und unbelehrbaren holländischen Publikums, dieses stockkonservativen Besitzbürgertums, daß er für seine sozialrevolutionäre Literatur den hohen Preis eines entbehrungsreichen Lebens zahlen mußte, er, der »geboren war, um zu herrschen«? Hatte er etwa das aufopferungsvolle Leben eines Revolutionärs der Feder auf sich genommen, damit ihn sein Publikum falsch verstand, dieses Publikum, das seiner Meinung nach »nicht lesen konnte«? Und womit hatte er, der unbestechliche und einzig der Wahrheit verpflichtete »Aufklärer« (der messianische und nicht selten maniakalisch auftretende Schriftsteller), womit hatte er es verdient, daß ihn die Amsterdamer so gründlich mißverstanden, ihm diese um alles in der Welt verhaßte »Ehre« anzutun, nämlich die Schönheit seiner Literatur zu loben und deren soziales Anliegen nicht zur Kenntnis zu nehmen? (»Man« – dieses von ihm so verabscheute »man« – hatte ihn offensichtlich nur zu gut verstanden.

»Man« hatte ja nicht versäumt, ihn wegen seiner Anschauungen über die Stellung der Frau, die Kinder- und Sexualerziehung, die Ehe und die freie Liebe, die Religion und die Kirche, das niederländische Kolonialsystem und die gesamte parlamentarische Regierungspolitik als »sittenlos« zu beschimpfen.) Wie konnte »man« nur ihm den persönlichen Ruhm (er war immer ein bekennender Egoist, ein starker Individualist, der die Selbstliebe zur unabdingbaren Voraussetzung der Nächstenliebe machte), wie konnte man nur seinen Ideen den prinzipiellen Sieg versagen? Wollte er nicht ausschließlich um der Wahrheit und der allgemeinen Gerechtigkeit willen die Macht? »Ich mache mich zum ersten Schriftsteller in Europa« – mit keinem geringeren Vorsatz startete er seine schriftstellerische Laufbahn und bat seine notleidende Frau und die armen Kinder um ein wenig Geduld. In der Tat, dieser MULTATULI, der romantisch-idealistisch genug war, sich 1859 die Literatur auszuwählen, um »die Macht um der Wahrheit willen« an sich zu reißen, er wollte, er mußte jede Form der Bescheidenheit verschmähen, wenn es um seine Sache, die er mit der Sache der Wahrheit in Eins setzte, zu tun war. Alles zusammengenommen konnte es wohl schwerlich ausbleiben: MULTATULI – der Künstlername, den er sich zugelegt hatte und den er selbst als »Ich habe viel gelitten« übersetzte –, dieser Name hätte bei einer realistischen Einschätzung des (über-)mächtigen bürgerlichen Bollwerks, gegen das er sich mit seinen auf dem Amboß der Sozialromantik und der Anarchie geschmiedeten Waffen anzukämpfen anschickte, von Anfang an auch in der Form des Futurums gewählt werden können. Andererseits war es gerade dieses »für Multatuli charakteristische sozialromantische und anarchische Element, das ihn zum Ertragen seines Daseins voll von Kummer und Not befähigt« hat, wie Peter Brückner in seinem Essay über Sigmund Freud und den von diesem so hochgeschätzten MULTATULI treffend anmerkt (*Sigmund Freuds Privatlektüre*, 1975).

Der wie Freud autoritätsskeptische MULTATULI, aus bitterster Erfahrung zu einem literarischen Meister des Sarkasmus geworden, mußte in großen Zügen das Lebenselixier Hoffnung genießen, um schreibend überleben zu können. Es wird nicht verwundern, daß auch der tröstende Gedanke an Nachruhm und den späteren Triumph seiner Wahrheit ihm schon frühzeitig nicht fremd sein konnte. 1872, in seinen *Miljoenen-studiën*, läßt er seine Leser an einem Gespräch zwischen einem Ich-Erzähler und dessen Lehrmeister Adolf teilnehmen: »›Wie dem auch sei‹, fuhr Adolf fort, ›es ist deine Pflicht, verstanden zu werden . . .‹ – ›Wenn ich unter der Erde bin?‹ – ›Ja! Bist du damit nicht zufrieden? Was verlangst du mehr? [...] Willst du besser sein als so ein unschuldiges Weizenkörnchen? Hast du jemals eine Eichel klagen hören, weil man sie untergrub? Willst du Saat, Keim, Blüte, Frucht . . . alles zur selben Zeit? Paß auf, daß LOGOS das nicht hört! [...] Wisse zu sterben, dann wirst du leben! Lasse dich begraben, du wirst auferstehen! Lerne zu verfaulen . . . das ist der Weg zur Blüte!‹« An anderer Stelle heißt es: »Ich wünschte, daß meine Leser alt werden und mich aus der Ferne lesen würden.« Zumindest dieser Wunsch sollte (dem äußeren Anschein nach!) in Erfüllung gehen. Wir, die Leser, sind älter geworden mit dem neuen Jahrhundert und seinen hoffentlich harten Lehren (daß wir aus unseren Erfahrungen automatisch klüger geworden wären, wird sicherlich mancher nicht unbegründet bestreiten); MULTATULIS Pionierleistungen auf dem Gebiet der sozialkritisch engagierten europäischen Literatur werden allgemein anerkannt. Es ist vor allem sein Hauptwerk, der Roman über den *Max Havelaar*, der ihn, wenn schon nicht unsterblich, so doch zumindest zum Autor von weltliterarischer Bedeutung machte. 1985 erlebte das in viele Sprachen gleich mehrfach übersetzte Werk seine Premiere in der VR China.

Wie dem auch sei, um den »rätselhaften Multatuli« (W. F. Hermans) und seine für die vorliegende Anthologie ausgewählten Texte besser zu verstehen, bedarf es der näheren Kenntnis seiner dramatischen Lebensgeschichte. Zum biographistisch beseelten Positivsten zu werden, das wird bei Dekker/MULTATULI ausnahmsweise eine sehr wichtige von mehreren literaturkritischen Voraussetzungen sein müssen, ohne deren Berücksichtigung kraft der selten so auffällig ausgeprägten Einheit von Leben und Werk viele der Texte MULTATULIS unverständlicher bleiben müßten. Lesen wir hierzu, bevor einer ausführlicheren, kommentierten Biographie der ihr gebührende Platz eingeräumt wird, ein längeres Zitat von E. du Perron, dem vor Garmet Stuiveling wichtigsten Apologeten MULTATULIS im 20. Jahrhundert, der aus Anlaß des fünfzigsten Todestages MULTATULIS schrieb: »Jede Multatuli-Anthologie ist eigentlich ein Unding. Man kann jemanden, der Multatuli nicht kennt, auf diesem Wege nur ein ›Ideechen‹ geben, einen Vorgeschmack dessen, was dieser Autor bedeutet, und mehr auch nicht. Und vermutlich fällt dieses ›Ideechen‹ dann auch noch verkehrt aus. Falls man bei der Auswahl seinen Schwerpunkt auf seine sarkastischen Äußerungen legt, so ist es, als erhielte man so etwas, wie eine provinzielle Imitation von bestimmten französischen Autoren, so etwas wie einen polternden Voltaire, einen hitzigeren Anatole France. Stellt man die ›soziale‹ Seite heraus – mit allem Pathos und allen Wiederholungen, die dann schwerlich zu vermeiden wären –, dann erhalten jene recht, die sich über seinen marktschreierischen Ton beklagen oder zumindest über seine ›Jagd nach Effekten‹. Das wechselnde Spiel von Mut und Übersensibilität, der leidenschaftliche Trotz dieses Mannes, seine meisterliche Beherrschung des Wortes kommen erst zu ihrem vollen Recht, wenn man sich der Mühe unterzieht, die sein Leben war. Leben und Schriftstellerei sind hier nicht zu trennen; sogar die Briefe Multatulis werfen ein unentbehrliches Licht auf sein Werk, machen ihn zehnmal verständlicher, als es selbst ein so ungemein autobiographisches Gesamtwerk vermochte.«

Perrons Warnung vor etwaiger Einseitigkeit wurde nach besten Möglichkeiten für die vorliegende Textauswahl beherzigt. Der oftmals »sprunghafte« Stil MULTATULIS, ferner seine subjektiv-ironische Erzählhaltung, dieses allenthalben antreffbare Jonglieren mit den verschiedensten Umständen und Ereignissen seiner Zeit, die in der Regel dem niederländischen Kontext entstammen und deren literarische Anverwandlung sich unmittelbar an niederländische Leser wendet – all dies setzte den Auswahlmöglichkeiten von Anfang an deutliche Grenzen.

Im Bestreben, den Anmerkungsapparat nicht unnötig anwachsen zu lassen – oder genauer gesagt, charakteristische Texte vorzustellen, die ein heutiger deutscher Leser weitgehend auch ohne Zuhilfenahme der in der vorliegenden Anthologie gegebenen Erläuterungen lesen könnte –, wurden schließlich solche Texte ausgewählt, deren gesellschaftskritische Ideen nach wie vor einen allgemeinen Wert haben und gerade deshalb der Kurzlebigkeit entgehen konnten, trotz der zeitlichen Gebundenheit, des immer konkreten Anlasses der antikoloniastischen oder sozialkritischen Polemik MULTATULIS.

Tiefgründige Ideen, die gesellschaftliche Grundprobleme des Menschen thematisieren – bei MULTATULI ist es vornehmlich das für alle möglichen Bereiche immer wieder angesprochene Problem der Autorität und des Individualismus – sollten mit Interesse vom heutigen Leser aufgenommen werden können, unter der Voraussetzung, daß ihre Inhalte, im Unterschied zu ihren äußeren historischen Anlässen, Aktualität besitzen.

Geboren am 2. März 1820 als viertes Kind des Handelsflottenkapitäns Engel Douwes Dekker und seiner Frau Sytske Eeltjes Klein in Amsterdam, erlitt Eduard Douwes Dekker, der sich später MULTATULI nennen wird, seine Kindheit und Jugend inmitten eines trocken-phantasielosen, spießig-kleinbürgerlichen Milieus, über das er als Schriftsteller Haß und Verachtung ausschütten wird und dem er in seinem teilweise autobiographisch gefärbten Romanfragment *Woutertje Pieterse* ein literarisches Mahnmal schafft. Nach der Grundschule besucht er für wenige Jahre die Lateinische Schule, das heutige Barlaeus-Gymnasium, die er ohne Zeugnisse verläßt. Angeblich soll er ein ungeduldiges und streitsüchtiges Kind gewesen sein – vielleicht eine trotzige Selbstschutzmaßnahme gegen die gelegentlich in der Sekundärliteratur erwähnten Vorwürfe der Mutter, die ihn für zu weich hielt. »Er wäre besser ein Mädchen geworden«, soll sie gesagt haben, aber hüten wir uns, diesem Ausspruch vorschnell Authentizität zuzusprechen: er eignet sich verdächtig gut, um psychoanalytische Erklärungen für die spätere Lebenshaltung MULTATULIS zu finden. Es heißt auch, der kleine Eduard hätte davon geträumt, an der Seite der Griechen in deren Befreiungskrieg gegen die Türkei zu kämpfen. Tatsache ist, daß Dekker nach seiner abgebrochenen Schulzeit als Büroangestellter in einer Amsterdamer Textilfirma gearbeitet hat und diese Stellung als Achtzehnjähriger aufgab oder aufgeben mußte. Auch hier gibt es keine letztendliche Klarheit.

Am 23. September 1838 verläßt er den eingeengten Bereich der Amsterdamer Grachtenviertel und schifft sich auf dem Segelschiff *Dorothea* nach Ostindien ein, um dort eine Anstellung im niederländischen Kolonialdienst zu finden. Sein Vater war der Kapitän des Schiffes, sein Bruder Jan Zweiter Steuermann. Nach fast vierzehnwöchiger Überfahrt erreichen sie Java Anfang Januar 1839, und bereits Mitte des Monats erhält E. Douwes Dekker eine Anstellung am Allgemeinen Rechnungshof in Batavia, dem heutigen Djakarta. Es sollte der Anfang einer nicht alltäglichen Karriere im Staatsdienst auf den holländischen Inselkolonien Ostindiens sein, die nach siebzehn Jahren ein spektakuläres Ende fand, aber greifen wir nicht vor.

Februar 1840 wird er zum Zweiten Steuereinnehmer ernannt und diese Tätigkeit bis Anfang Juni 1842 ausüben. Bereits August 1839 hatte sich Dekker, dessen Eltern Anhänger der evangelischen Freikirche der Mennoniten waren, katholisch taufen lassen – vielleicht um die katholische Caroline Versteegh heiraten zu können. Angeblich scheiterte die Hochzeit am Einspruch des Vaters der Auserkorenen:

Mijnheer Versteegh wußte um das für ihn nicht akzeptable Privatleben des jungen Dekker, seine nicht unbeträchtlichen Spielschulden, Schlägereien, Duelle . . . Wie dem auch sei, jedenfalls beabsichtigt Dekker, Batavia den Rücken zuzukehren, und bewirbt sich mit Erfolg um den Posten des Kontrolleurs Zweiter Klasse an die Westküste Sumatras, wo er am 30. November 1842 seine Tätigkeit im Distrikt Natal aufnimmt. Er wird diese für einen Zweiundzwanzigjährigen erstaunlich bedeutende Funktion nur bis zum 22. Juli 1843 ausüben. Differenzen mit seinem höchsten, unmittelbaren Vorgesetzten, A. V. Michiels, dem Zivil- und Militärgouverneur der Westküste Sumatras, vermeintliche Vernachlässigung seiner administrativen Pflichten aufgrund engagierter und couragierter Pläne zur Verbesserung der sozialen Verhältnisse in seinem Distrikt und schließlich ein angebliches Kassendefizit, für das sich später seine Unschuld erweisen sollte, führen zu seiner Suspendierung. Er erhält keine Gelegenheit, anhand der Kassenbücher die Sache selbst zu klären; eine strafrechtliche Untersuchung wird eingeleitet, führt aber zu keinem Ergebnis, außer daß Dekker über ein Jahr von Michiels in Padang festgehalten wird, mit sehr geringen Bezügen.

Etwa zeitgleich mit diesem ersten »Versagen« des Beamten Eduard Douwes Dekker setzt die erste ernsthafte schriftstellerische Beschäftigung Dekkers alias MULTATULI ein. Das Schreiben von Literatur als Kompensation? Noch in Natal hatte er die später als *Losse Bladen uit het Dagboek van een Oud Man* (»Lose Blätter aus dem Tagebuch eines alten Mannes«) bekanntgewordene Prosaschrift begonnen, den zweiten Teil verfaßte er in seiner Padangschen »Gefangenschaft«. Hinzu kam sein erstes Theaterstück, das ursprünglich *De Eerloze* (»Der Ehrlose«) hieß, eine melodramatische Prosa, die erstmals 1863 unter dem Titel *De Bruid Daarboven* (»Die Braut dort droben«) veröffentlicht wurde und über die Dekker selbstbewußt urteilte, sie wäre gewiß nicht schlechter als Lessings *Minna von Barnhelm* (1767) und *Emilia Galotti* (1772) – sicherlich eine hohe Meinung von einem Stück in der Manier Kotzebues. Selbst wenn sein Urteil zutreffend wäre, es würde dennoch den entscheidenden Unterschied verwischen, daß Lessing in thematischer und gattungsmäßiger Hinsicht innovatorisch wirksam war, während Dekker mehr als siebzig Jahre später bestenfalls das imitatorische Talent eines Zuspätgekommenen an den Tag legen konnte. Entschieden origineller sind die teilweise autobiographischen »Denkbilder« aus dem *Tagebuch eines alten Mannes*, zeichnet sich doch in ihnen bereits unverkennbar die so typische spätere Handschrift MULTATULIs ab: »Lange Zeit schwankte ich zwischen *Diogenes* und *Alexander*«, heißt es dort, »zwischen *Rousseau* und *Napoleon*, zwischen dem *Erhabenen* und dem Erhaben-*Scheinenden*. – Ich habe das letztere gewählt, aus Schwachheit, aus Eitelkeit, vielleicht aus Rachsucht!« An anderer Stelle lesen wir: »Ich muß Jahre der Sklaverei ertragen; *ich*, geboren um zu herrschen, muß damit anfangen zu gehorchen . . . sei's drum!«

Erst Ende September 1844 kommt Dekker nach Java zurück und wird sich als Beamter im Wartestand fast ein Jahr in Batavia aufhalten. Im April 1846 heiratet er Everdine (»Tine«) Huberte baronesse van Wijnbergen, die genauso mittellos ist wie er (der gelegentliche Traum von einer großen Erbschaft war von Anfang an nicht mehr als ein Hirngespinst), und im Mai desselben Jahres erhält er nach zeitweiligen Tätigkeiten endlich wieder eine feste Anstellung, zuerst in Purworedjo (Distrikt Bagelen) und anschließend in Manado auf der Insel Celebes. Oktober 1851 wird er zum Assistent-Residenten der kleinen Molukkeninsel Amboina befördert. Da es mit seiner Gesundheit nicht zum besten steht, werden ihm auf seinen Antrag hin zwei Jahre Genesungsurlaub in Europa genehmigt, und am 25. Dezember 1852 kommen er und seine Frau Tine in den Niederlanden an.

Aus den zwei sollten drei Jahre werden. Ihr erstes Kind, Pieter Jan Constant Eduard (»Edu«), geboren am 1. Januar 1854 in Amsterdam, war erkrankt, ebenfalls Dekker. Was hatte sich sonst noch zugetragen? Dekker trat erneut als Dichter auf den Plan. Aber sein alter Freund Krusemann, der in Haarlem einen Verlag gegründet hatte und dem er bereits aus Ostindien seine beiden erwähnten literarischen Erstlinge zugeschickt hatte, sieht für Dekkers Manuskripte keine Chance. »Ich fange an zu glauben, daß es eine Schande wäre, in diesem Land zu reüssieren«, läßt ihn der maßlos enttäuschte Dekker wissen. Krusemanns Meinung kann ihn indessen nicht davon abhalten, in der Gesellschaft als Dichter und »Märchenprinz« aufzutreten, wie ihn 1976 der bekannte niederländische Autor Wilhelm Frederik Hermans in seiner Biographie *De raadselachtige Multatuli* (»Der rätselhafte Multatuli«) nennt. Nun, Märchenprinzen haben keine Geldsorgen, Dekker aber lebt weit über seine Verhältnisse, verliert große Summen beim Roulette, und als die Familie am 10. September 1855 wieder in Batavia eintrifft – die Seefahrt ging auf Kredit –, war der Dichter »in spe« hochverschuldet. »Dekkers Schulden aus der Urlaubszeit könnten auf 35 000 Gulden geschätzt werden. Ein Kilo Brot kostete zu dieser Zeit 0,10 Gulden, ein Pfarrer in Den Helder verdiente 500 Gulden im Jahr« (Hermans). Dekkers Urlaubsgehalt belief sich auf 2700 Gulden pro Jahr; als Assistent-Resident von Amboina verdiente er 500 Gulden im Monat.«

Am 4. Januar 1856 wird Dekker zum Assistent-Residenten (A.-R.) von Lebak ernannt, eine hohe Position, der Höhepunkt und zugleich das Ende seiner steilen Karriere, denn bereits am 23. März desselben Jahres wird er nach Ngawi (Madiun) versetzt und am 4. April auf eigenes Ersuchen hin »ehrenvoll aus Landes Diensten« verabschiedet, ohne Anspruch auf Pension.

Albertus Jacobus Duymaer van Twist, der als »der Generalgouverneur (von ganz Niederländisch-Indien), der von Multatuli beschimpft wurde«, in die niederländische Kolonialgeschichte eingehen sollte, hatte Dekker zum A.-R. von Lebak ernannt. Nach dem deutschen Geographen und Ethnologen Oskar Peschel läßt sich eine Assistent-Residentschaft hinsichtlich statistischer Werte mit einem mittleren Schweizer Kanton vergleichen. Mehrere solcher Verwaltungsgebiete waren zu einer Residentschaft zusammengefaßt. Als Bindeglieder zwischen den Residenten und dem Generalgouverneur, der in Batavia residierte, fungierten die Direktoren der einzelnen Kolonialressorts, die gemeinsam mit einem fünfköpfigen Beraterstab, dem *Rat von Indien*, den Generalgouverneur unmittelbar unterstützten. Dieser war allein dem Kolonialminister in Den Haag verantwortlich und regierte – einem englischen Vizekönig in etwa vergleichbar – wie ein wirklicher Autokrat. Neben den niederländischen unterstanden ihm als einheimische Beamte die sogenannten »Regenten«, fast ausnahmslos Nachkommen der früher souveränen Landesfürsten, die zwar als Untertanen des niederländischen Königs ihre Souveränität eingebüßt hatten, nicht aber ihre Autorität bei der einheimischen Bevölkerung, die die »Regenten«, also ihre Fürsten, fürchtete, aber auch wie Götter verehrte. Verheerender Machtmißbrauch seitens der fast ausnahmslos despotischen Regenten, Ausbeutung und Mißhandlung der einheimischen Bevölkerung waren keine Seltenheit und erschwerten die Arbeit der niederländischen Assistent-Residenten, denen grundsätzlich immer ein solcher Regent »zur Seite« stand. Es oblag den Assistent-Residenten, dafür Sorge zu tragen, daß die Regenten die Befehle der Regierung ausführten bzw. von der einheimischen Bevölkerung ausführen ließen. Obwohl letztendlich er verantwortlich war, wurde vom Assistent-Residenten erwartet, daß er seine Befehle mit großem Einfühlungsvermögen vorbrachte, ohne den Regenten in seinem Stolz zu verletzen und ohne bei diesem das Gefühl des Unterdrücktseins aufkommen zu lassen: »Der europäische Beamte hat den inländischen Beamten, der ihm zur Seite steht, zu behandeln wie seinen jüngeren Bruder«, so lautete die offizielle Dienstvorschrift. Das lief darauf hinaus, den Regenten nach besten Möglichkeiten stets bei guter Laune zu halten und – solange es nicht den Interessen der niederländischen Kolonialherren zuwiderlief – gegebenfalls auch Machtmißbrauch zu dulden. In jedem Fall sollten öffentliche Konflikte mit den einheimischen Regenten vermieden werden, um deren Autorität bei der Bevölkerung nicht zu untergraben, denn es entsprach der Absicht des ausgeklügelten niederländischen Kolonialsystems, sich solange dieser willkommenen und seit Generationen von der Bevölkerung unterwürfig anerkannten Autoritäten zu bedienen, wie diese es vermochten, Unruhen zu vermeiden, Abzug von Arbeitskräften in andere Gebiete zu verhindern usw., kurz: die Wahrung niederländischer Kapitalinteressen zu garantieren. Andererseits war der A.-R. gehalten, gegen gewisse Formen eines überzogenen despotischen Machtmißbrauchs seitens der Regenten einzuschreiten und – falls erforderlich – Maßnahmen zu ergreifen, um etwaige katastrophale soziale Situationen der einheimischen Bevölkerung zu verbessern. Man begreift, daß die niederländische Regierung im Zweifelsfall immer bereit war, den A.-R. als Prügelknaben zu opfern, um sich die Autorität eines noch verwendbaren Regenten zu erhalten. Ein A.-R., der die rücksichtslose Ausbeutung und Mißhandlung der Bevölkerung vermeiden und zugleich seine Position behalten wollte, sah sich vor eine nahezu unlösbare Aufgabe gestellt. Seine Gratwanderung endete in der Regel mit seiner (Straf-)Versetzung in einen abgelegenen und weniger bedeutenden, d.h. weniger gewinnbringenden Distrikt des ostindischen Inselreichs. Auf diese Weise wurden Konflikte zwischen Assistent-Residenten und Regenten ganz im Sinne des raffinierten und verlogenen Systems geregelt, indem mit der Strafversetzung des A.-R. automatisch eine demonstrative Wiederherstellung der Autorität des Regenten verbunden wurde. Die niederländische Regierung hatte guten Grund zu der Annahme, daß sich die von »ihren« unbequemen Assistent-Residenten befreiten Regenten verbunden zeigen würden, d.h. als gute Untertanen des niederländischen Königs tatkräftig mithelfen würden, den Reichtum der Kolonialmacht zu mehren. Es versteht sich von selbst, daß sich Regenten, die durch ihre Untertanen beträchtliche Gewinne erwirtschaften ließen, mehr oder weniger dicke Scheiben vom Gesamtgewinn abschneiden durften. Niemand fragte, wie die Regenten es immer wieder schafften, die Gewinne zu vergrößern. Die Frage nach der sozialen Situation der einheimischen Bevölkerung blieb also bewußt und gewohnheitsmäßig außen vor.

Eduard Douwes Dekker hatte es als A.-R. von Lebak mit dem Regenten Radhen Adhipati Karta Natta Negara zu tun, einem mächtigen Fürsten von höchstem Adel, der von der Bevölkerung gefürchtet und im wahrsten Sinne des Wortes angebetet wurde. Dekker wußte, daß dieser Regent ein rücksichtsloser Ausbeuter war. Duymaer van Twist, der Generalgouverneur, der ihn zum A.-R. ernannt hatte, schreibt 1882, nachdem Dekker ihn seit mehr als zwanzig Jahren beschimpft und schuldig an der geduldeten Mißhandlung des Javaners gesprochen hatte: »Ich hatte ihn [Dekker] in Buitenzorg kennengelernt [...], und er hatte durch sein Herz für den Eingeborenen meine Sympathie gewonnen. Als Lebak frei wurde und ich wußte, daß gerade dort die Lage der Bevölkerung viel zu wünschen übrigließ, dachte ich, daß er der rechte Mann auf dem rechten Platz sein würde, und obwohl ihn der *Rat von Indien* nicht vorgeschlagen hatte, ernannte ich ihn zum Assistent-Residenten.«

Ob Dekker Van Twist richtig verstanden hatte? Jedenfalls macht er sich bei Dienstantritt augenblicklich tatkräftig ans Werk, sichtet die Aktenvermerke und Belege, die sein Vorgänger über den fortgesetzten Machtmißbrauch des Regenten (Erpressung, Büffelraub usw.) hinterlassen hatte, und sammelt Beschwerden aus der Bevölkerung. Schon nach wenigen Wochen klagt er den Regenten wegen Büffelraub und Inanspruchnahme unbezahlter Zwangsarbeiter an und fordert in einem Dienstschreiben an seinen Vorgesetzten, den Residenten C. P. Brest van Kempen, die Arrestierung des Regenten. Ohne Zweifel waren die vorgebrachten Beschuldigungen berechtigt, aber vermutlich waren die Delikte zu geringfügig oder zu alltäglich, als daß Brest van Kempen auf der Stelle und ohne weitere Untersuchungen hätte gegen den einflußreichen Karta Natta Negara vorgehen können. Jedenfalls drängt Van Kempen seinen A.-R., die Sache vorerst nicht publik zu machen. Dekker muß dies – sicherlich nicht von ungefähr – als Verschleierungs- oder Verschleppungstaktik interpretiert haben und läßt in einem alles andere als untertänigen Ton seinen Vorgesetzten wissen, er wolle die Sache um jeden Preis durchsetzen. Ferner weigert er sich, die Kläger aus dem Volk vor den Residenten zu zitieren, weil er befürchtet, dadurch dem Regenten Zeit genug zu geben, diese vorher zum Schweigen zu bringen. »Lassen Sie mir meinen Willen«, schreibt er seinem Vorgesetzten, »denn anderenfalls werde ich um Entlassung nachsuchen und sollten auch meine Frau und mein Kind Hunger leiden müssen, es wäre dann Ihre Schuld.« Der *Rat von Indien* wird in den Konflikt zwischen Dekker und Van Kempen eingeschaltet, und obwohl er sich von Dekkers guten Absichten überzeugt zeigt, erachtet er das eigenwillige und anmaßende Handeln des Beamten Dekker als unzulässig und schlägt vor, ihn für die Lebaksche Position als »dienstuntauglich« zu erklären. Van Twist »honoriert« die guten Absichten Dekkers, erteilt ihm eine scharfe Zurechtweisung (Kabinettsbrief vom 23. März 1856 mit dem Vorwurf der versuchten Untergrabung der niederländischen Autorität und der Aufhetzung zum Aufstand der einheimischen Bevölkerung) und versetzt ihn als A.-R. unter Beibehaltung seiner alten Bezüge nach Ngawie (Madiun), auf gut deutsch gesagt: in die Wüste. Ohne Rücksicht auf seine Person *und* das Los seiner Familie bleibt Dekker in seinem Einsatz für die Verbesserung der sozialen Situation der Javaner konsequent und wird auf eigenes Ersuchen durch Beschluß vom 4. April 1856 »ehrenvoll aus Landes Diensten« entlassen, und zwar ohne Anspruch auf Pensionsgelder. Die Lage der unterdrückten Javaner hat in keiner Verlautbarung übergeordneter Stellen auch nur die geringste Rolle gespielt. Dekkers Akzeptation der Strafversetzung und der dienstlichen Zurechtweisung hätte einer Inkonsequenz entsprochen, in seinen Augen sicherlich auch einem Verrat an der Sache, für die er höchste Einsätze gewagt hatte. Er hatte noch um Gewährung einer Audienz bei Van Twist nachgesucht, aber der Generalgouverneur, dessen Dienstzeit ablief und der im Begriff war, in die Niederlande zurückzukehren, empfing ihn nicht mehr, nicht zuletzt, weil er am Vorabend seiner Abreise von Dekker einen geradezu beleidigenden Brief erhalten hatte.

Für Dekker und seine Familie beginnt eine lange, entbehrungsreiche Zeit. Sie werden bettelarm sein, 15 Jahre lang. Dekker irrt auf Java umher. Er sucht Arbeit, aber vergebens. Er beschließt, nach Europa zurückzukehren, alleine, und verläßt am 3. April 1857 an Bord der *Koningin der Niederlanden* (»Königin der Niederlande«) Surabaja. Die Fahrt geht über Singapur, Suez, Kairo und endet im Juni in Marseille. Am 1. Juni bringt seine zurückgelassene Frau in Surabaja ein zweites Kind zur Welt: Elisabeth Agnes Everdine, genannt »Nonnie«.

Dekker reist kreuz und quer durch Europa: Nord-Italien, Frankreich (hier angeblich in Begleitung einer dem Bordell entsprungenen Prostituierten), Deutschland, wo er erneut sein Glück im Spiel versucht und verliert. Nach Holland kann er vorerst nicht: zu viele Gläubiger. Am Ende landet er in Brüssel und logiert sich in dem ärmlichen Wirtshaus *Au Prince Belge* ein. Im Frühjahr 1859 kommen Tine und die Kinder nach Europa zurück. Man trifft sich in Lüttich. Nach einigen Tagen reisen Tine und die Kinder mitsamt eines javanischen Kindermädchens ohne einen Pfennig – Tine muß sich das Reisegeld erbetteln und durch Lügen für Mitreisemöglichkeiten sorgen – über Antwerpen, Rotterdam und Den Haag nach der kleinen Ortschaft Brummen, wo sie fürs erste bei Dekkers Bruder Jan, der schon wiederholt geholfen hatte, Unterkunft finden, während Dekker erneut im *Prince Belge* zumindest ein Dach über dem Kopf findet.

Er wird arbeiten, hart arbeiten unter denkbar ungünstigen Bedingungen und sich zum Schriftsteller ausbilden; sein Material: Papiere, Dokumente, Notizen zum Lebak-Konflikt, eingeschnürt in ein großes Paket, das er bei seiner ruhelosen Fahrt durch Europa immer bei sich hatte, sozusagen sein einziges Gepäck. Hieraus wird er von September bis Dezember 1859, in dieser immer wieder zitierten kalten Dachkammer des *Prince Belge*, sein literarisches Hauptwerk formen: *Max Havelaar of De Koffiveilingen der Nederlandsche Handelmaatschappy* (»Max Havelaar oder Die Kaffeeversteigerungen der Niederländischen Handelsgesellschaft«), eine vernichtende Anklageschrift gegen die amoralische Kolonialpolitik der niederländischen Regierung, in seiner Art der aggressivste Schlüsselroman der Weltliteratur im 19. Jahrhundert, der »im niederländischen wie im europäischen Schrifttum eine neue Ära [einläutete], die der sozialpolitisch engagierten Literatur« (W. Schäfer), eine Kampfschrift für den unterdrückten Javaner *und* die eigene Rehabilitation.

Der »gescheiterte« Staatsdiener Eduard Douwes Dekker wird MULTATULI, der Mann, der den *Havelaar* schrieb. Das Pseudonym entlehnt er bei Horaz*; er selbst übersetzt es als »Ich habe viel gelitten« und verwendete es erstmals 1859 bei der Publikation von »Geloofsbelijdenis« (»Glaubensbekenntnis«, S. 19 f. dies. Ausg.).

»Ich habe mein Buch mit einem gedoppelten Ziel verfaßt, nämlich

* »Qui studet optatam cursu contingere metam, *Multa tulit* fecitque puer, sudavit et alsit, Abstinuit venere et vino« (*De arte poetica*, Z. 412). – Diese Zeilen Horaz' wurden in deutscher Übersetzung als Motto des vorliegenden Bandes ausgewählt.

Verbesserung des Schlamassels in Indien und Wiederherstellung meiner Position«, schreibt er an Tine. »Es ist folglich nicht darum zu tun, daß ich sage: Gebt mir soundsoviel, dann schweige ich, denn ich meine es so, wie ich es gerade gesagt habe. Ich werde für die armen Unterdrückten kämpfen, ich habe mir das jetzt als meine Berufung erwählt. Der Fromme würde sagen, der Herr habe mich dahin gedrängt, weil er mir alle anderen Auswege verschloß. Doch das gedoppelte Ziel kann durch korrespondierende Maßnahmen erreicht werden, nämlich einer höchst ehrenvollen Ernennung meiner Person mit einer veröffentlichten Hochschätzung, daß S. M. meine Handlungsweise approbiert und die der damaligen Regierung desavouiert. Das ist dann ein moralischer Triumph des Prinzips und ein materieller Gewinn für mich, der ich es – weiß Gott! – nötig habe.« Rehabilitierung seiner eigenen Person war also durchaus ein zentrales Anliegen, das er mit der Publikation des *Havelaar* verfolgte, aber es war im *Havelaar* wie auch in seinen Briefen jener Zeit immer unlösbar an die Bedingung geknüpft, daß man ihm eine hohe Stellung anbietet, die, wie er seiner Frau schreibt, »in mir ein Prinzip krönt«. Das ihm persönlich zugefügte Unrecht und Leid setzt er somit in Eins mit dem den Javanern zugefügten Unrecht und Leid. Er will um keinen Preis zulassen, daß sein Schicksal von dem des Javaners getrennt wird. Die Größe des humanistischen Prinzips der Wahrheit und Gerechtigkeit kann in ihm nur *gekrönt* werden, wenn die Regierung das Unrecht, das sie dem Javaner zugefügt hat, einsieht und zum Beweis ihrer Bereitschaft zur Abänderung der sozialen Misere in den Kolonien für jeden sichtbar, unmißverständlich und nachdrücklich ein Zeichen setzt, das der Höhe des Prinzips, das MULTATULI in sich gekrönt sehen möchte, angemessen ist. In diesem Sinne kann für MULTATULI das geforderte deutlich sichtbare Zeichen nur so gesetzt werden und akzeptabel sein, daß er, quasi stellvertretend für die Sache, auf Java, also in seinem alten Wirkungsbereich, wieder eingesetzt *und* befördert wird. Erwartungsgemäß war seine auch gegenüber dem Kolonialminister Jan Jacob Rochussen erhobene Forderung, ihn zum Residenten auf Java zu ernennen, für die Regierung unannehmbar. Sie hätte sich anderenfalls von MULTATULI demütigen lassen, sie hätte beglaubigt, was der »Anarchist« nicht aufhörte zu predigen: Nicht er habe sich zu ändern, sondern die Regierung.

Für den Fall der Erfüllung seiner absichtlich und berechnend so hochveranschlagten Forderung hatte MULTATULI geäußert, auf Dichterruhm verzichten zu wollen, also den enthüllenden und für viele kompromittierenden *Havelaar* nicht zum Druck freizugeben. Konnte er es eigentlich seinen zahlreichen politischen und literaturkritischen Gegnern noch einfacher machen, nach dem Beamten Dekker nunmehr auch den Schriftsteller MULTATULI zu Fall zu bringen? Man stempelte ihn zum unglaubwürdigen Egoisten, zum Heuchler und Scheinheiligen, der von reinem Eigennutz regiert würde. Sein angeblich so aufopferungsvoller Einsatz für den unterdrückten Javaner sei in Wirklichkeit eine schändliche Lüge, ein unaufrichtig gehandhabtes Mittel, dessen er sich einzig und allein zu dem Zweck bediente, die Regierung unter Druck setzen zu können, auf seine Forderung nach Wiederaufnahme in den Staatsdienst einzugehen. Ich glaube, man kann MULTATULI vieles vorwerfen, aber keinesfalls, ein so ungeschickter und verabscheuungswürdiger Heuchler gewesen zu sein, dessen Intelligenz gerade ausreichte, mit einem Schild um den Hals herumzulaufen, auf das er, um seine Scheinheiligkeit zu vertuschen, die Worte »Ich bin ein ehrenwerter Mensch« gemalt hatte. W. F. Hermans nimmt die, ein Beamten- und Schriftstellerleben lang, an den Tag gelegte unbeugsame Aufrichtigkeit MULTATULIS zur Voraussetzung, um für dessen Bereitschaft zur Nichtveröffentlichung die Erklärung zu finden, daß MULTATULI als hoher Beamter im Kolonialdienst zweifelsohne schneller, einfacher und erfolgversprechender für die Sache des Javaners hätte wirksam werden können denn als Literat. Die spätere Aufnahme der engagierten Literatur MULTATULIS, auf die ich noch näher eingehen werde, scheinen ihm recht zu geben. Es kann indessen nicht davon ausgegangen werden, daß MULTATULI bereits z. Zt. der Abfassung seines *Havelaar* die Möglichkeiten der Literatur, verändernd auf die realen gesellschaftlichen Verhältnisse einzuwirken, realistisch eingeschätzt hat. Dennoch wird er sich auch 1859 nicht der phantastischen Illusion hingegeben haben, dank seiner Genialität brauche er nur die Feder aufs Papier zu setzen und schon habe er die Welt verbessert. Sicherlich brauchen gerade sozial engagierte Schriftsteller zuweilen diese kraftgebende Quelle großer Illusion, um überhaupt schreiben zu können – romantische Idealisten und blinde Fanatiker mögen sich dies ein Leben lang vormachen können –, daß aber MULTATULI mit seinem Wissen um die kleinbürgerliche Angst und die spießbürgerliche Moralauffassung seines potentiellen holländischen Publikums nicht geglaubt hätte, vor Ort und als Mann der Tat bessere und schnellere Veränderung der sozialen Mißstände bewirken zu können, das scheint mir nicht denkbar.

Hinsichtlich seiner Bereitschaft, den *Havelaar* nicht erscheinen zu lassen, können m. E. die nachfolgend aufgeführten Punkte den Vorwurf der Unglaubwürdigkeit und des bloßen Eigennutzdenkens entkräften:

- Aufgrund seiner langjährigen Erfahrung im ostindischen Kolonialdienst wußte Dekker/MULTATULI, was er mit seinem augenblicklichen und vor allem fortgesetzten Einschreiten gegen den Despoten Karta Natta Negara riskierte.
- Spätestens als er seine Versetzung – unter Beibehaltung von Rang und Gehalt – nicht akzeptierte, sondern um Entlassung nachsuchte, stellte er die Sache des mißhandelten Javaners nicht nur über die allgemein bekannten Interessen der niederländischen Autorität, sondern auch über seine persönlichen materiellen Interessen.
- Am 9. April 1856 verfaßte er einen weiteren Brief an den Generalgouverneur Duymaer van Twist, den er indessen nicht abschickte und den weder er noch seine Witwe jemals publizierten, der vielmehr erst 1937 und 1939 von E. du Perron herausgegeben wurde. »Ich bitte Eure Exzellenz«, heißt es dort, »nicht für mich. Ich verlange Gerechtigkeit für die mit Füßen getretene Menschheit. Ich werde dies dem König kundtun, indem ich auf die Juwelen seiner Krone zeige, und Holland, indem ich auf sein Kapital zeige: Diese Juwelen sind gestohlen, dieses Kapital ist geraubt. Euer Überschuß ist ein Baum, der seine Wurzeln in einem Sumpf von Ungerechtigkeit hat. Und wenn das nichts nützt? Ich werde alle Sprachen erlernen, um es in Verse zu bringen, auf daß die Mütter es ihren Kindern anzeigen: Es liegt ein Raubstaat an der See zwischen Ostfriesland und der Schelde.«
- Die erläuterte In-Eins-Setzung seines persönlichen, seines familiären und des javanischen Schicksals ist gerade wegen des übertriebenen Ausmaßes seiner Forderung glaubhaft; MULTATULI mußte wissen, daß aus den o. a. Gründen ihre Erfüllung nichts als reine Utopie sein konnte, was für seine Bereitschaft zur Nichtveröffentlichung folgende Schlüsse nahelegt: Sie ist von vornherein ebenso utopisch wie die Erfüllung seiner Forderung; als Utopie, die eine Utopie voraussetzt, hat sie sich so eindeutig der Realität entzogen, daß sie nur schwerlich ernst genommen werden kann ...
- Im Januar 1858 schreibt MULTATULI Van Twist einen langen Brief und bittet, ihm bei seinem Bemühen, wieder in den Kolonialdienst übernommen zu werden, zu helfen. »Ich bin ärmer als der

ärmste Tagelöhner«, schreibt er, aber auch: »Anders dienen, als ich in Lebak diente, kann ich nicht.«

Wenn man so will, ist der *Havelaar* und mit ihm die gesamte nachfolgende schriftstellerische Produktion MULTATULIS die Fortsetzung des auf Java begonnenen Kampfes um die Durchsetzung seines humanistischen Prinzips, für das er in seinen *Minnebrieven* (1861) die Kurzformel gebrauchte: »Die Berufung des Menschen ist es, Mensch zu sein«. »Multatuli war ein typischer Vertreter des neunzehnten Jahrhunderts, der zwar der Meinung war, daß der sechste Erdteil, der Mensch, seinen Kolumbus noch nicht gefunden hatte, der aber wohl an die Möglichkeit der Kenntnis vom Menschen und der Selbsterkenntnis glaubte, der an die Möglichkeit der menschlichen Wahrheit glaubte – Lügen und auch Religion gegenüber – und an die Möglichkeit einer autonomen Sittenlehre, nicht so anspruchsvoll übrigens und in der Praxis so entgegengesetzt wie die heteronomen Zehn Gebote. Ohne all dies wäre er weder der Mann von Lebak noch unser bedeutendster Moralist geworden. Seine prinzipientreue Haltung als Beamter, seine polemische Haltung als Autor finden darin ihren Grund und ihre Rechtfertigung« (Garmt Stuiveling). In vielem den französischen Enzyklopädisten, vor allem Voltaire und Diderot, verpflichtet und immer bereit, getreu der Maxime Montesquieus die Interessen der Menschheit und der Menschlichkeit höher anzusetzen als die (nur) persönlichen: das blieb bei ihm nicht nur ein schönes Lippenbekenntnis, vielmehr war es ihm immer unabdingbare Verpflichtung zum Handeln. Den Beruf des Autors als Berufung anzunehmen, das bedeutete für diesen aufgeklärten Menschen, niemals der Wirklichkeit zu entfliehen und sich fernab vom Pulsschlag des Lebens beschauliche Oasen des Vergessens zu erträumen, sondern die mitten im Leben gemachten Erfahrungen in der Literatur aufzugreifen und so einzusetzen, daß sie wieder auf das Leben zurückzuwirken vermögen, zur Verbesserung sozialer und moralischer Mißstände, um jeden einzelnen in sein menschenwürdiges Recht zu setzen. *Seine* Literatur war also für ihn kein Eskapismus, keine Einladung zu einem »interesselosen Wohlgefallen«, sondern tatkräftiges politisches Handeln und Aufforderung zur nicht minder tatkräftigen Parteinahme. Literatur machen, Schriftsteller sein, das hieß für ihn, ein Machtinstrument einzusetzen, sich eines Kampfmittels zu bedienen, denn insofern für ihn das ganze Leben Kampf war, ist es die mit dem Leben aufs engste verknüpfte Literatur auch. Bestrebt, in sich selbst das menschliche Prinzip zu krönen, wechselt MULTATULI, indem er den *Havelaar* schreibt, lediglich das Pferd; Reiter und Ziel bleiben unverändert, Leben und Werk sind zu einer selten so offensichtlichen Einheit verschmolzen. Das trifft gewiß nicht nur für den *Havelaar* zu, aber dieser autobiographisch angefüllte Enthüllungsroman ist der geeignetste Ausgangspunkt, um in das Gesamtwerk MULTATULIS einzusteigen, vorausgesetzt, man nimmt ihn nicht für das Ganze.

Briefe, Reden, Dokumente, Berichte, Erzählungen usw., angelegt auf verschiedenen Zeit-, Orts- und Handlungsebenen, setzen sich in diesem Roman zu einer dennoch harmonischen Romanstruktur zusammen, umreißen zumeist im Stil dokumentarisch-erzählender Literatur den indischen Lebensabschnitt Dekker/MULTATULIS; der immer wieder unterbrochene Zeitraum der Haupthandlung des Werkes entspricht natürlich der Lebak-Periode. Ausbeutung und Mißhandlung des Javaners werden als die realen Folgen des niederländischen Verwaltungssystems und seiner festgefahrenen Bürokratie dargestellt und unter überdeutlicher Anklage auf dem Schuldkonto der niederländischen Regierung verbucht. In einer der ersten Rezensionen spricht der *Spectator*-Kritiker Robidé van der Aa über den *Havelaar* als den Versuch MULTATULIS, »die Niederlande vor dem Gerichtshof Europas anzuklagen«. In der rührenden Idylle von Saïdjah und Adinda (S. 23 ff. dies. Ausg.), einer javanischen Dorfgeschichte, typisiert MULTATULI das ganze Ausmaß des Elends der javanischen Bevölkerung. Schwerlich wird diese Geschichte – welcher holländische Schulabsolvent kennt sie nicht? – heute anders anmuten können denn als stellenweise doch zu pathetisch-überladen, ja gelegentlich als zu kitschig-romantisch für die literarische Anverwandlung einer so unbarmherzig brutalen javanischen Alltagsrealität. Saïdjahs Leidensgeschichte ist indessen auch im *Havelaar* untypisch und schon mit dessen Erscheinen für die Gegner MULTATULIS ein willkommener Anlaß gewesen, um ihm die Neigung zur übertriebenen literarischen Verkehrung der realiter angeblich so katastrophalen Verhältnisse anzulasten, sprich: ihn als unglaubwürdigen Märchenerzähler hinzustellen. Am Schluß des Romans ergreift MULTATULI selbst das Wort, löst quasi seine Figur des Havelaar ab, denn er will »kein sanftmütiger Träumer wie der getretene Havelaar« (mehr) sein und präsentiert sich statt dessen als unbedingten Mann der Tat, der in Zukunft den Javanern alles andere sein will als (nur) ein »fliegenrettender Dichter«. Er gelobt, »Rettung und Hilfe« zu leisten, »wenn es sein *kann*, auf dem Wege des Gesetzes, wenn es sein *muß*, auf dem *rechtmäßigen* Wege der Gewalt. Und das würde sich auf die Kaffee-Auktionen der Niederländischen Handelsgesellschaft sehr nachteilig auswirken.« Er warnt davor, daß man bald von einem »Raubstaat an der See, zwischen Ostfriesland und der Schelde« singen könnte, und stellt dem König, nein, dem »Kaiser des prächtigen Reiches Insulinde, das sich wie ein smaragdener Gürtel um den Äquator schlingt«, die vertrauensvolle Frage, ob es sein kaiserlicher Wille sein könne, »daß da drüben über dreißig Millionen Untertanen mißhandelt und ausgesaugt werden in *Deinem* Namen?« Eine naive Frage, die an die deutsche Romantikerin Bettina von Arnim und ihr Werk *Dies Buch gehört dem König* (1843) erinnert, in dem diese sich ähnlich naiv an König Friedrich Wilhelm IV. von Preußen wendet, der doch imstande sein müßte, mit einem einzigen Federstrich dem allgemeinen »Massenelend« Einhalt zu gebieten und ein Zeitalter allgemeinen Glücks zu gründen.

Naivität, Gutgläubigkeit, vorschnelles Vertrauen in angebliche Helfer und Freunde, aber auch ein gelegentlich nicht zu übersehender Unverstand für die Zusammenhänge politischer und wirtschaftlicher Machtinteressen finden sich wiederholt bei MULTATULI. Sie werden auch bei seiner zweiten großen Enttäuschung, der literarischen, eine nicht unwichtige Rolle spielen.

Die Literatur, nein, *seine* Literatur sollte den Leser nicht zu beschaulichen Lesestunden einladen, sie sollte unbequem sein, wachrütteln, zur Tat erziehen, den Leser nicht fesseln, sondern in ihm Einsicht, Kraft und Willen freisetzen, um die Welt zu verändern. Anders gesagt, sie sollte ihn zur Wirklichkeit und zu den notwendigen Schritten ihrer Veränderbarkeit befähigen. Die Wirklichkeit, das ist für den *Havelaar* die Wirklichkeit des ausgesaugten Javaners und die Wirklichkeit im eigenen Land, die Wirklichkeit der skrupellosen niederländischen Kolonialinteressen, der Regierungspolitik, aber auch die Wirklichkeit der Unbeweglichkeit, der Starrköpfigkeit, der Scheinheiligkeit usw., die MULTATULI allenthalben in den Niederlanden antrifft. Wie gesagt, er hielt *seine* Literatur für befähigt, auf breiter Front eine Anleitung und Erziehung zum praktischen gesellschaftspolitischen Handeln, ein unfehlbares Instrument zur Verbesserung des Bürgers zu sein. Er sollte grenzenlos enttäuscht werden. Die niederländische Gesellschaft von 1860, dem Erscheinungsjahr des *Havelaar*, war, wie Garmt Stuiveling wohl zurecht anzeigt, am allerwenigsten befähigt, diese Hoffnung zu erfüllen. Zwar gab es in der Zweiten Kammer des Parlaments am

25. September 1860 sogar eine Interpellation bezüglich des *Havelaar*-Romans – dessen Enthüllungen hätten, so der liberale Abgeordnete Van Hoëvell, der mit Abstrichen als ein Vorläufer der »ethischen Politik« Multatulis gelten kann, »ein Schaudern durch das Land gehen lassen« –, aber erneut dachte niemand daran, MULTATULI und/oder dem geknebelten Javaner Gerechtigkeit widerfahren zu lassen. Statt dessen wählte man im regierungspolitischen Lager das schlimmste Mittel, um die politische Wirkung des *Havelaar* auf Sparflamme zu halten, nämlich Ignoranz, aktive Ignoranz. Man scheute keine Mühen, das Buch totzuschweigen. Die diplomatisch so kluge Antwort, die Van Twist, der jetzt Generalgouverneur i. R. war, dem Interpellanten zuteil werden ließ, genießt durchaus stellvertretenden Charakter für die »offizielle Meinung« innerhalb der einflußreichen Gruppierungen der damaligen Niederlande: »Ich werde mich zu diesem Buch [...] nicht äußern. Ich glaube, daß die Kammer dies auch nicht von mir verlangen wird. Ich bin der Meinung, daß aus dem, was der Verfasser dieses Buches zu sagen beliebt, für mich keine Verpflichtung, Rechenschaft abzulegen, entstehen kann. Und ich bin des weiteren der Meinung, daß ich mit dem, was ich über dieses Buch und seinen Verfasser sagen könnte, dem Anschein der Parteilichkeit nicht entgehen könnte. Ich werde mich also zu diesem Buch nicht äußern.«

Die zweite Ursache für das Ausbleiben des erhofften schnellen literarischen Erfolges hängt damit zusammen, daß der in Publikationsdingen noch unerfahrene MULTATULI das Copyright für seinen *Havelaar* unüberlegt und allzu vertrauensselig dem Steuerstaatsanwalt und Romancier Jacob van Lennep übertrug, weil dieser versprochen hatte, einen Verleger zu besorgen. Auf zweifachem Wege versuchte Van Lennep, die aktuelle politische Wirksamkeit des Buches zu mindern bzw. Schaden von dem Königreich der Niederlande abzuwenden. Zum ersten strich er Ortsnamen, Jahreszahlen, kleinere Passagen und ersetzte ausgeschriebene Namen durch ihre Initialen; der Schaden war indes nicht so groß, da Van Lenneps Eingriffe keineswegs so weit gingen, dem Buch seinen erkennbaren brisant-aktuellen Bezug zu nehmen. Zum zweiten hat v. L., im Verbund mit dem Verleger De Ruyter, gegen den ausdrücklichen Willen MULTATULIS dafür gesorgt, daß der *Havelaar* nicht sofort in jedermanns Hände kam (Erstaufl., Mai 1860: 1300 Exemplare), und vor allem, daß er in Indien nur sporadisch (100 Exemplare) und erst sehr spät verbreitet wurde. Van Lennep erklärt sich in einem Brief wie folgt: ». . . hab' ich es für meine

Pflicht als Niederländer erachtet, Ihr Buch den Mächtigen, den Klugen und Gebildeten unserer Nation, hier wie in Indien, bekanntzumachen; diese Pflicht würde ich gewiß verletzt, ja Verrat an meinem Vaterland verübt haben, hätte ich Ihr Buch dazu benützt, um den Abschaum der Nation, hier wie in Indien, zu bewegen, den Morddolch zu wetzen und die Fackel der Zerstörung zu schwingen und unendliches Unheil über das Land meiner Geburt auszuschütten.« »Diese Erklärung«, kommentiert J. Prinsen 1910, »ist bezeichnend für die damalige Zeit. Multatuli hatte das Buch für 1 bis 1,50 Gulden in den Handel bringen wollen. Van Lennep sorgte dafür, daß es 4 Gulden kostete [Dieser Betrag entspricht in etwa dem Wochenlohn eines Arbeiters in der damaligen Zeit; MSF]. Nun weiß man exakt, wo für Van Lennep die Grenze zwischen dem Abschaum der Nation und den Klugen und Gebildeten lag.«

Um für längere Zeit beim Hauptwerk MULTATULIS zu verweilen, hatten wir ihn in dem ärmlichen Brüsseler Gasthaus *Au Prince Belge* verlassen, wo er sich in kürzester Zeit seinen *Havelaar* von der Seele schrieb. Wenn wir jetzt in gedrängterer Form seinen weiteren Lebensweg Revue passieren lassen, so können wir bereits vorwegnehmen, daß ihm der erhoffte literarische Erfolg noch annähernd zehn Jahre verwehrt bleiben wird, zehn Jahre, die er in zeitweilig größter Armut durchstehen mußte. Aber – wie hieß es doch auf den letzten Seiten seines *Havelaar*?: »Dieses Buch ist eine Einleitung.« Es sollte in jeder Hinsicht so sein.

Im August 1861 erscheint das Buch *Minnebrieven* (»Liebesbriefe«), weitgehend eine Wiederaufnahme der *Havelaar*-Sache, angefüllt mit fiktiven Briefen zwischen ihm und *Fancy*, aber auch mit wirklich gelaufenen zwischen ihm und seiner Frau Tine, ferner mit Märchen, Parabeln, diversen Pamphleten, Dokumenten usw., insgesamt ein ohne Kommentare kaum zu verstehendes Konglomerat der verschiedensten Andeutungen (»Ich will, daß man meine Liebesliedchen im Anfang falsch versteht«, heißt es in einem Brief an den Verleger Günst vom 10. Juli 1861), eine kreative Selbstanalyse, wenn man so will, eine Art Standortbestimmung.

Von 1862–1877 erscheinen die sieben Bände seiner *Ideeën*, die nicht weniger als 2646 Seiten der von Garmt Stuiveling besorgten MULTATULI-Gesamtausgabe ausmachen. – Mitten in die Publikation seiner politischen Kampfschrift *Over Vrijen Arbeid in Nederlandsch-Indië* (1862) schaltet MULTATULI einen Brief ein, in dem er seinen

Verleger d'Ablaing van Giessenburg über das von ihm geplante *Ideen*-Werk in Kenntnis setzt: »Nein, es soll nicht heißen, niemand habe versucht, den Fluch zu bannen, der auf dem Volke lastet. Es soll nicht heißen, niemand hätte sich mit dieser zersetzenden Krankheit auseinandergesetzt, an der das Volk leidet. Ich werde mein mögliches tun. – Ich ersuche Sie, die Edition eines Werkes zu besorgen, das ich soeben bedacht habe. – Ich werde bei der Abfassung nach *Wahrheit* streben. – Allein das ist mein Programm, mein einziges Programm. – Ich werde offerieren: Berichte, Erzählungen, Geschichten, Parabeln, Anmerkungen, Erinnerungen, Romane, Prophezeiungen, Mitteilungen, Paradoxien ... – Ich hoffe, daß in jedem Bericht, in jeder Mitteilung, in jeder Bemerkung eine Idee liegen wird. – Nennen Sie also mein Werk: IDEEN. Mehr nicht.«

1871 erscheint das Buch *Duizend en enige hoofdstukken over specialiteiten* (»Tausendundein Kapitel über Spezialitäten«), eine spezialisierte Auswahl aus seinen *Ideen*-Bänden. Unter dem Motto »The right man on the right place« – man erinnert sich zurecht an Van Twists ursprüngliche Meinung, MULTATULI wäre »der rechte Mann auf dem rechten Platz«, nämlich dem Posten des Assistent-Residenten von Lebak – überträgt MULTATULI mit zuweilen beißendem Spott den Begriff der »Spezialität« auf Personen, etwa Politiker, etwa den besagten Van Twist: »Ein Straßenfeger, der sich nicht auf das Fegen versteht und sich auf nichts anderes versteht, als nicht fegen zu können, das ist eine Spezialität« (aus: »Definition der Spezialität«, S. 95 f. der vorliegenden Ausg.). Muster so gearteter »Spezialitäten« ist ein Bäcker, getreu MULTATULIS Haßliebe gegenüber der niederländischen Gesellschaft natürlich ein niederländischer Bäcker, der ein einmaliger Fachmann für die Zubereitung verdorbener und ungenießbarer Backwaren ist.

1873 erscheinen die *Miljoenen-studiën* (»Millionen-Studien«), MULTATULIS einzige Buchveröffentlichung nach 1862, die ausschließlich zur Publikation außerhalb der sieben *Ideen*-Bände vorgesehen war. Seine Entstehung verdankt dieses erstaunlich moderne Buch u. a. Beobachtungen in den Wiesbadener Spielsälen. Aufgenommen sind Geschichten über reiche Nichtsnutze und die doppelte Moral ihrer Gattinnen (z. B. die Erzählung »Pfui!«, S. 96 ff. der vorliegenden Ausg.), über Betrüger und über Verzweifelte, die ihren buchstäblich letzten Einsatz wagen und ... gewinnen, aber auch mathematische Ausführungen *und* Widerlegungen »todsicherer« Gewinnsysteme (schon 1866 hatte sich MULTATULI in Bad Homburg ein Roulettespielsystem ausgedacht, ausprobiert, und er ... verlor; in Wiesbaden war es nicht anders).

Die äußeren Lebensumstände sind schnell erzählt. Tine und den beiden Kindern – sie wohnten zuerst in Brüssel und dann in mehreren verschiedenen Orten – konnte er nur sehr selten kleinere Geldbeträge zukommen lassen. Ihn selbst führte von 1862–1865 ein unstetes Wanderleben mal nach Amsterdam, mal nach Den Haag oder Brüssel. Januar 1866 bleibt er einem gegen ihn in Amsterdam anberaumten Gerichtstermin fern – er hatte als heldenhafter Kavalier in einem Variété Schläge ausgeteilt, um die Ehre einer im Publikum mit ordinären Aussprüchen bedachten Sängerin zu verteidigen – und flüchtet nach Deutschland. In Mainz, Koblenz und Köln lebt er zusammen mit Mimi Hamminck Schepel, seiner Geliebten, die er 1862 kennengelernt hatte und die ihm nach Deutschland gefolgt war. 1867 wird er Auslandskorrespondent der Zeitung *Oprechte Haarlemmer Courant* und schreibt für 25 Gulden im Monat anonyme »Bulletijntjes van de Rijn« (»Kleine Bulletins vom Rhein«). Angeblich gab er, wie vereinbart, deutsche Zeitungsberichte wieder, aber er hatte kein Geld, um diese Zeitungen zu kaufen, also erfand er den *Mainzer Beobachter*. Als man ihm schließlich 1869 auf die Schliche kam, versiegte mit der erfundenen auch seine Geldquelle. 1870 versucht er mit Tine und Mimi in Den Haag eine »ménage à trois«, mit dem Ergebnis, daß Tine und die Kinder sich nach Italien absetzen, während Dekker/MULTATULI mit Mimi nach Deutschland (zuerst Mainz, dann Gustavsburg und Wiesbaden) zurückkehrt. Mitten aus seiner Arbeit – er schrieb zu dieser Zeit an seinem dritten *Ideen*-Band – teilt er 1870 der für kurze Zeit verreisten Mimi mit: »Ich arbeite! Ich arbeite. Und mit einer Freude und einem Elan, daß es geradezu verblüffend ist. Beiliegenden Brief nicht abgeschickt, weil ich keine Briefmarke hatte. Aber jetzt werde ich meinen Schirm verkaufen. So arm? Nein, ich bin sehr zufrieden. Ich bin voll und ganz bereit, Wunderwerke zu tun, und das wollen wir jetzt gleich mal probieren.«

Ende 1870 ziehen MULTATULI und Mimi nach Wiesbaden, wo sie fast zehn Jahre wohnen werden. Es sollte, erstmals auch in finanzieller Hinsicht, eine gute Zeit werden. Maßgeblichen Anteil an dieser Verbesserung ihrer Verhältnisse hatte das solide kaufmännische Geschick des Verlegers George Lodewijk Funke, den MULTATULI im Juli 1871 kennengelernt hatte und der fortan die Edition seines Werkes besorgte. Am 1. März 1875 kommt es in der Universitätsstadt Utrecht zur Uraufführung des Theaterstücks *Vorstenschool* (»Fürstenschule«), das er bereits 1872 als Teil seiner *Ideen*-Bände verfaßt hatte. Als er in Rotterdam die zweite Aufführung seines Stückes besucht, wird der 55jährige mit Ovationen überhäuft. Die gesamte Tournee wurde ein großer Erfolg. Daß sie es auch in finanzieller Hinsicht wurde, verdankt MULTATULI den unermüdlichen Bemühungen der zeitweilig mit ihm sehr gut befreundeten Mina Krüseman, einer Schauspielerin und bekannten holländischen Vorkämpferin der Frauenrechtsbewegung, die für ihn ungewöhnlich gute Honorarkonditionen ausgehandelt und selbst die weibliche Hauptrolle des Stückes übernommen hatte. Die Freundschaft zerbrach während der Proben, an denen MULTATULI beratend teilnahm und seinem Mißmut über die schauspielerische Leistung Mina Krüsemans ungeschminkt freien Lauf ließ. An Mimi schreibt Mina Krüseman, die während einer Italienreise Dekkers Frau Tine besucht hatte, die mit den Kindern Edu und Nonnie in Venedig lebte und auf die Unterstützung von Freunden und Bekannten angewiesen war: »Glaubst Du eigentlich, daß Douwes Dekker in diesem Land des ewigen Trotts und der überkommenen Gesellschaftsformen große Aussichten auf Sympathie hat, wenn er sich anschickt, in Begleitung seiner Mätresse den Proben seines Dramas beizuwohnen, während seine Kinder irgendwo in Italien sitzen?« Es sei dahingestellt, wie sich Dekker/MULTATULI in der auch für ihn sicherlich ungemein entbehrungsreichen Zeit von 1860 bis 1870 um seine Frau gekümmert und ob und wie seine Frau dies überhaupt von ihm verlangt hat. Gewiß, er hat ihr regelmäßig geschrieben – die Briefe sind herzlich, voller Hochachtung und von einer vorbehaltlosen Ehrlichkeit –, und auch nach der endgültigen Trennung um 1866 riß der Briefverkehr nicht endgültig ab, aber er hat Tine und die Kinder schon vor 66 nur selten gesehen, nach 66 nie mehr. Tines Briefe aus der Zeit ihrer ersten Trennung sind keineswegs verbittert; sie glaubt nach wie vor an ihn, besitzt noch die Kraft, ihn zu ermutigen, stellt keine Forderungen, außer der, daß er aufrecht und unbeugsam seinen kämpferischen Weg durchsteht. Opfert sie sich auf, fügt sie sich schließlich resignierend in ihr vermeintliches Schicksal? Wie kann man dieser Frau, die so viel für MULTATULI getan hat, gerecht werden, ohne Gefahr zu laufen, sie doch nur mit Mitleid oder letztlich mit Unverständnis zu bedenken? »Pfui, mein Herr«, heißt es im Vorspann seiner größtenteils autobiographischen *Minnebrieven* (1861), »sagen Sie von mir aus, daß der Mann wegen seiner *Kinder* leidet, aber beziehen Sie nicht die *Frau* mit ein, als wäre auch sie ein belastender Posten seines Elends! Hilft sie ihm nicht? Tröstet sie ihn nicht? Sollte er etwa ohne sie stärker sein? Verdammt noch mal! Warum hat sie ihn dann geheiratet? Sie muß doch einstmal ›ja‹ gesagt haben, als er sie fragte, ob sie Freud und *Leid* mit ihm teilen wolle?« Und er? Wie hat er *ihr* Leid geteilt, als er durch ständige Abwesenheit glänzte? Vor allen Dingen: Wie hat er das Leid seiner Kinder geteilt? Kann es sein, daß neben all seiner weltverbessernden Absicht sein Individualismus und sein Egoismus so groß waren, daß er gegen alles aufbegehrte bzw. alles von sich wies, was seiner persönlichen »Freiheit« hätte Fesseln anlegen können? An seinem nach 1870 einsetzenden Erfolg jedenfalls konnte Tine nicht mehr partizipieren: Sie starb am 13. September 1874 in Venedig. Bei ihrer Beerdigung war er nicht zugegen; (angeblich) konnte er das Fahrgeld nicht aufbringen . . .

Am 1. April 1875 heiratete er in Haarlem Mimi Hamminck Schepel. 1879 zogen sie von Wiesbaden nach Giesenheim. Bis 1880 unternahm er mehrere erfolgreiche Vortragsreisen in die Niederlande; anläßlich der letzten hielt er in nur zwei Monaten 37 Vorträge. Zunehmend litt er an Asthma, so daß weitere Tourneen nicht mehr möglich waren. 1881 bezieht er mit Mimi eine Landvilla in Nieder-Ingelheim, die ein nicht mit letzter Sicherheit feststellbarer Gönner – vielleicht war es der Amsterdamer Millionär Dr. Johannes Zürcher – für sie erworben hatte.

Seine letzte literarische Produktion datiert aus dem Jahr 1877. 1884 bekennt er in einem Brief: »Ich bin müde vom ewigen Hin-und-her-Gerede, müde von der Schärfe der Auseinandersetzung, müde von vergeblichen Mühen, müde von der Enttäuschung, müde von der Anstrengung. Müde schließlich von meiner eigenen Rechthaberei.« Im Alter von 66 Jahren stirbt er am 19. Februar 1887 in Nieder-Ingelheim; er erstickte an einem Asthma-Anfall. »Das Asthma«, ließ er Mitte 1883 einen Freund wissen, »schreibe ich hauptsächlich moralischen Ursachen zu. Mir ist aufgefallen, daß es mit Ärger zusammenhängt, und daran gebricht es mir nicht.«

ÄRGER. Ärger, Leid und Schmerz. »Der heftigste Ausdruck des Schmerzes ist Sarkasmus« (Idee 324). »Kein Autor war jemals seinen Zeitgenossen so wenig schuldig wie ich« (Idee 735). »Ich kenne sehr wenige Menschen, die lesen können« (Idee 502). »Kein Schrifsteller ist gescheit genug, um die Dummheit seiner Leser zu begreifen« (Idee

523). »Publikum, ich verachte dich mit größter Innigkeit« *(Minnebrieven).* »Die Verachtung für mein Publikum ist eine der hauptsächlichen Ursachen meiner Gelähmtheit. Ich spreche zu einem Tauben!« (1861). »Eine andere Position als die des Diktators kann ich nicht einnehmen. Nach Vollzug würde ich mich in meine Klause zurückziehen, denn ich habe keinen Ehrgeiz im gewöhnlichen Sinne. Dazu bin ich der Welt viel zu überdrüssig, der sogenannt demokratischen nicht minder als der übrigen« (1873, auf einem Parteikongreß von Demokraten in Antwerpen). »Ja, wenn ich die Macht gehabt hätte, nach der ich in bester Absicht immer gestrebt habe, ich hätte Hunderte von Köpfen rollen lassen. Vielleicht Tausende« (aus einem Brief, geschrieben in seinem letzten Lebensjahr). – Da kann man sich ja, zumindest im ersten Moment, schon fast freuen, daß seine 1867/1868 für kurze Zeit gehegte Hoffnung, in die niederländische Regierung berufen zu werden, keine reale Basis hatte. In seinem diesbezüglichen Programm hielt er es übrigens für unumgänglich, ein Bollwerk gegen das »eroberungssüchtige« Preußen zu errichten (*Een en ander naar aanleiding van J. Bosscha's Pruisen en Nederland* [»Dieses und jenes aus Anlaß von J. Bosschas Preußen und die Niederlande«], Amsterdam: Van Helden 1867).

Was ist das für ein Mann, der, wenn er sich 1884 – also drei Jahre vor seinem Tod – über die vergebliche Liebesmühe Henrik Ibsens (1828–1906) ausläßt, zugleich ein illusionsloses Fazit seiner eigenen schriftstellerischen Tätigkeit zieht, das die gesellschaftliche Wirkungslosigkeit der Literatur konstatiert und die »wirkliche Tat« nurmehr durch Geld, Macht und Gewalt für machbar erachtet. »Ich achte diesen Mann«, bekennt er von Ibsen, »und zugleich bedaure ich ihn, wenn er nach wie vor der Meinung ist, mit Schriftstellerei etwas bewirken zu können. Seine schlimmsten Feinde, oder vielmehr seine hartnäckigsten Widersacher, sind die, die ihm zujubeln, die alles schön finden! Es ist meine tiefe Überzeugung, daß es in der Praxis nur eine einzige Waffe gibt, nämlich Gewalt! Um die praktizieren zu können, bedarf es der Macht, und um diese zu bekommen: des Geldes! Jene, denen daran gelegen ist, daß Fäulnis und Moder auch in Zukunft voranschreiten, werden dafür sorgen, daß diese Quelle für ihre Gegner unzugänglich bleibt.«

Wie kann man das Rätsel, das die Person MULTATULIS aufgibt, lösen? Was kennzeichnet ihn vor allem, diesen berufenen Rebellen, diesen »Virtuosen des Sarkasmus« (C. Busken Huet), diesen einzigen revolutionären Schriftsteller der Niederlande im 19. Jh., der wie Nietzsche um keinen Preis als kunstvoller Autor verkannt werden wollte, weil er sich ausschließlich der Wahrheit verbunden fühlte (»Ich habe niemals etwas erfunden«, Idee 230) und keinesfalls der formalen dichterischen Schönheit, der sich zutiefst verletzt zeigte, sobald »Mussjöh Publikum« es wagte, sich lediglich am schönen Gewand seiner Literatur zu delektieren, um ihre eigentlichen Inhalte und Intentionen geflissentlich zu überlesen, weshalb er dieses Publikum mit Verachtung strafte und über Jahre hinweg leidenschaftlich beschimpfte, mit unverhohlener Offenherzigkeit? Sollte man diesen Mann als einen »Neurastheniker« abtun, dessen Leben »eine einzige Krankheitsgeschichte« war und der »mehr als einmal sogar die Grenzen des Größenwahnsinns überschritt« (Th. Swart Abrahamsz, seines Zeichens Arzt; ferner Neffe MULTATULIS)? Ist er letztlich nur eine gescheiterte Existenz, weil »er sich als Mann der Tat wähnte«, obwohl er in Wirklichkeit »ein Mann des Gedankens und der Phantasie« war, dessen »Verachtung für die Kunst eben die große, falsche Vorstellung war, die sein Leben scheitern ließ« (Van Deyssel)? Ist dieser MULTATULI, um das Räsel literatur- und ideengeschichtlich aufzuschlüsseln, »ein Nachzügler des 18. Jahrhunderts [gemeint ist vornehmlich Rousseau, aber auch Voltaire; MSF], der seine Erziehung in der Blütezeit der Romantik erfahren hatte, von der er als Künstler ein Nachblüter war« (te Winkel)? Ist er – wie Sigmund Freud, dessen Lieblingsautor unter anderen er war, meinte – »der große Denker und Menschenfreund«? Ist er der »Wiedertäufer-König, der sich den ›Kindern von Insulinde‹ wie ein Nietzsche präsentiert«, »gefühlsheiß und edel«, versehen mit der »abstrakten Radikalität des ›Bourgeois mit Kavaliersblut, der die rote Fahne entrollt‹ (G. B. Shaw)« (Peter Brückner, der Sozialpsychologe)? Ist er, um der Fragerei ein Ende zu machen – die Meinungen über unseren Autor könnten Bände füllen – ein humanitärer Anarcho-Sozialist (Ist er überhaupt ein Sozialist?), ein sich »radikal« gebärdender Bürger (vom Typ Landauer oder Mühsam), ein schließlich ernüchterter romantischer Utopist, dessen allzu idealistisches Kartenhaus, nämlich allein mittels Aufklärung, Erziehung und Bildung gesellschaftliche Veränderung bewirken zu wollen, gleich beim ersten Windstoß zusammenfiel und der daraufhin nurmehr einen Ausweg sah, nämlich als quasi »liebevoller Diktator« kraft eigener Ernennung in einem weiteren Anfall von utopischer Hoffnung die Unbelehrbaren zu ihrem vermeintlichen Glück zu zwingen?

Um auf all diese Fragen hier eine angemessen kurze Antwort zu finden (oder es zumindest zu versuchen), wird ein Einstieg in MULTATULIS Idee 526 nützlich sein können: »Ich behaupte nicht, einer der besten Dichter zu sein – oder der beste –, aber ich glaube, daß es wenige oder keinen gibt, der so gut schreibt wie ich, gerade weil ich kein Dichter bin. Der Schrei der Mutter in diesem Märchen aus den *Minnebrieven* [›Der Impresario‹, S. 52f.] war ›so schön‹, gerade *weil sie keine Aktrice war.* So ›schön‹ würde jede wohlgeartete Mutter schreien, wenn sie ihr Kind in Gefahr sähe. Auf der Bühne jedoch würde sie es alsbald verlernen, wenn sie nach Versmaß schreien müßte. [...]. Wer am wenigsten Dichter ist, schreibt am besten, und meine Versicherung, daß ich mit *meiner* Schreiberei so hoch anzusetzen bin, läuft eigentlich darauf hinaus, daß ich zugebe, kein Dichter zu sein. Der *Havelaar* – ich meine das Buch – ekelt mich an, und ich kann das am besten zum Ausdruck bringen, indem ich denen, die mir versichern, das Werk ›mit soviel Vergnügen gelesen zu haben‹, antworte: ›Dann sind Sie ein verdammt widerwärtiger Mensch!‹ Und wenn nun ein ganzes Publikum sein ›Vergnügen‹ an soviel Leid findet ... dann antworte ich, wie ich es in dem ersten Werk tat, das von mir nach diesem ›Beifalls‹-Erfolg des *Havelaar* erschien: *›Publikum, ich verachte dich mit großer Innigkeit.‹* Dieser Impresario aus dem erwähnten Märchen wartete wenigstens noch mit seinem gemeinen Schön-Finden, bis das Kind gerettet war. Er störte die Mutter nicht bei der Rettung. Er begnügte sich mit Nicht-Helfen, mit stumpfsinniger Hartherzigkeit ... und, na ja, schließlich bot er der Frau auch etwas an, wenn auch nicht das, was sie nötig hatte. Dieser Mann machte sich lediglich der Verkennung eines Gefühls schuldig, und seine Unmenschlichkeit war lediglich Dummheit. Aber wenn ich seine Bewunderung für das Schreien als Beweggrund vorgebracht hätte, um Mutter und Kind unter Wasser zu halten? Wenn er gesagt hätte: ›Sie schreien *schön*, also saufen Sie ab mitsamt ihrem Kind!‹ Wie würdest du denn das gefunden haben, du Einer-wie-der-andere-Leser? Niederländer, wenn ihr das Wort ›absaufen‹ vulgär findet – ein Wort, das niemals über meine Lippen kam, denn *ich* bin nicht so grob –, dann bedenkt, daß ich zu euch spreche, zu euch, die ihr schlimmere Dinge verdauen könnt als gemeine *Worte.* Gemeine *Taten* stören den Verdauungsprozeß eurer Seelen nicht [...]. Jeder kann hier sehen, daß ich kein Dichter bin. Ein Dichter legt es darauf an zu gefallen. Ein Dichter ist *kokett.* Ein Dichter ist eine *Hure.* Wer es aber darauf anlegte, nüchterne Berichte dessen, was sich in seinem Gemüt abspielt, zu geben, ohne dabei an Schriftstellerei zu denken, der würde alsbald ›genauso schön‹ schreiben wie ich. *›Greift nur hinein, ins volle Menschenleben!‹* Richtig, Goethe!«

»Ins volle Menschenleben« hineinzugreifen, das heißt hier, alle Erfahrungen, die das Leben geben kann, zu suchen und für die Literatur nutzbar zu machen, um auf diesem Wege »Schritt für Schritt zur *Poesie der Wirklichkeit* emporzusteigen, die um so vieles höher steht als lieblich-schöngefärbte Träumerei«, wie MULTATULI in dem unvollendeten Roman von *Woutertje Pieterse* programmatisch feststellt. Um die ganze Wahrheit über den Menschen und sein gesellschaftliches Sein zu erkennen, mußte Walter, der Protagonist dieses unverkennbar autobiographischen Bildungsromans, »vor allem anderen mit dem Allerniedrigsten bekannt werden«. Die Wahrheit des Lebens, der Natur, sein »Gott der Notwendigkeit«, war für MULTATULI »das einzige erforderliche Kriterium des Geschmacks«. Und *Fancy*, seine bereits in den *Minnebrieven* erschaffene Muse und Briefpartnerin, ist mehr als die lediglich für jeden Schriftsteller unverzichtbare künstlerische Phantasie bzw. Quelle der Inspiration. Mit *Fancy* vollzieht sich, über den Anspruch der Romantik hinaus, MULTATULIS Bruch mit den gewohnheitsmäßigen Erwartungen zeitgenössischen Publikums an die Literatur. Sie ist nicht zuletzt »die erklärte Abkehr von einer Art Dichtertum, das vom Schriftsteller seitens des Publikums als eine unschuldige und unschädliche Beschäftigung erwartet wird« (Adriaan Morriën). *Fancy* – »Ich schreibe nur auf, was sie mir erzählt hat«, heißt es in Idee 230 – personifiziert den Versuch MULTATULIS, die träumerische und romantisch-utopische Distanz zur wirklichen Welt zu überwinden und einen sozialkritischen revolutionären Realismus zu begründen. So spricht MULTATULI, etwa in Idee 1120, von der »realistischen Fancy« und macht damit die Wirklichkeit von Leben und Natur zur einzigen von ihm geduldeten Quelle der Inspiration, die der Schriftsteller mit Verstand und Logik zu einer Wahrheit ausformen müsse, der eine politische und eine moralische Bedeutung eher zufalle als eine künstlerische. Mit ihrem »Bedürfnis nach Liebe, Wissenschaft und Kampf« (Idee 513) verkörpert *Fancy* »den Willen, die Kraft und schließlich den Sieg« *(Minnebrieven)*, den siegessicheren Machtwillen des Literaten MULTATULI, um jeden einzelnen in sein menschliches Recht zu setzen und das allenthalben beobachtbare Unrecht zu beseitigen. Solcherart erwartete MULTATULI von seiner Literatur, daß sie über das gewählte *Mittel* der literarischen Form das Typische gesellschaftlicher Prozesse und Verhältnisse gleichsam wie unter einem Vergrößerungsglas herausstellt, zu dem *Zweck*, gesellschaftliche Veränderung zu bewirken. Das Ergebnis mußte für ihn enttäuschend sein: Der *Havelaar*-Roman konnte die Wirklichkeit nicht verändern. Wie sehr es ihn verletzte, daß man diesen gellenden Aufschrei mit Vergnügen an seiner Form konsumierte, die Inhalte und Absichten des Romans aber totschwieg, daß man ihm wegen seiner literarischen Könnerschaft großes Lob spendete, die elendige Wirklichkeit des geknechteten Javaners aber völlig unverändert ließ, das findet in seinen mit größter Verachtung ausgestoßenen Publikumsbeschimpfungen einen überdeutlichen Ausdruck. Es wurde ihm zur schlimmsten Gewahrwerdung, daß man seine Literatur so gründlich mißverstehen konnte, um sie mit den lebensfernen »lieblich-schöngefärbten Träumereien« seiner spätromantischen literarischen Zunftgenossen in einen Topf werfen zu können, daß man den Zweck seiner Literatur innerliterarisch beschränkte, um ihre Wahrheit als schönen Schein goutieren zu können, anstatt zu erkennen, daß diese Literatur einzig und allein der Wahrheit des Lebens verpflichtet war und ihr hauptsächlicher Zweck eindeutig außerhalb ihrer selbst lag, nämlich in der Umwälzung gesellschaftlicher Bewußtseinsinhalte. Es hätte wohl vorab, neben der ökonomischen, einer radikalen Veränderung der bürgerlichen konservativen Bewußtseinsstruktur und in deren Gefolge eines nicht minder radikalen Wandels der gesamten Kultur, einschließlich des literarischen Kunstverständnisses auf Seiten der Leserschaft, bedurft, um seiner Literatur das Ausbleiben des erhofften Erfolges ersparen zu können. Jedenfalls waren MULTATULIS starker Wille (zur Macht) und sein felsenfester (idealistischer) Glaube in die zwangsläufige Sieghaftigkeit der Göttin der Vernunft als alleinige Voraussetzung denkbar unzureichend, um das allgemeine Bewußtsein, mit dem er in politischer, moralischer und literarischer Hinsicht so ungewöhnlich gebrochen hatte, revolutionieren zu können. So passierte, was passieren mußte. Wiederum hatte er das Unmögliche gewollt, und wiederum war er an der zu hoch gesetzten Erwartung gescheitert. Die Enttäuschung darüber, daß man nach dem Staatsdiener Eduard Douwes Dekker nun auch dem Schriftsteller MULTATULI den prinzipiellen Sieg seines sozial-ethischen Ideals verweigerte, hat er nie überwinden können.

Verbittert präsentiert er sich als »Künstler wider Willen« (C. G. N. de Vooys, 1910), und sowie er begann, seinen indischen Konflikt verstärkt auf den Mißbrauch von Macht und Autorität in den Niederlanden selbst auszudehnen, wurden seine Ideen und Forderungen zunehmend radikaler. Sei es auf pädagogischem, religiösem, ethischem, ökonomischem, politischem, wissenschaftlichem oder literarischem Gebiet: Jede Autorität schien geeignet, den skeptischen Widerspruch des Weltverbesserers herauszufordern, um Ursachen, Zusammenhänge und Ergebnisse gesellschaftlicher Ungerechtigkeit, Unwissenheit und Willkür zu geißeln. Ausgeklammert werden weder die soziale Frage der Arbeiterklasse – in Idee 451 veröffentlicht er als erster Niederländer das Wochenbudget einer Amsterdamer Arbeiterfamilie, aufgeschlüsselt bis auf halbe Cents – noch die repressive, prüde Sexualerziehung oder die gesellschaftliche Unterdrückung der Frau (s. die »Achte Geschichte von der Autorität«, S. 14 ff. der vorliegenden Ausg., und die entsprechenden Anmerkungen in den »Japanischen Gesprächen«, S. 66 f.). Aber MULTATULI ist weder Sozialist noch, dem heutigen Verständnis nach, Vorkämpfer der Frauenemanzipation. Hinsichtlich seiner Auffassung von Geschlechterrollen und Sexualität heißt es zurecht bei Peter Brückner: »Die als Folge bürgerlicher Erziehung in die Unterdrückung des Ich eingefangene menschliche Sitte soll bei *Multatuli* zwar befreit, Unterdrückung soll aufgehoben werden, aber darin lebt nur selten Unbefangenheit, die vertrauensvoll auf gemeinsamen Primär-Erfahrungen in einer Umwelt wachsender Abstraktheit besteht. Es fehlt jener (heutige) Duktus von Emanzipation, der gewandelte Geschlechterrollen wohl nicht voraussetzt, so doch verlangt und ihre Korrektur einleitet. Der Leser spürt eher unmittelbar erhitzte Phantasien von Genuß. Was über die Befriedigung von Bedürfnissen gedacht wird, und die Politik, die sich mit der Forderung nach ihrer Freisetzung verknüpft, rechtfertigt zugleich Bedürfnisse, die selbst noch der Kritik bedürften.« Immer wieder verbindet er objektiv richtig analysierte Mißstände des gesellschaftlichen Lebens – ob es sich um soziale Fragen im allgemeinen oder die gesellschaftliche Geschlechterrolle im besonderen handelt – mit schwärmerischen privaten Gefühlen, mit einem heftigen Individualismus, dem gegenüber er es an selbstkritischer Einsicht fehlen läßt. Die Spuren dessen, was er bei seiner durch und durch berechtigten Kritik an den diversen repressiven Erscheinungsformen der bourgeoisen niederländischen Gesellschaft des 19. Jahrhunderts bloßlegt, erkennt er nicht in seinem eigenen beseelten Handeln und Schreiben. Im Verbund von vergötterter (eigener) Vernunft und Individualität erwächst eine nicht selten indoktrinär auf den Plan tretende Heilsbotschaft, die augenblicklich an diverse autoritätsfeindliche anarchische Lehren des ausgehenden 18. Jahrhunderts

(William Godwin) und der zweiten Hälfte des 19. denken läßt. Er wurde zu einem erklärten Gegner des Sozialismus, auch wenn es ohne jeden Zweifel eine Seite im Schaffen MULTATULIS gibt, die sehr gut mit einer ganzen Reihe sozialistischer Ideale konform gehen könnte. Aber die von den Sozialisten propagierte allgemeine Gleichheit der Menschen schien dem halbanarchischen Individualisten ein eindeutiges Unding zu sein. »Die Sozialisten«, so sagt er, »treten für eine grausame Ungleichheit ein, indem sie die meist einander nicht entsprechenden Verhältnisse, Bedürfnisse und Ansprüche nach einem einzigen Maßstab bestimmen. Ich dagegen plädiere für eine Gleichheit, die jedem das gibt – d. h. zugesteht, daß sich jeder auf rechtmäßige und rechtschaffene Weise verschaffe –, was zu ihm paßt und ihm zusteht.« Ob er damit dem marxistischen Begriff der »Gleichheit« so fern stand, wie er vermeinte, kann bezweifelt werden. Karl Marx, von dem er 1884 sagt, er habe wiederholt angefangen, dessen Œuvre zu lesen, stempelt er, kurzerhand, zu einem »Mann *en place*« und zu einem reinen »Phrasendrescher«. Marx als Salonmarxist! – eine vielleicht amüsante Anmerkung, die aber nicht darüber hinwegtäuschen kann, daß er in seinen Erklärungsmodellen gesellschaftlicher Mißstände mehr als einmal zu kurz griff, wenn er Elemente des ideologischen Überbaus als letzte Ursachen verantwortlich machte. Die niederländischen Sozialdemokraten, die sich spät, aber dennoch vorschnell, anschickten, ihn zu verehren, läßt er vier Monate vor seinem Tod wissen: »Um Mißverständnisse aus dem Weg zu räumen, erkläre ich, daß mir die Ansichten der Sozialdemokraten über die Mittel zur Verbesserung des traurigen Zustandes, in dem sich ein sehr großer Teil der Bevölkerung Europas befindet, im wesentlichen falsch vorkommen. Nicht allein, daß ich kein Sozialist bin, ich bin Anti-Sozialist. Die Sozialisten wollen den ›Staat‹ allmächtig machen, ich dagegen dränge auf die größtmögliche Beschränkung der Zuständigkeit des notwendigen Übels, das man ›Regierung‹ nennt.« Daß er, der sich wiederholt für die Abschaffung des undemokratischen *Zensus*-Wahlrechts und die Einführung allgemeiner Wahlen, einschließlich des Wahlrechts der Frauen (z. B. in Idee 451), einsetzte, schließlich zu einem unerbittlichen Gegner *dieses* Parlamentarismus wurde, dürfte aus einigen bereits zitierten Verlautbarungen aus seinen letzten Lebensjahren deutlich geworden sein (s. auch seine Ideen, S. 74 ff. der vorliegenden Ausg.).

MULTATULI: Ein Befürworter der Diktatur? Ein verhinderter Diktator? Ein Möchtegern-Diktator? Immerhin sprechen die gemeinten

Zitate diesbezüglich eine deutliche Sprache. Die aber werden wie sein Anarchismus ein Produkt fehlgeleiteter Verzweiflung sein und würden nach W. I. Lenin der »Mentalität des aus dem Geleise geworfenen Intellektuellen« entsprechen können. Nietzsches »Lehre vom Übermenschen« schließlich, mit der MULTATULI in der niederländischen Literatur aufgrund des von ihm so freimütig bekannten »Willens zur Macht« zu oft in einem Atemzug genannt wurde, hatte den einzelnen Menschen im Visier. MULTATULI schloß hingegen die Masse niemals aus. Dem Glück des Individuums, seiner Selbstverwirklichung, mußte seiner Meinung nach das Glück der Massen nicht im Wege stehen, schon eher war dieses die Voraussetzung für jenes. Sein »Wille zur Macht« war für MULTATULI kein Zweck, sondern ein Mittel, um jeden einzelnen in sein Recht zu setzen. Sein Diktator-Gehabe war das eines enttäuschten »liebevollen Diktators«; sollte es so etwas geben können, es bliebe sicherlich dennoch problematisch. Wie dem auch sei, daß sich auch der N.S.B., der Nationalsozialistische Bund der Niederlande, auf den »Diktator« MULTATULI berief, das war keineswegs sein »Verdienst«, sondern die perverse Ausgeburt »derselben verfälschenden Manipulationen, mittels derer Nietzsche von den Nazis annektiert werden konnte« (E. du Perron, 1937).

MULTATULI, der Rätselhafte! Die treffendste Kurzcharakterisierung dieses Mannes hat für mich sein enthusiasmierter deutscher Übersetzer Wilhem Spohr gefunden: »Multatuli ist der Typus des Richters und Propheten vom Alten Bunde« (1899). In der Tat, er war zum einen ein Märtyrer, der für seinen unermüdlichen Versuch, das soziale Bewußtsein seiner niederländischen Zeitgenossen umzuwälzen, einen hohen Preis zahlen mußte, und zum anderen fühlte er sich berufen, der Prophet der Niederländer zu sein, der diese mit unerbittlicher Schärfe in seinen sozialkritischen Schriften geißelte.

Ich weiß für dieses Nachwort keinen besseren Schluß als ein Zitat aus Peter Nolls Buch *Diktate über Sterben & Tod* (Zürich: pendo-verlag 1984). Dieses Zitat spricht für sich selbst:

»Die Propheten sind verschwunden, das Christentum hat seinen Propheten Jesus verharmlost, die Apokalyptik vergessen oder ausgelassen; übriggeblieben ist allenfalls eine Allerweltsmoral oder – bei Beerdigungen – eine flaue Tröstung mit dem Jenseits. Wie sehr wäre doch gerade unsere Zeit auf Propheten angewiesen. Aber man stelle sich doch einmal vor, was heute mit Amos geschähe, der die sozialen Ungleichheiten, die Reichen, die reicher, die Mächtigen, die mächtiger werden, gegeißelt hat. Die Frauen der Reichen hat er als fette Kühe bezeichnet. Eine ganz unausgewogene und einseitige Aussage. Diese Schärfe der heute mehr als je notwendigen Sozialkritik wird in unserer Zeit von allen Seiten und Schichten abgelehnt, weil eben kein Gott da ist, der jemandem das Recht gäbe, solche Aussagen zu machen. Dabei sind wir ja gerade dran, die Mächtigen mächtiger, die Reichen reicher zu machen. Bewohnbare Häuser stehen leer, weil der Eigentümer es so will; die Konzentration in der Wirtschaft schreitet fort; es herrschen die anonymen Apparate. Die Politik ist demgegenüber nicht nur machtlos, sondern damit einverstanden. Es nützt nichts, über die schreiende Ungerechtigkeit zu schreien. Es scheint, daß die Gesellschaft mit sich selbst möglichst schnell Schluß machen will. Die Alten tun so, als bliebe alles beim alten, und die Jungen sind resigniert oder verzweifelt. [...]. Propheten, das wären heute Gesellschaftskritiker, die sich auf Geschichte und Übergeschichte berufen: auf Gott. Sie würden sofort für verrückt erklärt und in psychiatrische Anstalten eingewiesen.«

Manfred S. Fischer